不上火的活法

龚雅荷◎编著

百花洲文艺出版社
BAIHUAZHOU LITERATURE AND ART PRESS

图书在版编目（CIP）数据

不上火的活法 / 龚雅荷编著. -- 南昌：百花洲文艺出版社，2014.2
ISBN 978-7-5500-0843-4

I.①不… II.①龚… III.①个人—修养—通俗读物 IV.①B825-49

中国版本图书馆CIP数据核字（2013）第302071号

不上火的活法

龚雅荷 编著

出 版 人	姚雪雪
责任编辑	余 茳 游灵通
美术编辑	阿 正
出版发行	百花洲文艺出版社
社 址	南昌市红谷滩新区世贸路898号博能中心A座9楼
邮 编	330038
经 销	全国新华书店
印 刷	江西千叶彩印有限公司
开 本	787mm×1092mm 1/16 印张 17
版 次	2014年6月第1版第1次印刷
字 数	220千字
书 号	ISBN 978-7-5500-0843-4
定 价	28.90元

赣版权登字：05-2013-404

邮购联系 0791-86895108
网 址 http://www.bhzwy.com
图书若有印装错误，影响阅读，可向承印厂联系调换。

目 录
CONTENTS

第六章　**心境宽了火就小了**
　　　　——别让抑郁的乌云遮住你的天空

第七章　**别为人生得失而上火**
　　　　——缘起时惜缘, 缘灭时随缘

第八章　　**看远一些，别为眼前事着急上火**
　　　　　　——眼光放远，吃眼前亏换长远利

第九章　　**别为逐名夺利而上火**
　　　　　　——名利是祸，心静才能心安

第十章　**别为自己的贪婪着急上火**
　　——欲望过度如竹子开花

第一章

不计较就会不上火

——计较得多就等于赤脚在石子上走路

小事小节斤斤计较而淡漠大事、大节的人是不会有什么作为的。

——爱因斯坦

只要你不计较得失的话，人生还有什么不能想法子克服的？

——海明威

大智者必谦和，大善者必宽容。唯有小智者才咄咄逼人，小善者才会斤斤计较。

——周国平

1. 不要计较不完美，因为残缺也是一种美丽

人生总会有遗憾，一个事事追求完美的人，会活得很累。实际上，世界上根本就没有完美。但有些人总是在追求完美，很难知足，总是渴望没有瑕疵的生活，浪费了大把的时间和精力，结果，却没有好好地去做一件事情。

博比·琼斯是唯一一个赢得大满贯的高尔夫球员，包括美国公开赛、业余赛以及英国的公开赛和业余赛。当有人问他如何获得这样的成功时，他说："直到学会调适自己的野心，我才真正开始赢球。"也就是说，对每一杆球有合理的期望，力求表现得良好、稳定，而不是将打出一连串漂亮的挥杆作为追求的成就。

博比·琼斯的领悟来之不易，他必须与自己想要强迫超越自身的欲望做斗争。在他做球员的早期，他总是力求挥杆完美，当自己做不到时，就会冲动地打断球杆，破口大骂，甚至会负气地离开球场。这种脾气惹得许多球员都不喜欢和他一起打球。

不完美是人生的一部分，懂得了这一点，我们就会放弃对完美的苛刻追求。可事实上，人们总是不容易做到这一点。

一位未婚的男士，来到一家婚姻介绍所，进了大门后，迎面见到两扇门。一扇门上写着：美丽；另一扇门上写着：不美丽。他推开那扇写着"美丽"的大门，走进去后，又见到两扇门，一扇门上写着：年轻；另一扇门上写着：不年轻。他推开了那扇"年轻"的门，迎面又出现了"温柔善良"的和"不太温柔善良"的两道门。他推开了"温柔善良"的门，又见到"有钱"的和"不太有钱"的两扇门……

就这样，他陆续推开了"勤劳"的、"健康"的、"具有幽默感"的等一共九扇门。

当他推开最后一道门时，门上赫然写着一行字：您过于追求完美，这里已经再无完美的了，您还是请到别处去找吧。原来，他已经走出了婚姻介绍所的大门。这个小故事告诉大家，世界上没有绝对的完美，人们切勿苛刻地追求完美。

一个哲人在日记本上写下了这样的一句话："如果可以再给我一次生命，我不会再追求事事完美。"一个人只有确定了重点，才能享受到生活的快乐，快乐的人懂得不能万事尽善尽美。

美国心理学家赫伯特·西蒙曾说过："'最好'是'好'的敌人。"他讲述了自己的一次经历："小时候，我为了修改作业本上的一个单词而把作业本弄破了，最后只好换了一个新的本子重写，那整整花掉了我半天的时间，为这件事我很心烦，不知道哪里出了错。我的祖母就给我讲了这样一个故事，说一个渔夫从海里偶然打捞上一颗珍珠，渔夫非常喜欢。可遗憾的是，珍珠的上面有一个小黑点。渔夫心想，如果可以把这个小黑点弄掉，这颗珍珠就一定会成为无价之宝。于是，他把珍珠去掉了一层，但是黑点仍在。他又把珍珠去掉了一层，黑点还是在。他一心想要把黑点弄掉，于是不停地把珍珠弄掉一层又一层。最后，黑点没有了，但珍珠也不复存在了。"

人们就是这样在追求完美的过程中把大珍珠弄没了。每个人都有追求完美的心理，完美是人们心中向往的一颗明珠，但是，它可以向往，但切记不可把它当作一种现实的真正存在，那样将会使人陷入无法自拔的苦恼中，甚至会让自己失去原本唾手可得的幸福。

有一位年过七旬的老者，一生都在孤独地流浪。有人问他："为什么不娶妻成家过安定的日子？"他说："我不是不想娶妻，而是一直在寻找一位完美的女人来做我的妻子。"询问者又问："你寻找了这么多年，就没遇见过一位完美的女人吗？"老者疲惫而伤感地说：

"我曾经遇见过一位。"询问者说："那你为什么不娶她呢？"老者无奈地回答说："因为她也在寻找完美的男人。"寻找完美的老者，可以说为了追求完美而蹉跎了一生。

世间事本没有完美的，它或多或少都会有瑕疵。人类也是一样，我们只能尽自己最大的努力去使它更接近完美，但切记不要苛求，过于苛求会让自己成为孤独的人。生活的目的在于能从平凡中找到美、发现美、享受美，如果不善于去发掘生活中的闪光点，就难以找到真正的美。

一个被劈去了一小片的圆，试图找回原来完整的自己，于是，它到处寻找自己的碎片。由于它不是完整的，滚动起来的速度非常慢，这反而让它领略到了沿途美丽的景色，它和小虫子们聊天，充分感受到了阳光的温暖。它找到了许多不同的碎片，但都不是原来的那一块，它坚持着继续寻找，直到有一天，它完成了自己的心愿——找到了自己原本的另一块碎片。可是，作为一个没有缺口的圆，由于它滚动得太快了，错过了花开的时节，忽略了那些可爱的小虫子……当它意识到这一点时，它毅然舍弃了自己千辛万苦才找到的碎片。

这个故事告诉我们，世间没有绝对的完美，只有拒绝完美，才会让我们体会到更多的美好，处处有遗憾才是真实的人生。

断臂维纳斯一直被认为是希腊女性雕塑中最完美的一尊。平坦的前额，丰满的下巴，挺直的鼻梁，以及美丽的面庞，无不带给人美的感受。螺旋形上升的优美体态，富有音乐的韵律感，使她充满了巨大魅力。然而，这样美丽的一位女神雕像竟然没有双臂！也曾有许多艺术家试图恢复原作的双臂，并设置了种种方案，但所有的方案最后都遭遇到反驳。人们得出的最终结论是：让维纳斯女神保持断臂反而是最完美的形象。

人生又何尝不是像那尊断臂的维纳斯塑像一样，有着残缺，而也许正是有了这样的不完满，才使得人生更加富有深刻的含义。

2. 不去计较，不去较真，自然一切都会消失不见

有一个人，生得非常愚笨。因为他实在是太笨了，所以，人们都在背地里叫他"呆子"。一天，呆子要出远门，路上他把带的水全喝光了。走了很长一段时间之后，呆子觉得燥热难耐，口渴难忍，于是他开始四处找水喝。终于，他在一个山脚下发现了一个用来承接溪水的木桶，只见清澈的溪水从高高的山上弯弯曲曲地流进木桶里面，里面的水又干净又清凉。

呆子见此情景不禁乐得手舞足蹈，他飞快奔向木桶，大口大口地喝起水来。清冽的溪水顺着呆子的喉咙一直向下流去，甜甜的溪水慢慢地滋润了他干渴的喉咙，这清冽甘甜的溪水不仅解渴，也让呆子渐渐地凉快下来。

不一会儿，他就喝得差不多了。呆子心满意足地抹抹嘴，对着水桶说："我已经喝好了，水就不用再流进桶里来了。"可是，水是无情之物，哪里能听得懂他的话？溪水依然缓缓地、不急不慢地按照自己原来的速度向水桶中流去。呆子见溪水依然不停地流进木桶中，不禁心生怒气。他破口大骂道："你这顽固的水流，我不是都已经说了，不用再往桶里流了吗？我说的话你为什么不听呢？如果你再不听的话，就不要怪我不客气了！"就在呆子冲着水流大喊大叫的时候，恰好有人路过此地，看到了呆子愚蠢的举动，于是走上前去，对呆子说："你实在是愚笨得可以！你既然已经喝完水了，那么为什么不走开呢？你站在这里用言语制止住水流，这样做又有什么用处呢？"说完，就拉着呆子回到原路上去了。

　　在这个世界上，有很多人都像这个呆子一样，为了原本不必在意的小事而生气、烦恼。在面对这个形形色色的世界时，人们总是会衍生出很多的欲望，而这些欲望在被满足之后，时间一久，人们就会在心中生出厌倦之情。于是，人们就会像呆子一样，对着那些被满足已久的欲望说："从今天开始你们不要被我看见。我已经不再喜欢你们了！"但是，这些欲望却都是真实地存在于现实生活中的，依然会不断地在人们的眼前循环上演。此时，爱较真的愚蠢之人看到后便会大发雷霆："我不是都已经警告过你们了吗？怎么又让我看见了！真是可恶至极，你们都赶紧从我眼前消失！"

　　这种行为是何其愚蠢，既然这是人们生而就有的欲望，那么它们肯定就不会因为人们的不喜欢而消失。既然如此，为什么这些已经厌倦了的人不能够远离它们呢？人们只有不去在意这些事情，才能够从苦恼中得到解脱，又何苦对着这些东西生气呢？不去计较，不去较真，自然一切都会消失不见。

　　有一个制作毛衣的商人，由于经济不景气，他的生意亏损很大。他不知道该怎么去挽救这岌岌可危的产业。于是，他整日愁眉苦脸，茶不思，饭不想，终日郁郁寡欢，最终患上了失眠。

　　商人的妻子见到他整日愁眉不展，十分心疼。于是，她建议商人去附近的寺院拜访一位声名远扬的禅师，希望禅师能够对他有所开导。

　　后来，商人听从了妻子的建议，来到离家不远的一座寺庙去拜访禅师。他一进门，禅师就发现他的双眼布满血丝，于是关切地问道："施主这是怎么了？可是受失眠的困扰？"

　　商人说道："可不是吗，我都已经好几天没有睡好了！"

　　禅师听闻，说道："哦，其实这没什么。你以后如果还是睡不着的话，就数绵羊好了。"商人听完，向禅师道谢后便离开了。

　　可是，商人回家后没过多久就又来找这位禅师了。这一次，他的精神看上去十分萎靡，眼睛比之前红肿得更加厉害了，就像是兔子一样。

禅师见后十分惊讶，他问商人："你是依我的话去做的吗？"

商人点点头，十分委屈地说道："自从禅师您告诉了我这个方法之后，我每天都会照着去做，可是我都数到三万多只羊了，还是睡不着！"

禅师听闻，不禁疑虑大生，他问道："你数了这么多，难道一点作用都没有吗？"

商人回答道："作用肯定是会有的。我原本数着数着就感觉困极了，但是我只要一想到三万多只绵羊，得有多少毛啊？不剪岂不是太可惜了吗？"

禅师听完之后，反问道："那你剪完之后去睡觉不就可以了吗？"

可是谁知，商人重重地叹了一口气说道："话是这么说啊，但是令人头疼的问题就随之而来了，三万只羊的羊毛能够织成多少毛衣啊，可是这么多的毛衣我现在该把它们卖给谁呢？一想到这里，我就再也睡不着了。"

人生在世，想得长远一点并不是什么错事。但是，如果有些事情想得过于长远的话，就会变成一种无形的束缚，于是，烦恼、苦闷也就会随之而来。很多事情，不要去想得太多，挂念该挂念的，舍弃不该挂念的，生活就会变得平淡而美好，这样人们才能够体会到人生的静心、轻松和愉快。

行走在这世间的每一个人，都会有七情六欲。它们令人心生烦恼，这是人之常情。但是，每个人对待烦恼的态度，决定了烦恼对人的影响程度。一般情况下，乐观豁达的人很少会去自寻烦恼，因为没有烦恼，所以他们活得比其他人更加洒脱、真实。而那些喜欢较真的人则会经常自寻烦恼，所以他们活得比其他人都要累。人们一旦有了烦恼，就会愁绪万千，就会牵肠挂肚，往往产生"剪不断，理还乱"的愁绪。所以，该看开的时候就应该看开一点，这样，生活才能够更加精彩，才能够回味无穷。

在四祖道信还没有悟道的时候，曾经向三祖僧璨禅师请教过一个问题。当时，道信虔诚地问道："禅师，人生苦短，我总是感觉生活过于苦恼，还望禅师能够指点迷津，给我指一条能够解脱的道路。"

僧璨禅师听完后，笑着问道信："哦，那么是谁在捆绑着你呢？"

道信说："没有人捆绑着我。"

僧璨禅师笑道："既然没有人捆绑着你，那么你就是自由的，你已经是解脱了，为什么还要解脱呢？"

道信在听完三祖僧璨禅师的一番话后，顿时如醍醐灌顶一般，幡然领悟。道信不再执著于人生中的苦恼，而是勤于悟道，最终成为一位著名的禅师。

希迁禅师也曾经有过类似的经历。一天，一个学僧跑到希迁禅师的禅房中，问道："禅师，请您告诉我怎样才能求得解脱？"

希迁禅师反问道："是谁在绑着你？"

学僧不死心，又继续问道："那么，禅师，怎样才能求得一方净土？"

希迁禅师反问道："是谁在污染你？"

学僧又继续追问道："那么，怎样才能够达到涅槃永生的境界呢？"

希迁禅师继续反问道："谁给了你生死？谁又告诉你生与死有区别？"

学僧在禅师的一步一步的逼问之下，眉头越皱越紧，很明显他对禅师的反问感到十分不解和迷惑。但是，不一会儿，他就恍然大悟，理解了禅师话中之意。

人们都是全身赤裸着来到这个世界上的，既然我们来时没有东西束缚着，那么，在此后成长的岁月中，又有谁可以束缚自己呢？那些让人们彻夜难眠、辗转反侧的烦恼，那些让人食不知味、思前想后的苦闷，对于胸襟开阔、不爱较真的人们来说，其实都算不得什么，而对于那些容易较真的人们来说，这就成为了天大的苦恼。其实，人们所有的难眠、不安都只是在自寻苦恼。僧璨禅师曾经说过："智者无为，愚人自缚。"

《新唐书·陆象先传》中也提到："天下本无事，庸人扰之而烦耳。"其意是说，天下原本是太平无事的，但是庸人却会平白无故地为之担心和烦恼。很多时候，只要自己不给自己找寻烦恼，那么别人永远也不会给你造成困扰。正所谓"境由心生"，人的烦恼大都是由自己的内心生出来的，面对同一件事物，心境不同，看到的自然也就不同。这就如同秋之落叶，在那些爱较真的人眼中，这些落叶会让他们心中生出无限凄凉，而那些乐观开朗的人则会想到"化作春泥更护花"的美好。所以说，天下本无事，只要人们不自寻烦恼，那么自然就能够获得更多的快乐。

3. 拆掉思维里的墙，打开广阔的心胸

有一句话说得好："心有多大，世界就有多大。"可是，生活中的人们总是为自己设置一道藩篱，把自己囚禁。如果一个人无法打破内心的禁锢，就算世界天高地阔，对他而言也是仅有的一片狭小空间。久而久之，即便给他一片海洋，他也无法快乐地享受大海的宽广。

一条小鱼很小的时候就被渔夫捕获，渔夫见它小巧美丽十分招人怜爱，就把它作为礼物送给了自己心爱的小女儿。小女孩也很喜欢这条小鱼，于是就把它放在鱼缸中养了起来。而小鱼习惯了大海的生活，所以，最初被养在鱼缸中时感到很不舒服，那里无法让它畅快地游来游去，开始时，它总是游到鱼缸边缘，试图从那里出去，可是尝试了几次后，觉得没什么希望，就放弃了，从此安然于那片小天地。后来，它越长越大，在鱼缸中转身都成了困难。小女孩给它换了一个更大的鱼缸，它又可以游来游去了。可是，它游了几次后觉得总是碰到鱼缸的内壁，心里就有些烦躁了，它已经有些讨厌原地转圈的生活了，索性在大一些的鱼缸中也静静地浮在水中，一动不动，甚至连食物都懒得去吃了。女孩很善良，怕这条小鱼死掉，就恋恋不舍地把它送回了大海。

它在海中不停地游着，心中却丝毫快乐不起来。一天，它遇见了另一条鱼，那条鱼问它："你好像心情挺郁闷，你不快乐吗？"它叹了口气说："是啊，这个鱼缸太大了，我怎么也游不到它的边。"

在现实生活中，人们每做一件事，都会有两道墙出现在前方，一

道是外显的墙，那是关于整个外部环境的围墙，另一道是内显的墙，这是我们心中自我设限的围墙。那条小鱼因为在鱼缸内待久了，就习惯了那片小天地，在小天地中让自己的心也变得越来越小，没有了突破既有环境的念头，就算到了一个广阔的空间，也会因为狭小的心而变得无所适从。

人们需要突破自我的围墙，放开胸怀。而突破自我围墙最重要的一点就是要敢于面对现实，确实了解自我并认清环境，在自我与环境中摸索出突破方向。而一个人能否改变自身，在生活中取得成绩，突破自我往往是决胜的关键。

德山禅师在没有得道之前曾跟着龙潭大师学习，日复一日的诵经苦读让德山有些难以忍受。于是，他跑来对师父说："我现在是师父翼下正在孵化的一只小鸡，真希望师父能从外面尽快帮我啄破蛋壳，好让我早一点破壳而出啊！"龙潭大师笑着说："被别人剥开蛋壳出来的小鸡，没有一个能活下来的。母鸡的羽翼只能是为小鸡提供成熟和破壳力量的环境，你突破不了自我，最后只能胎死腹中。不要指望师父能给你任何帮助。"

德山听后，一脸疑惑，还想再问什么，龙潭大师却说："天不早了，你也该回去休息了。"德山开门走出去时，看到外面非常黑，就说："师父，天太黑了。"龙潭大师给了他一支点燃的蜡烛，他刚接过来，龙潭大师就把蜡烛吹灭，并对他说："如果你心头一片黑暗，什么样的蜡烛也无法将它照亮啊！即便是我不把蜡烛吹灭。"德山听后恍然大悟，后来果然成为了一代大师。

一个人若想有所成就，不论你的外在环境怎样，如果不能突破自我，那么最终梦想也会落空。只有打破了自我内心的小环境，才能放开胸怀，不再墨守成规、固步自封，你的世界才会变得无限大。

4. 不计较世俗的冷嘲热讽，心中才会有天地

读高中毕业班时，查理·罗曼是最受老师宠爱的学生。他的英文老师是年轻、漂亮的布朗小姐，她富有吸引力，是学生们最喜欢的老师。同学们都知道，布朗小姐对查理·罗曼很好，他们就在背后开玩笑说，查理将来若不能成为一个了不起的人，布朗小姐是不会原谅他的。

在毕业典礼上，当查理走上台去领取毕业证书时，受到同学们爱戴的布朗小姐站起身来，当众吻了一下查理，给了他一个出人意料的祝贺。

当时，大家以为会发生哄笑、骚动，结果却是一片沮丧和静默。许多毕业生，特别是男同学们，对布朗小姐这样公开表示自己的偏爱感到气愤。没错，查理作为学生代表为毕业典礼致辞，也曾经担任过校刊的主编，而且还曾是"老师的宝贝"，但这样就足够有资格获得如此殊荣吗？毕业典礼之后，几个男生把布朗小姐围起来，为首的一个学生质问老师为什么冷落了其他学生。

布朗小姐微笑着对大家说，查理是靠自己的努力赢得她赏识的，如果别人都像查理那样优秀，她也会吻他们的。

布朗小姐的这番话，给了别的男孩安慰，却让查理感到了巨大压力，他已经引起了别人嫉妒，并成了某些学生的攻击目标。他下决心一定要用自己的行动证明给大家看，自己还是值得布朗小姐一吻的。

毕业后，他非常勤奋，几年内先进入报界，后来被总统杜鲁门任命为白宫负责出版事务的首席秘书。而挑选查理担任这一职务的人，

正是当年毕业典礼后带领男生包围布朗小姐，并告诉她自己感到受冷落的杜鲁门。当年，布朗小姐对他说："去干一番事业吧，你也能得到我的吻。"

查理就职后被任命做的第一件事，就是接通布朗小姐的电话，并向她转述美国总统的问话："您是否还记得我没能得到的那个吻？我现在所做的您能否给予评价？"

当我们受到冷落时，不必沮丧和愤恨，要用积极的态度去改变自己，获得他人对自己的尊重。只有弱者才会在遭到冷遇、嘲讽时远远躲开，而强者则会把它当作一种动力，然后努力地做事。

韩信为汉高祖刘邦一统天下立下了赫赫战功，他的用兵之道"多多益善"，几乎无人不晓。

出身没落贵族的韩信，性格放纵不拘小节。他既没能被推选为官吏，又不懂经商之道，常常依靠别人的救济生活，因此，许多人都很讨厌他。当时，韩信在亭长家吃闲饭，几个月后，亭长的妻子就不满意了，一次，她一大早做好饭，在床上就把饭吃完了，等韩信去了之后，也不再为他准备饭菜。韩信看出他们的心思，一怒之下与亭长断交而去。

韩信常常去钓鱼，在他钓鱼的地方，有许多浣洗的老妇人，其中一个老人看韩信饿得可怜，就把自己带的饭给他吃，一连十几天都是这样，直到浣洗工作结束。韩信对这位老妇人非常感激，并表示将来一定会好好报答她。老妇人听了韩信的话，不但没有高兴，反而非常生气地对他说："大丈夫不能自食其力，我只是可怜你才给你吃的，是希望你将来报答我吗？"

陈胜、吴广起义后，项梁也渡过淮河北上，韩信带上宝剑投奔项梁，但他在项梁的部队中却一直默默无闻。项梁死后，韩信又归了项羽，项羽让韩信做郎中。韩信多次向项羽献计策，项羽都不予采纳。刘邦入蜀之后，韩信离开项羽投奔了刘邦，在刘邦的军中做了一名管理仓库的小官，依然默默无闻。后来，韩信因为触犯了法律被判斩首，和他同案的十三个人都被处决了，轮到韩信的时候，他举头仰视，看着夏侯婴说："大王不是想得到天下吗？为什么还要杀掉这样勇敢的将士呢？"夏侯婴闻听韩信的话，觉得此人非同凡响，于是就放了他。在同韩信交谈的过程中，夏侯婴认为此人非池中之物，于是把他举荐给刘邦，刘邦给韩信封了一个管理粮饷的官职。

韩信曾经和萧何有过很多次交谈，萧何也很赏识他。刘邦被项羽封为汉王，从长安到达南郑，就有数十位将领离开他。韩信觉得自己没被汉王重用，于是也逃走了。萧何听说韩信跑了，没来得及向刘邦汇报便径自去追赶韩信。军中人向刘邦报告了这个消息，刘邦听后大怒，就像失去了自己的左右手。过了一两天，萧何来见刘邦，刘邦既高兴又生气，骂萧何为什么逃亡，萧何说自己根本没有逃跑，是去追韩信了。刘邦不信萧何说的话，说："跑了那么多人，你都没追，追韩信，根本就是骗人。"萧何说："一般的将领很容易找到，但像韩信这样的将才，天下找不出第二个，大王您若是只想做汉中王，那么就用不着韩信了。如果您想得天下，除了韩信可以帮您献策，没有第二个人了，您选择哪个？"

刘邦表示自己一定会东进，夺取霸业。萧何说："大王想东进就必须重用韩信，这样才能留住他，不然他早晚还是会走的。"刘邦在萧何的说服下，让韩信做了大将军，并设拜将坛以隆重的礼仪赐封韩信大将军一职。

韩信被封为将军后，对刘邦说，项羽虽力拔千斤，但存妇人之仁，因此项羽军中人心背离，且项羽的军队到处抢掠，百姓怨声载道。韩信还为刘邦献策，如何起兵东进，攻占三秦属地。刘邦大喜，自悔任用韩信晚了。至此，韩信开始了辅佐刘邦成就霸业的真正旅程。

韩信曾受嗟来之食，受胯下之辱。他之所以最终成就了一番事业，这很大程度上是因为他内心有着远大的抱负，才能忍辱负重，不拘泥于市井之事。

　　一个人若心中有天地，一定能忍得不忍之事。所以，遭遇冷嘲热讽之时，我们不妨放下世人世俗的思想，用一种超越的心理去对待它，做自己必须做的事情，并且把它做好，这样既不会让自己沉浸在被羞辱的愤怒中，又可以用积极的心态面对未来的生活。

5. 过于追求尽善尽美，只会让自己活得疲惫不堪

人生总会有这样或那样的缺点，每个人也都是这样，总会有不尽如人意的地方。那么，人们如何才能克服内心对自己的过高期望呢？如何敢于正视和承认自己的不足呢？

克劳兹是美国一家企业的总裁，经过八年艰苦奋斗，让企业资产由原来的 200 万美元发展到 5000 万美元。2005 年，他获得了国家颁发的蓝色企业奖章，这个奖项是美国商会为了鼓励那些战胜逆境的企业而颁发的。

克劳兹可以说是一位成功的企业家，可他心中却一直有一个难言之隐，这已经在他的心里埋藏了好多年。白天克劳兹忙于处理内外事务，忙得几乎连阅读文件和邮件的时间都没有。很多文件白天的时候由公司的管理人员都处理好了，遗留下来的一些文件晚上由他的妻子帮助他处理，下属对他无法阅读这件事一直不知道。克劳兹这种无法阅读的经历自童年时代开始，当时，他在内华达的一个矿区里上小学。他是整个学校里最安静的孩子，一直默默地坐在教室的最后一排。老师总是责骂他，因为他天生有阅读障碍。

克劳兹特别害怕自己阅读障碍的缺陷被公司中那些大学毕业的中高层们嘲笑和轻视。没想到，当大家得知这样的事情后，不但没有嘲笑他，反而给了他很多的支持和鼓励。他的一个下属说："这让我更加佩服他获得的成功，更加深了我对他的敬意。"在克劳兹将自己阅读障碍的事情告诉另外一些雇员的时候，他也同样赢得了雇员们的尊敬。而对于克劳兹来说，能把这个埋藏在内心的隐痛告诉大家，是需

要一定勇气的。所以，他说："自从我下决心让每个员工知道这件事以来，我心里就轻松了许多。"

后来，克劳兹聘请了一名家庭教师为自己做阅读辅导。克劳兹现在正在阅读一本管理方面的书，他在所有不认识的单词下面画上线，然后，再去查字典，读得很慢。他说，他希望有一天可以像他妻子那样能够快速地读完办公桌上所有的文件和信函，他还说希望自己的故事可以鼓励其他正在学习阅读的人。

一个人有缺点或者天生的某种缺陷，是不可避免的事情，回避和隐藏只能让自己更加纠结，于事无补，勇敢地面对并积极地去弥补才是一条可行之路。世间没有完美之人，要看开、正视人生中的种种不足。

这世上没有一个人是尽善尽美的，如果过于追求尽善尽美，只会让自己活得疲惫不堪。

一个作家成名之后，总感觉自己忙得不亦乐乎，但也活得很累，于是他找到了一位得道的禅师。

作家对禅师说："大师，为什么我成名之后觉得工作越来越忙，生活也越来越累呢？"

禅师问他："你每天都在忙什么？"

作家说："我一天到晚要交际应酬，要接受各种媒体的采访，要去许多地方演讲，还要从事文学创作。大师，我真的是太忙、太累了。"

禅师忽然将自己的衣柜打开，对这位作家说："我这辈子买了很多华美的衣服，你把这些华美的衣服都穿在自己身上，就会从中找出你要的答案了。"

作家说："大师，我穿着自己的这些衣服已经足够了，再穿上你给的衣服，我会感到很沉重的，不必了，穿那么多的衣服肯定非常不舒服。"

禅师看着作家说："这个道理你也懂，为什么还要来找我呢？"

作家被禅师弄得一头雾水，不明白禅师在说什么。

禅师接着说："你不是已经知道了，穿着自己身上的衣服就已经足够了吗？如果再给你更多的华服，你只会感到沉重，而不会觉得舒服不是吗？难道你还不明白，你是一个作家，而不是交际家和演讲家，更不是政治家？可是，你为什么非要去扮演交际家、政治家、演说家呢？你这不是自讨苦吃、自己给自己找罪受吗？你怎么可能活得不累？"

听到这里，作家明白了禅师的用意。

每个人都有自己的所长、所短，有自己力所不能及的地方，若按着事事都想做好的心态活着，会多累啊，而且也一定会由挫败带来沮丧感的。我们没必要要求自己，做一个怎样的完美之人，那样只能徒增烦恼。

小和尚大晌午地坐在地上哭，吵醒了正在午睡的师父。

师父见满地扔的都是废纸，就问小和尚："你这是怎么啦？"

小和尚气急败坏地说："写不好。"

老和尚捡起几张看了看说："写得挺好啊，为什么要扔掉？为什么要坐在这里大哭？"

小和尚哭着说："我就是觉得不好。我一直很努力地在练习写这些字，但就是达不到完美的境界，我就是写不好它，怎么办啊，师父？"

老和尚拍拍小和尚的肩膀说："可关键是，在这个世界上有谁能做到真正的完美呢？你什么都想着要完美，有一点不满意，就生气，就哭，这难道就是完美吗？"

我们可以力求将事情做好，但切不可像这个小和尚那样，对自己的要求过于苛刻。过于追求完美，只会让自己更加疲惫、不满足。

6. 正确对待磨难——磨难是对自己的考验

　　一家动物园从国外引进了一只美洲豹供游人观赏。为了更好地招待这只远方来的美洲豹，动物园的饲养员们每天都精心为它准备食物，还特意开辟了一个宽敞的场地让它活动。也许是离开故土思念家乡的原因，这只豹子整天一副没精打采的样子。谁知，两个月后，美洲豹竟然连东西也不想吃了。看着它日渐消瘦，饲养员们十分焦急，赶紧找来兽医为它诊治，检查的结果却是它没有任何的大毛病。这时，有人出了一个主意，不如在它活动的地方再放上几只老虎，也许会有一些转机。后来，这只豹子每当看见有虎从这里经过时，它立刻就变得警惕起来，很快就恢复了昔日的威风。

　　如果能把折磨你的人当成必须战胜的对手，你就会把折磨当成一种动力，并因此保持旺盛的斗志，这样看来，折磨岂不是变成了好事？

　　一位老人虽然住在海边，但不喜欢海上生活，于是，他就守候着海滩，窝在泥铺子里熬鹰（熬鹰，老北京话，是训练猎鹰的一种方式），以赚取钱财。泥铺子的苇席顶上，立着一黑一灰两只雏鹰。黑鹰和灰鹰在屋顶待腻了，就钻进泥铺子里。老人一手托着黑鹰，一手托着灰鹰，也说不上自己到底喜欢哪一只。

　　熬鹰的时候，老人很残酷，对两只鹰一点不手软。他将两只鹰的脖子分别用两根布条扎起来，等它们饿得嗷嗷叫了，他就端出一只盛满鲜鱼的盘子。两只鹰扑过去，将鱼吞下，喉咙处便鼓出一个疙瘩。鹰叼了鱼吞不进肚子里，又舍不得吐出来，憋得咕咕惨叫。这时，老人先用一只手拽紧鹰的脖子把它拎起来，再用另一只手抓紧鹰的双腿，将鹰头朝下一抖，再把拽紧脖子的那只手腾出来，用力拍鹰的后背，鹰只好无奈地将鱼吐出来。

海边的天气说变就变，海浪掀翻了老人的泥铺子，等他明白过来时，已被重重地压在废墟里。黑鹰和灰鹰从泥铺子中钻了出来。获得了自由的黑鹰，凌空飞去，而灰鹰并没有去追那只黑鹰，它一圈一圈绕着废墟悲鸣着。

老人被压在废墟里，喊不出话，只能用身子在里面拱来拱去。灰鹰很聪明，见老人有动静了，便俯冲下来，立在破席上，不停煽动自己的翅膀，刮动着浮土。不久后，老人看到了一点光亮，废墟里终于可以有一处能呼吸的地方了。后来，灰鹰又将村里的人引来救了老人。老人抚摸着灰鹰，感动得泪流满面。

过了一段时间，黑鹰也回来了。老人重新搭建泥铺子，继续熬鹰。看见灰鹰饿得直叫，老人心疼了，关键时他会解开灰鹰脖子上的布条，让小鱼滑进灰鹰的肚子。但对于黑鹰，老人依旧如最初训练时那样，甚至比从前更狠。一次，他给黑鹰脖子上的布条系松了，小鱼缓缓地在黑鹰脖子中下滑，他发现了，狠狠地将黑鹰拎起来，一只手顺着黑鹰的脖子往下撸，直到将滑下去的小鱼撸出来才罢手。

半年后，鹰熬成了，老人神气地划着一条旧船出海了。到了捕鱼的海域，灰鹰傲气十足地跳到了最高的船木上，黑鹰也跟着跳上去，被灰鹰挤了下来。不但这样，灰鹰还啄黑鹰的头，黑鹰反抗却遭到老人一顿打。

然而，到了真正捕鱼的时候，灰鹰就蔫了，而黑鹰却是另一种状态，它不断地逮上鱼来。黑鹰眼睛很毒，按着主人的呼哨扎进水中，就叼上鱼来，把老人乐得不得了。可是，灰鹰半天也叼不上一条鱼来，只是与老人抓闹着，老人气愤得大手一挥将它赶到了一边去。

老人开始并没歧视灰鹰，可是渐渐地对它的态度就变了，灰鹰逮不上鱼来，生存全依靠着黑鹰，于是，黑鹰慢慢就占据了老人心中的地位。

后来，灰鹰受不住老人对它冷漠的态度，飞离了泥铺子。老人不明白灰鹰为什么出走，他带着黑鹰到处寻找灰鹰，找了很久也没找到。老人的心里很难受，他知道灰鹰不会打食。之后，老人在村子里一片苇帐子里找到了灰鹰。可是，它已经死了，是饿死的。当老人看到它时，灰鹰身上的羽毛几乎都秃光了，身上几乎被蚂蚁盗空了。老人忍不住潸然泪下。

他一直以为自己对黑鹰太过苛刻，却没想到自己对它的苛刻成全了黑鹰，而对灰鹰的不忍反倒害了它。

把命运的折磨当作是人生的一种考验，忍受了今天的痛苦，才会获得明天的甘甜。我们应该感谢折磨我们的人，是他们对我们的严格要求，才促进了我们的成长。

一天，一个茧上出现了一道裂缝，一个人静静地待在那里守了好几个小时，他看着蝴蝶挣扎着穿破一个小小的缝隙，试图挤出来。然而，它看起来毫无进展，虽然竭尽全力，却似乎很难再往前进一步。这个人看到蝴蝶如此艰难，实在忍不住了，于是决定帮蝴蝶一把。他拿来一把剪刀，把茧的其他部分给剪掉，于是，蝴蝶很轻易地破茧而出。

谁知，这只蝴蝶却身体肿胀，翅膀很小，并且皱巴巴的，没有展开。这个人继续观察着这只蝴蝶，他希望自己能够看见，蝴蝶在某一刻可以展翅飞翔的样子。但是，他始终没能看到这一幕。

事实上，这只蝴蝶不可能飞起来了，它只能是拖着肿胀的身体和褶皱的翅膀，爬行着度过自己的一生。而它之所以会这样，全是那个人好心做错了事情——他不知道，束缚蝴蝶的茧，穿过狭小的缝隙所需要的挣扎，都是造物主的安排。在蝴蝶破茧的过程中，蝴蝶将体内的水分挤到翅膀里，做好起飞的准备，当破茧而出的那一刻，就可以飞翔了。但那个好心人却破坏了这一切。

　　生命中那些看似的磨难，其实很多时候是上帝在有意磨练我们的意志，为我们更加成熟与强大的生命提供的一个必要环节。对于折磨我们的人，我们就要用这种乐观的态度去看待——你给我设置苦难，我会在战胜苦难的过程中变得更加强大；你给我提出的问题，我会在解决的过程中，使自己愈加善于思考；你给我设置的危险，也会让我在征服它的过程中，变得更加勇敢。

　　生活需要我们用辩证的思想去对待，事物总是有着它的阴阳两面，我们正反面都看一看，那样自然就不会狭隘地去看待问题。当然，对于给予你折磨的人，你也会找到感谢他的理由。在面对这种情况时，你可以把微笑挂在脸上，然后再在心里说一句："你来吧，我不怕。"

7. 不计较、不执著，始终抱有一颗平常之心

　　老和尚带着他的徒弟小和尚在寺院中生活，老和尚每天都清心寡欲，乐呵呵的，一副悠然自得的神情。可是，再看看小和尚，整日抱怨，感觉看什么都觉得厌烦，一副苦大仇深的样子。

　　明晃晃的太阳高挂在天上，小和尚会说："讨厌的太阳，怎么会这么热？都晒得我出汗了！"微风吹来，吹散了小和尚手中的蒲公英，小和尚又会愤愤地说："讨厌的风，早不来晚不来，偏偏这个时候来，把我的蒲公英全给吹跑了！"小和尚整天都会问老和尚："师父，为什么你每天都会这么开心呢？你看，太阳这么大，晒得人直流汗；风吹得这么强，把衣服都给吹翻了。这些事情多么令人恼火啊，为什么你不会觉着厌烦呢？"

　　老和尚每次都是笑而不语，这让小和尚很是纳闷。"为什么师父不回答我的问题呢？难道是觉得我愚钝吗？"小和尚这么想着，不免又心生厌烦起来。

　　一天清晨，老和尚起床后把小和尚叫进禅房，并对他说道："你去厨房把那些盐巴拿过来。"小和尚很不情愿地应了一声，就往厨房走去，一边走还一边抱怨："师父莫不是老糊涂了？大清早的要什么盐巴！"盐巴拿来以后，老和尚吩咐小和尚把盐巴放到茶杯里，小和尚感到不解。他一边小声嘀咕着："看来师父是真老糊涂了，竟然要把盐巴加进茶杯里！"一边往茶杯里加盐巴。老和尚对小和尚的抱怨听得一清二楚，但是他并没有理会。盐巴加好后，他让小和尚把加了盐巴的水喝掉。

　　小和尚越来越不明白师父葫芦里到底卖的是什么药，但是他还是很听话地端起茶杯把茶水喝了个一干二净。喝完茶水，小和尚一个劲儿地吐舌头，说道："这是什么怪味道！又苦又咸真难喝！"小和尚皱着眉头，一脸的不高兴。老和尚看着小和尚的表情，笑着说："你现在带着剩下的盐巴跟我来。"说完就自顾自地走了出去。

　　老和尚在前面走，小和尚拿着盐巴在后面跟着，师徒两人一前一后往湖边走去。一路上，老和尚沉默不语，小和尚一言不发。来到湖边后，老和尚又让小和尚把盐巴撒进湖水里，小和尚依老和尚之言，把盐巴洒向湖中。之后，老和尚又对小和尚说："你现在尝一口这湖里的水。"小和尚依言喝了一口湖水。老和尚问："你告诉我，撒过盐巴后的湖水是什么味道的？"小和尚回答："很好喝，不苦也不咸，有一种甘甜在其中。"

　　"同样都是撒了盐巴的水，为什么这一次你就尝不到苦和咸了呢？"老和尚笑眯眯地问。

　　小和尚自信地回答："这还不简单吗？这湖里的水比茶杯中的水多那么多，当然就不会尝到盐巴又苦又咸的味道了。"

　　老和尚听完小和尚的话，拍着他的肩膀，语重心长地说："人生的痛苦就像是这些盐巴一样，是有一定的数量的，它既不会太多，但是也不会太少。而我们的心就像是承受这些盐巴的器具，器具容积的大小就决定了这些痛苦的深度。所以呀，当你觉得自己快要承受不住那些痛苦的时候，你就要试着把承受痛苦的器具的容积放大一点，再放大一点，直到它可以变成一个湖，而不是一个茶杯。这样一来，我们就有足够的勇气和耐心来面对生活中的这些苦难了。"

　　在现实生活中，我们也总是会像小和尚那样，总是在不断地抱怨，不断地计较，这些事情把我们的内心塞得满满的，让我们感到异常的痛苦和不幸福，而这些痛苦和不幸福又会使人们更加抱怨这个世界。就这样，循环往复，因果相生。人们不停地抱怨，总是在问自己为什么会如此的不幸福，却没有想过要让自己换一种心态来看待这些痛苦与不幸。

每个人的生活都不会是一帆风顺的，人们总是习惯性地去抱怨为什么自己失去的太多，而拥有的却又太少。可是，我们抱怨完了又会怎样呢？我们依然还是像之前一样，什么都没有，而且给自己的心里蒙上了一层灰色，让我们看不到生活的乐趣。

不要总是习惯埋怨上天给我们的太少，上天给了别人一双手，同样也给了我们一双手，我们并不比别人缺少什么。只要把心放宽了，不去计较那些坎坷与不平，那么一切痛苦就都会烟消云散，人生之路也会越走越宽。与其做一只茶杯，紧抱着那些痛苦不放，折磨自己，也折磨他人，倒不如跳出给自己设定的框架，拓宽自己的内心，让自己和他人都好过一些。

明月禅师声名远播，十里八乡的人们无人不知无人不晓。有人说他是上知天文、下知地理的神仙，也有人说他是不学无术的江湖骗子。可是，禅师对于这些外界的评价都置若罔闻，依然按照自己的意愿来生活。

有一天，庙里来了一个年轻人向明月禅师请教。年轻人十分苦闷地对禅师说道："禅师，有人说我是天才，日后必能成大器，有一番大的作为；也有人说我是笨蛋，一辈子也不会有什么出息。禅师，我现在十分苦恼，我想听听您是如何看待我的。"

明月禅师听完这个年轻人的话，笑着说："施主，外界有人说我是一个上知天文、下知地理，甚至还能够知天命的神仙；也有人说我是一个不学无术的江湖骗子。那么，施主你觉得我是个什么样的人呢？"

年轻人听完明月禅师的话语，一脸的茫然，他摇摇头说："大师是什么样的人，我也不知道。"

明月禅师听完之后哈哈大笑，说："这个道理其实很简单，我来给你举个例子，你就明白了。同样是一斗米，在妇人的眼中，它除了能够做成几碗米饭，供家人果腹之外，毫无价值可言；在农民的眼中，它可以以一文钱的价钱卖出去，那么它的价值就只有一文钱；在卖粽子的人眼中，这些米被做成粽子以后，能够换来三文钱，那么这一斗米的价值就是三文钱；在卖饼的人眼中，这一斗米做成饼以后，能够卖到五文钱，那么这一斗米的价值就是五文钱；在酿酒的人眼中，这一斗米被酿成酒之后，再加水勾兑可以卖到四十文，那么这一斗米的价钱就是四十文。那么，这一斗米到底值多少钱呢？那就要看这斗米想要成为什么。"

年轻人听完有所顿悟，他对禅师说："多谢大师指点迷津。我会成为什么样子，与外界的评论无关，关键是取决于自己，对吗？"

明月禅师听完年轻人的解释之后，微笑着双手合十。

其实，自己想要成为什么样子，只有自己心里最清楚。别人不论怎么评价，都与自己无关。别人的评价永远都代替不了自己的实际行动。即便别人认为你是金子，但是如果你不努力，那么也只能是一颗普通的沙粒；即便别人认为你是普通的沙子，但是如果你肯努力奋斗，那么明天你肯定也会变成熠熠夺目的黄金。所以，外界对自己的评价真的一点都不重要，坦然面对自我，跳出别人给自己规定的框架，坦然地面对自我，拓宽自己的内心，积极进取，这才是实现自我的途径。

不论外界给与自己怎样的评价，都能够宠辱不惊、听之任之，是一种超然物外的人生境界。也只有这样，才能使自己不与自我和外界的评论较劲，不执著于别人的评论，跳出自我和外界的束缚，才能专心致志地做自己想做的事情。不是为名，也不是为利，唯有这样，才能成为大器之人。

人生于天地之间，有人称赞，自然就会有人诋毁，如果过于执著

于外界的评论，而忽略了自己的内心，那该多么的可悲。跳脱出这些
条框，拓宽自己的内心，不计较、不执著，始终抱有一颗平常之心，
这样才能找回生活中的美好和自在。

第二章

不为无谓的烦恼而上火

——放下一处烦恼，收获一片清凉

人生是艰苦的，在不甘于平庸的人，那是莫把烦恼放心上，免得白了少年头；莫把烦恼放心上，免得未老先丧生。

——罗曼·罗兰

人要拿得起，也要放得下。拿得起是生存，放得下是生活；拿得起是能力，放得下是智慧。

——佚名

好多的事，放下来才知道轻松；好多的人，走开了才明白单纯。我们老是背着沉重前进，我们总是复杂着心情，生活中有一些事确实沉重，但并不是所有的都需要我们背负。人生中，一些人确实并不单纯，但我们不必跟着起哄。

——席慕容

1. 放下过去的烦恼，拥抱美好的未来

东方卫视有一个电视节目叫做《幸福魔方》，其中有一期的主题是"透支爱情"。在这期节目中讲述了一段"无缘，成全"的爱情。主持人在节目的最后，对这一爱情故事做了这样一个总结："有一种爱情叫做无缘，有一种爱护叫做成全。"

这期节目中故事的大致内容是这样的：在一所大学里，男孩和女孩相恋了，他们一同携手走过了大学的四个年头。就在大学毕业后，男孩对女孩许下承诺要照顾女孩一辈子，但是男孩家境不好，又没有房子。女孩是一个单身家庭中的孩子，在她四岁的时候，母亲就因为嫌弃家里的贫困，离开了这个家庭，从此女孩和父亲相依为命。所以，女孩的父亲一直灌输给女孩要嫁个有钱人，这样自己以后才不会受罪的思想。在这种情况下，女孩的父亲了解了男孩的家庭情况后，一直极力反对他们之间的交往，女孩的父亲甚至不惜下跪恳求男孩和自己的女儿分手，还女儿一个自由，让女孩能够找到一个有钱的人，过上不用吃苦的日子。男孩为了让女孩的父亲看到他能够给女孩幸福，为了攒钱给女孩买栋房子，为女孩建立了一个名为"月光宝盒"的存折，每个月男孩都省吃俭用往里面存钱。但是在情人节那天，男孩终于放下了女孩，和女孩分手了。分手后的一年里，男孩继续往"月光宝盒"里存钱，直到第二年的四月份，男孩遇到了一个很好的女孩，和那个女孩交往后才停止了向"月光宝盒"存钱的举动。经过了一年多的时间，男孩终于释怀，放下了自己过去的爱情，找到了新的爱情。但是，男孩尽管放下了女孩的手，放下了他们过去的爱情，

女孩却仍然对男孩一片痴心，不想放弃他们五年的感情，更不想让这段刻骨铭心的爱情无疾而终。于是女孩用了一种很极端的方式想要挽回失去的爱情，她透支了自己的信用卡付了首付，买了一套并不大的二手房，然后女孩每个月都要用自己并不高的工资偿还贷款。但是贷款利息太高，女孩一个月的工资根本不够还清每个月的贷款。于是女孩为了保住自己的房子，四处借钱，而自己也为此失业。最终，这件事情被女孩的父亲和男孩知道了。出于对女孩的关心还有希望女孩能够放下他们过去的爱情，好好生活的目的，男孩走进了《幸福魔方》这个节目。在经过一番长谈后，女孩的父亲认识到自己的错误，认识到因为自己的拜金主义害得两个相爱的人劳燕分飞，害得女儿陷入了还贷的困境中还因此而丢失了工作。在节目现场，女孩的父亲老泪纵横地恳求女儿原谅自己过去的错误，恳求男孩能够回头，继续和自己的女儿在一起。但是这一切显然已经太晚了，男孩已经有了自己心爱的女孩，女孩的哀求最终只换来了男孩一句："你要幸福。"

　　在节目中，无法评论到底是谁对谁错，谁让这样一段本来应该幸福的爱情变得不幸，就像是"镜中花，水中月"一般徒劳一场。作为父亲来讲，他希望自己的女儿将来能嫁得好，避免像他这样吃那么多苦并没有错，但是他却错在了认为金钱就是一切，再好的感情也无法抵过金钱在生活中的作用，这样的拜金主义让他的好心办了坏事，硬生生地将女儿的爱情和幸福毁掉了，最后，尽管他醒悟过来，知道自己过去的观点错了，但却已经于事无补。女孩虽然爱得轰轰烈烈，虽然对爱情的忠贞和执著让人为之心疼，特别是女孩为了留住男孩，所讲述的往事：男孩送给她的可乐戒指她一直戴在颈上，贷款买来的那套小小的房子，也是按照男孩喜欢的装修模式装修的，毛巾牙刷等等都是买的情侣的，面对这样赤诚的真情，又有谁能够不为之动容呢？但是女孩错就错在她瞒着自己的父亲贷款买房。在节目中，男孩听到女孩讲述他们的过往时，多次掩面痛哭，但是他还是选择了不再回头。但是男孩是否真的能够放下自己五年的感情，面对自己曾经深爱过的女孩——面对曾经真情的付出，男孩真的能放下么？从节目开始到节目结束，男孩从来没有对女孩说过一句狠话、一句硬话，这都是因为男孩还爱着女孩。或许这就是一种叫做无缘的爱——因为旧观念、因为拜金主义而无缘的爱。

现在很多相亲节目中嘉宾的话都语出惊人："宁可坐在宝马里哭，也不愿意在自行车后面开心地笑。"现在社会上的拜金主义逐渐玷污着从前纯洁的、与金钱无瓜葛的爱情。在年轻人的爱情中，本不应该过于注重金钱，虽然金钱在爱情中能够起到一定的作用，但是金钱却并非爱情的全部。因为真爱不是由金钱构建而成的，建立在金钱上的爱情，就像是建立在沙砾上的城堡一样不牢靠。在节目中，女孩的父亲因为自己过去失败的婚姻经历而变得偏执，认为要幸福就一定要有金钱，正是这样的观念，才毁了两个相爱的人，做出了棒打鸳鸯的事情。

关于爱情，不要认为后面的会更好，而轻视了现在所拥有的，现在所拥有的才是最好的；不要因为自己还年轻，就认为自己可以晚一点结婚，要知道爱情是不等人的；也不要因为双方之间的距离太远，而放弃了你们之间的爱情，爱情是可以穿越时间、空间的；不要因为对方不富裕而放弃了那个拥有100元可以为你花90元，剩下的10元钱打车送你回家的人，因为只要不是无能、没有上进心的人，就可以凭借勤劳让你们变得富有；不要因为父母的反对就放弃了你们的爱情，在以后的日子里你会发现因为这个原因放弃了的爱情是你终生的悔恨。其实对于爱情，这些观念是没有用处的，爱情中，越单纯就越幸福。将那些冗杂的旧观念抹去，你会发现你一直寻寻觅觅的真爱实际上就在你的身边。

2. 懂得放下的道理才会真正拥有

很久以前，有一个靠打渔为生的渔夫捕到了一条美人鱼。

渔夫把美人鱼抱回家，并将它放在自己的床上，两眼温情地看着它说话，而且还让它品尝最美味的食物。晚上怕美人鱼冷特意为它盖上他舍不得盖的新被子。他把美人鱼当作爱人一般疼爱，精心照顾。

可是美人鱼却止不住地流泪，不吃不喝甚至一动也不动。

渔夫问它："你为什么哭得这么伤心？我可是很爱你的呀！"

美人鱼说："我的家在大海里，那里有我亲爱的家人，我的快乐和幸福都在那里，我想回家。"

因为渔夫很爱它，所以他舍不得放它走。

但一天天过去了，美人鱼也憔悴了不少，看着它这般模样，渔夫的心冷到极点，他对美人鱼说："你这个冷酷的家伙，我把心都给了你，你却无动于衷，快点走吧，我再也不想见到你。"渔夫看着远去的美人鱼，流出了眼泪。

一年过去了，有一天渔夫正在睡午觉，不料却被屋外的敲门声惊醒。当他打开门时，却见一年前的那条美人鱼站在门外。

渔夫问它："你来做什么？只要你在大海里快乐我就满足了。"

美人鱼说："我的幸福是你给的，所以我来看看你。"

美人鱼虽然有些不舍但还是走了，渔夫心里有些伤感。

一个月后，美人鱼又敲响了渔夫家的大门，渔夫问："你又回来做什么？"

美人鱼说："你已经占据了我的心，我忘不了你。"

　　渔夫感到很奇怪："这到底是为什么？在我想永远得到你时，无论我做什么都不能打动你，当我准备放下你时却拥有了你。"

　　故事虽然有些神话色彩，但是留给我们的却是对生活的深思和感悟，有时候放下就是一种拥有。渔夫为了美人鱼能够快乐而舍弃了自己的快乐，没想到最后却得到了美人鱼带给他的幸福。

　　短暂的人生中也就几个坎，有的人能跨过去，而有的人倒在这几个坎上。跨过去了并不一定会成功，但倒在坎上的人一定不会成功。当你能够放弃你正在拥有的东西，并活得从容快乐时，说明你人生的那道坎已经过去了，学会放弃也是一种跨越。面对人生，如何选择和放弃关系着一生的幸福。选择不该选择的是一种错误，选择该选择的是一种睿智。放弃不该放弃的是一种无知，放弃该放弃的是一种聪明。

　　人从一出生，便对这个变化多端的世界充满好奇。即使在成长过程中对世界有了更多的认识，也会有很多不切合实际的想法。所以有人说，人在二十岁之前谈的都是梦想。虽然梦想都很美丽，但它们只是高于现实的空中楼阁，和实际有着天壤之别。

　　人们在二十岁以后谈的是理想。在现实生活中经过了多次碰壁后，才知道二十岁之前的那些梦想是多么的幼稚可笑。在这个拥有抱负和激情的年龄，人们树立的目标比较接近于现实，没有了童话世界里的天真和夸张，理想慢慢走向成熟。

　　人们在三十岁以后谈的是责任。到了这个年龄的人思想已真正成熟，人生目标已确立，积累了一定的经验，往往这时会有许多的担子压在你身上，你别无选择，只能坚强面对，背负着这些担子继续你的人生。为了让父母安享晚年，为了让孩子快乐成长，为了让家庭和睦幸福，你必须忙碌奋斗，因为这是你的责任。

　　四十岁以后谈的是事业。历经风雨四十载，酝酿梦想四十年，这时的你终于懂得了人生。心理愈加成熟，对事对人都有一定的分寸，不再像以前那样冲动、鲁莽，而是变得更加稳重。自己多年以来积累的社会经验和财富，此刻的你应该为自己做点事情，即做自己的一番事业。

人到五十岁谈的是经验。到了这个年龄的人一般只能听天由命了，曾经拥有的满腔热情此时也平静下来，对每件事都看得那么平淡，知道从容面对一切。几十年的付出和拼搏，胜利或失败在此时已成定局，有的人在品尝成功的喜悦，有的人在品尝失败的苦涩。但现在无论是成功的喜悦还是失败的苦涩都已经不重要了，重要的是你经历了这一切，这本身就是一笔宝贵的财富。

人到了六十岁以后常常忆往昔。到了这个年龄不要求物质生活多好，但求身体健康，心情舒畅。人们常常回忆以前走过的路，路上经历的事，路上见过的人。无论是好事坏事，无论是好人坏人，都会像看电影一样在眼前过一遍。不管是辉煌的一生还是平凡的一生，这些虚无的结果都无足轻重，重要的是岁月的印痕无法抹掉。六十岁不求创造，但求保持一颗年轻的心。

这就是人的一辈子，短短几十年，一晃就过去。无论是辉煌还是平凡，无论是平坦还是坎坷，你都得一步一步地走过去，不可能跳过平凡，更不可能跳过坎坷奔向成功。要实现理想，必须舍弃那些没有必要的人生之坎，只有做好了选择和舍弃，才能从容地解决人生中的难题，从容地面对你的理想，实现你的精彩人生。

3. 拿得起放得下，方可获得快乐

生活中人们总是在拼命地追逐一些东西，尽管有些东西是他们并不需要的，但是他们仍然将自己的全部精力都用于索取这些东西上。而他们这样做的原因，也不过是为了适应社会的发展，如若不然就会被社会淘汰。因此，他们的全部时间都花费在索求上，却从没有停下来想想他所追求的是不是他所需要的。这些人就像是陷入了一个怪圈一样，得到了一样东西后，又匆匆地去掠取另一样东西，从来不知满足，从来不懂放下。他们没有时间想，他们获得了这些东西之后，是否真的快乐了。其实想要快乐很简单，就像是下面这则故事中的那个老人一样，只要放下，便可获得快乐。

有一位凡事都放得下的老人，他一心只想施舍，全心全力地付出，从来不与人争执，过着淡泊名利、与世无争的逍遥自在的生活。有一天，波斯国王出城巡游，他坐在高大的白象身上。途中，波斯国王远远看到一位白发苍苍的老人慢悠悠地走过来，由于担心自己的这头白象会让老人受惊，于是他立即吩咐随从："停下来！快停下来！"就这样，前面留出了一大块的地方，老人可以安全通过了。面对这种情况，老人很感谢波斯国王如此照顾他这么一个平凡的百姓，二人交谈几句之后，波斯国王问及老人的年龄，老人回答："我只有四岁。"波斯国王很诧异，问："您才四岁，怎么可能？！"

老人很肯定地说："是的，我只有四岁，因为我四年前的生活过得很糊涂、很懵懂，是非不分、善恶不辨的生活并不能算是真正的人生。而四年前，我有幸接触到佛法，也就是说我接受佛陀的教育才四

年，所以我的人生也才过了四年。现在，我凡事都能放下，只想要施舍，在我有生之年只求付出不求回报，从付出中体会快乐，从放下中享受轻松，过着不与人计较的自由生活。也正是因为如此，我才能了解到什么是心无烦恼，什么是身轻心安。这四年来，我生活得逍遥自在，在我看来这才是真正的人生，所以我说我真正会做人的年龄也才四岁。"

波斯国王听完老人这番充满大智慧的话之后，高兴地说道："老人家，人生确实如同你所说的那般，要拿得起放得下，舍得付出，与人无争，无欲则刚，这才是最逍遥的人生。可见，尽管你听闻佛法才四年，但是你已经领悟到人生的真谛，达到了修身养性的最高境界。"

其实放下很简单，人们只需要看清自己所需要的是什么，不被大流所影响，真正地看清自己的生活，而不是随波逐流，这样你就会发现，你所追求的很多东西都是可以放下的。而你的生活也会因此而回归到简单、自然中，同时，你还会收获更多的快乐及幸福。对于放下、放空、放心这些能够修身养性的品质，刘墉先生讲述了这样一个故事：

寺院里新来了个小沙弥，他对什么东西都感到好奇。秋天，禅院里红叶飞舞，小沙弥跑去问师父："师父，你看这红叶这么美，为什么还会掉呢？如果总是留在树上该多好啊！"

师父一笑，对小沙弥说："因为冬天来了，树的营养供养不了那么多叶子的生命，只好舍弃。但这不是'放弃'，而是树的'放下'。"

冬天到了，小沙弥看到自己的师兄们将院子里的水缸倒扣过来，不再用来盛水，又跑过去问师父："师父，师兄们为什么要把好好的水倒掉呢？多浪费呀！"

师父耐心地回答："因为冬天来了，天气变冷，水缸里的水会结冰膨胀起来,把水缸撑破,所以才要将水倒干净。但是你要记住,这并不是'倒空'而是'放空'。"

冬天天气寒冷,又恰巧遇到经济危机,寺院里香油钱一下子减少了很多,小沙弥都被寺院里凄凉的气氛感染了,于是连忙跑去问师父怎么办。

师父打坐在蒲团上,严厉地说:"去数数柜子里还挂有多少件衣服、柴房里还有多少柴火、仓库里又有多少土豆!想那么多没有的干吗,多想想我们有的。要知道苦日子并不是没有头的,总会过去的,春天也迟早有一天会到来的,你要放心。但'放心'并不等同于'不用心',而是把心安顿好。"

过后不久,春天到了。或许是因为冬天的雪下得特别多,那年的春天,山花开得尤为灿烂,更胜往年,寺院里的香火也慢慢恢复到往日的盛况。此时,老和尚决定出远门,拜访一位老友,互相探讨佛法。这时候,小沙弥跟到山门,问师父:"师父您走了,剩下弟子们遇到事情可怎么办呢?"

老和尚没有回头,笑着挥挥手说:"你们已经学会了放下、放空、放心,我还有什么不能放手的呢?"

可以说,老和尚所谓的"放下"、"放空"、"放心"与"放手"每一个都是人生的大境界,而这些大境界中都包含了一个"放"字,也就意味着"放弃",只有放弃那些担心、烦恼、欲望,才能得到心灵的解脱,才能让自己的人生道路更加清晰明朗。

其实每一个人的生命都如同一叶扁舟,它的承载量总是有限的,不能载动过多的物欲、虚荣、忧愁、烦恼。如果想要让自己的生命之舟顺利到达彼岸而不至于在中途因为超载而沉陷,就必须有所取舍,放下那些只会让你的生命变得更加沉重的东西,阻碍你前行的东西,只承载你所需要的。如若不然,你的生命就会因为你承载了过多的欲望而失去自我,因为生存的需要,使得你不得不参加那些你本不想参加的活动；为了追求舒适的生活，使你不得不去做繁琐的、例行公事般的工作。这些都会造成你日常生活的浪费——因为你的无法放下，导致这些东西浪费了你欣赏美景的时间，浪费了你休息的时间，浪费了你和家人在一起的时间。其实，有时候放下那些无意义的东西，并不会让你的生活陷入枯燥无味之中，反而会因为放弃变得更有意义，更有乐趣。

人们要知道，放弃并不意味着丢掉进取之心，也不意味着扔下一切，而是一种修养，用审时度势的态度、去伪存真的选择，让自己甩掉身上的包袱，以一个更加轻松、愉快的态度面对人生。也正是因为放弃了人生中的累赘，人们才能保留生命中最具有价值、最纯粹的部分，才能看清生命的意义，在面对放弃时，作出正确的选择。

4. 放得下的并不是快乐，拿得起的才是真正的幸福

怎样才能让自己手里拥有的米最多呢？是紧紧地抓着一大把么？你会发现，在你紧紧抓住那些大米的同时，有许多米粒会从你的指缝中掉出来；而当你张开手掌捧着一把大米时，你手里拥有的米比你紧紧抓住时要多得多。而这正是因为你懂得了放下自己的贪婪，不让自己在意那些欲望、那些烦恼，所以你才能用平和的心态看待自己拥有的东西，即使那些东西会失去，你也不会觉得可惜。快乐不就像手中的这些大米一样么？一个人越想要紧紧抓住快乐，快乐反而会越来越少。如果一个人面对生活，能够从容地做出取舍，那么他的快乐会逐渐增多。

《水浒传》中林冲、武松的武术师父周侗是一位战功赫赫、身经百战的老将军，他不仅在战场上挥斥方遒、无人能敌，在生活上，他更是培养出一批又一批的得意弟子，这些弟子个个身手不凡，作战谋略的本事丝毫不亚于他。但是周侗也不可能永远在战场上杀敌，当他解甲归田后，过了几天闲适的生活，便觉得生活实在太悠闲了。于是在朋友的建议下，他去了几次古玩店，并渐渐迷上了带有故事的古董。周侗对收藏到的每一件古董都沉迷至极，每一天都会把家里的古董拿出来擦了又擦，把玩不停，就连睡觉时手里都会抱着一件古董。有一天周侗的几个老朋友前来看望他，他眉飞色舞地将自己收藏的古董展示给朋友们看，并且讲解每一个古董背后的故事。当周侗介绍到他最喜欢的一个花瓶的时候，他的手忽然一滑，花瓶差点落在地上，还好，同行的朋友有个眼疾手快的，将即将落地的花瓶接住了，当朋

友将花瓶交给周侗的时候，他才发现自己出了一身的冷汗。

这让周侗十分不解，他想自己戎马一生，在战场杀敌无数，经历的生死考验哪一次不比这件事惊险？但是也没有让自己吓出一身冷汗的时候啊，可是为什么现在一个花瓶就可以将自己吓成这样？对于这件事情，他想来想去始终也找不到最合理的解释。

但是从那天以后，周侗每天晚上睡觉都会梦到自己最喜欢的那个花瓶不是被一阵风吹落到地上摔个粉碎，就是被梁上君子盗了去。每次醒来，他都是一身大汗。周侗的夫人见他因为一个花瓶而变得心力交瘁，很是心疼，便无意间说了一句："这花瓶都成了你的心魔了，还不如直接把它摔碎，一了百了，你也就能放下心病了。"说者无意，听者有心，周侗听后恍然大悟，立即找出了令自己变得患得患失的原因。于是，他拿起自己最心爱的花瓶看了看，随后便一咬牙将其摔在了地上。从此，周侗又过上了无忧无虑的快乐生活，他也再没有因为担心古董摔碎而做噩梦，每天都能安稳地睡觉了。

人之所以有恐惧、烦恼，是因为太执迷，放不下。一旦人懂得了放下心中的障碍，便会发现从前那些困扰自己让自己喘不过气来的东西实际上都不值一提。当人们学会放下的时候，便是烦恼消失的时候，而一旦懂得了放下，并且做到了放下，你会发现你的心灵万般自在，进入了佛陀的境界，你也因此感到久违的快乐。

传说佛陀到世间为众生解决困惑的时候，有一名叫黑指的婆娑罗曾经来到佛陀面前，他的双手各自托着一个花瓶，打算将这两个花瓶献给佛陀。

佛陀看到黑指婆娑罗后，大声对他说："放下！"于是婆娑罗就将他左手的花瓶放在了地上，此时佛陀又说："放下！"婆娑罗听后将他右手的花瓶也放到了地上。可是佛陀依然说："放下！"黑指婆娑罗感到十分诧异，对佛陀说："佛祖啊，我手里已经空空的了，没有任何东西可以放下的了，您还叫我放下什么呢？"佛陀说："我所说的放下并非是要你放下手中的花瓶，而是叫你放下你的尘缘，放下六根、六识和六尘，只有这样，你才能从世间的纷扰中摆脱出来，从而真正领悟何为佛，最终走出生死轮回。"

婆娑罗此时才明白，佛陀的"放下"指的是自己内心的放下，自己如果可以将内心的贪、嗔、痴、怒、爱、恶、欲放下，自己就会立地成佛，就会摆脱尘世的困扰，不受欲望的迷惑，成为一个万般自在的人。

"放下"二字说起来十分简单，人们在生活中也常常会劝告自己要放得下、看得开，有失才有得，这并非是"吃不到葡萄说葡萄酸"的心理，而是经过了数千年人类文明的验证，一个人计较得越少，放下得越多，他的生活过得越简单，这个人就越容易得到幸福和快乐，而他也会越长寿。一个人如果总是将权力、财富、地位作为自己的目标，眼睛紧紧盯在功名利禄上面，那么这个人也只会成为欲望的奴隶，他永远没有满足的那一天，也会离快乐越来越远。快乐其实很简单，越是简单的人生，越是简单地生活的人，就越容易得到快乐。

5. 放下一意孤行，收获精彩人生

德国哲学家康德说："这世界上有两件东西能够深深地震撼人们的心灵，一件是我们心中的道德准则，另一件则是我们头顶上的星空。"这句话说的是人们高尚的道德是永远不能抛弃的，而且要时时添加人们的高尚的道德。作为当今的知识分子，尤其是各行各业的知识精英，除了要掌握高深的专业知识以外，还要注意培养自己的人格魅力与道德。因为许多的知识精英都会有恃宠而骄的表现，一旦产生这样的心态，他们很可能便会裹足不前，停止向更深的层次进行钻研，或者因为自己的恃宠而骄导致同事与自己不和，影响公司的未来走向。就像是苹果电脑的创始人史蒂夫·乔布斯一样，他是一位声名显赫的"计算机狂人"，他在计算机研发上的本领就连微软公司创始人比尔·盖茨也甘拜下风，但是他的为人却十分的骄纵、跋扈。

可以说乔布斯是一位美国式的英雄，也可以说他是一位枭雄，因为他有着天才的头脑，但却没有英雄的气度，所以他可以开创一个时代，但却无法将人才留在自己身边。他就像枭雄一般，凡事以自我为中心，想做什么就做什么，完全像是一个被宠坏了的孩子。因此，在他和斯蒂夫·沃兹尼亚克创造了苹果电脑，发展到个人电脑时代的顶峰时，他却被董事会封杀，因为他的恃宠而骄、一意孤行已经影响到公司的发展。可以说，乔布斯因为这件事情从巅峰一下跌落到谷底，但是在十二年之后，他再次卷土重来，开创了第二个"乔布斯时代"。这一点十分具有枭雄特点——只要有野心，经过长时间的忍耐，他定会东山再起。

实际上，乔布斯因为在苹果电脑上取得的巨大成功，在 1985 年获得了由里根总统亲自授予的国家级技术勋章。但是也正是因为成功来得太快，得来的似乎有些太容易，过多的夸奖、荣誉将乔布斯推向了一个高度，他开始傲视天下，认为自己是一个无人可以超越的天才，无论自己做什么都能够取得巨大的成功。因此他的经营理念与当时大多数的管理者不同，这直接导致了苹果电脑的研发生产出现了许多的硬伤，再加上他们的对手"蓝色巨人"IBM 也开始醒悟过来，推出个人电脑，迅速抢占了大片的个人电脑市场，使得乔布斯新研发出来的本就不很完美的电脑节节败退。面对这样的惨败，公司的高层主管和董事们将这次的失败全部归罪于乔布斯，他们认为如果不是乔布斯的一意孤行，认为自己天下无敌，不听他们的劝告，苹果电脑怎么会不延续当前的大好形势创造出销售新高？又怎么会落到这种节节惨败的地步？1985 年 4 月，就在乔布斯获得国家级技术勋章没多久，苹果董事会决定撤销他的经营大权，一直到 1985 年 9 月 17 日这段时间内，乔布斯几次想夺回权力均未取得成功，于是在那天他愤然决定辞去苹果董事长一职。

此时，乔布斯才开始认识到，自身恃宠而骄的心态已经让自己成为一个孤家寡人，而他所做的很多决定都已经超过了这个时代的需求，他的老搭档斯蒂夫·沃兹尼亚克的出走，更使得他深刻地认识到自己的这种"宠儿"心态犯下的错误是多么严重。在这次事件发生后，他吸取了深刻的教训，并在几天后创办了"Next"公司。在这次的创业中，乔布斯并没有再犯之前的错误，他真正地消化了苹果电脑开给他的那剂良药，尽管他认为这剂药实在是太苦了，但是他仍然需要。因此，在"Next"公司的管理过程中，乔布斯没有被成功冲昏头脑，他保持着理性，认真地听取公司员工的意见，使得"Next"公司一步步成为与老牌动画公司迪士尼并驾齐驱的动画产业公司。

可以说，乔布斯取得如此巨大的成功固然是与他的经营天分以及在计算机知识上的渊博是分不开的，但是更重要的是，乔布斯能够在历经一次失败后很快放弃自己的"宠儿"身份，深刻地反思自己的行为，在后来的工作中控制自己的一意孤行，懂得与别人沟通，懂得听取别人的意见，将自己的心态放平，所以，他创造的"Next"才能取得巨大的成功。而他也才能再次回到自己割舍不下的苹果，继续主持大局。

从乔布斯的故事中不难看出，他曾经犯下的错误任何人都可能犯过，或者正在犯着这样的错误。因为自己在某一行业精通，就将别人好心的建议拒之于门外，自己闭门造车，或者因为自己曾经的成功，就认为自己什么都是对的，不再理会别人的想法，一意孤行，脱离实际，脱离大众，最后以失败而告终。这些人都是知识精英，只是在他们内心深处，他们早已经被人们的夸赞及成功的喜悦所迷惑，成为了恃宠而骄的人，他们听不进别人的批评，将别人的建议当作是与自己对着干，他们对许多人产生了敌意，却不知道自己心中的道德已经被玷污，忘却了谦虚、孜孜不倦的学习的品德。而他们在这样的情况下，只能偏离成功的道路，偏离自己对知识更加精确的把握。

因此，知识精英要保持自己内心谦虚的品德，要明白学无止境，"三人行，必有我师"，并且要舍弃在成功和夸赞中产生的"宠儿"心态，以平常心和低姿态面对生活及工作中的每一件事情。只有这样，才能取得源源不断的成功。

6. 烦恼源自于心，放下方能豁达

每一个人都或多或少地存在一些烦恼，若想放下心中的烦恼，就必须要认清其根源。佛学里讲，烦恼源自于心，这来自于唐朝马祖道一禅师所提倡的"即心即佛"中。

唐朝马祖道一禅师提倡"即心即佛"。他的弟子法常就是从他的这句话中悟出佛道，在彻悟后隐居于大梅山，从此诵经礼佛，不问世事。有一天，马祖派侍者去试探法常是否真正领悟了"即心即佛"的根本，侍者对法常说："师兄，你领悟了老师所说的'即心即佛'，但是最近老师为什么又说'非心非佛'呢？这不是自相矛盾的说法么？"法常听了侍者的话，对侍者说："别的我不管，我的佛道仍然是'即心即佛'。"侍者将法常的话原原本本地报告给了马祖道一禅师，马祖禅师听后欣然颔首道："梅子熟了！"

法常在参悟了"即心即佛"的禅机后，就稳如泰山一般，岿然不动，即使老师一百八十度转弯地将"即心即佛"改成"非心非佛"，对他来讲也不过是"竹影扫阶尘不动"，而法常的道也不会跟随老师的意志改变而改变。

因此，心一动，则万物接随着而生气，纷纷攘攘，嘈嘈杂杂；心一静，则浮躁的人生回归于平静，尘劳消迹，万物从心过，却掀不起一丝涟漪。每个人心的动态都不一样，每一次动态都是千差万别的，就像是"诸法无常，诸法无我"一般；而心的静态则犹如"涅槃般寂静"。在悟道的人眼中，不管世间的变化是多么的巨大，世间如何差别动乱，这世间的一切依然归于平等，动乱颠倒最终也将归于寂静。

　　佛教中常常有用"明珠在掌"的话语比喻佛心并非是在高远之处，常人遥不可及，而是人人都可以持有、人人都可握之物。但是佛心虽然在每个人的心中，若是不经过"石中之火，不打不发"，不经过修正，那么就如同身怀绝技但却不知如何使用一般枉然。

　　日本佛学大师铃木大拙在欧洲弘扬佛学、讲述禅宗的时候，有人曾经问他："佛主释迦牟尼对众生最后的愿望是什么？"铃木大拙如此回答这个问题："释迦牟尼对众生最后的愿望就是，希望众生能够抛弃一切的依赖之心。"如果一个人常常依赖别人，无法做主自己的人生，面对诱惑和吸引没有抵抗力，常常被外界的事物所牵引，无法控制自己的思想、行为，这就是万般皆烦恼的来源。那么人们知道了烦恼来自于自己的内心，该如何稳定人们的心灵，使得人们能够得到恒久的平静呢？

　　人们的心中主要存有四种心：妄想心、是非心、恶念心、自私心。当然，除了这些以外，还有许多妄动之心，而想要将这些妄动之心抛弃，就需要人们动用自己的正动之心去对治它们。譬如说人们要时时存有惭愧心、忏悔心，当人们存有这样的心的时候，人们就会时时反省自己，对自己严格要求，对他人宽容；人们还要有欢喜心，对别人的一切，即使是自己不满、看不过去的行为，都要以欢喜之心来包容，如果一个人在生活中能够常常持有欢喜心，那么他便接触到了佛心，开始感悟到了佛理；此外，要存有感恩心、回报心，要常常想能为别人做些什么，怎么样能够帮助到别人，将自私自利抛弃，将奉献拾起，人们便具有了慈悲心。当人们具有了慈悲心之后，就进入了佛学的另一个阶段——静心。何谓静心？就是指平等心、广大心、菩提心以及寂静心。只有人们进入了静心的阶段，才能找到解决烦恼的根本办法，才不会再次被烦恼所困扰。

　　许多大师为了达到静心的状态通常都隐居在深山古寺中，但是大多数人都是生活在现实生活中的，在这样的环境下，人们无可避免地会产生这样那样的矛盾，因此，烦恼也会随之增多，即使人们想要游离于群体之外，也是难以办到的。可以说烦恼是避免不了的，但是这并不代表在现实生活中人们就无法修炼到静心的阶段，而是更加要求人们把持住自己的内心，不被自私、妄想、恶念迷惑。

心理学家经过研究后发现，只有随心而行才能体现出人们所追求的最高境界。许多人在青春年少的时候，都容易体会到随心而行的乐趣，尤其是某些具有特殊才华的人，更是会显出他们随心而行的特点。

闻名于世的意大利电影明星索菲娅·罗兰就是这样一位随心而行的人，但是她却十分喜欢这样的状态，她说："在我听从内心的选择的时候，我能够正视自己真正的感情，看到真实的自己。我可以在这样的情绪中品尝新思想，修正我过去所犯的错误。在我随心而行的时候，我仿佛置身于镶满不失真的镜子的房屋里般那样真实。"

罗兰认为，听从内心的选择，随心而行，使她得到灵魂与真诚对话的好机会，也使得罗兰恢复了青春，同时还减少了她过去累积的烦恼，让她变得宽容、慈善、大度。

可以说，所有人烦恼的根源都在于自己的内心，人们只有放下自私心、妄想心、恶念心，才能从烦恼中解脱出来。在人们放下这些恶之心的同时，人们会变得豁达大度。

7. 拿得起是一种勇气，放得下是一种智慧

为什么有的人活得很轻松、过得很快乐，而有的人却活得很沉重、过得很悲惨？因为快乐的人拿得起放得下，不快乐的人却拿得起放不下，所以说放不下是人生最大的包袱。人一生中不可能什么都会得到，当生活让你交出权力、抛弃爱情、放走机遇之时，你应该学会舍弃一些东西。

人生不如意之事十之八九，要学会给自己减压才能快乐，有时候学会忘记就是减压的一个好方法，人生需要拿得起和放得下。人生其实就是一次长途旅行，在前行的途中会遇到各种各样的事情，经历各种各样的险境，如果把过去的一切都记住，那会增加许多的负担，进而变成累赘，使压力越来越大。为什么不学着忘记？一路走来一路忘记，轻装上阵会让你活得更精彩。无论成功还是失败都是过去式，不能只是忘记失意时的尴尬和窘迫，还要切忌沉湎于过去的得意之事，不求上进。都说"好汉不提当年勇"，看来这句话非常有道理。一直生活在过去的痛苦中不能自拔的人更不足取了，过去的辉煌、荣誉、烦恼、痛苦等一切都要忘记，只有忘记这些才能活得更轻松，进而获得快乐，推动着你更好地前进。无论背负着过去的成果还是失败的阴影都会让我们感到很累。如果一点鸡毛蒜皮之事就铭记在心，甚至耿耿于怀，这只会让痛苦的过去拴住你的双脚，阻碍你的发展。而总是不忘别人的坏处其实也是在害自己，真正快乐的人都是那些心胸开阔、既往不咎的人。

当然，生命中也有很多不能忘记的事，例如，记住别人对你的

好、记住对别人的承诺、记住自己的责任等。著名作家阿里，曾经和
吉伯、马沙两位很要好的朋友外出旅游。当他们三人行至一处山谷
时，由于山谷险峻，马沙一不小心脚踩空了，险些坠落谷中，幸亏吉
伯及时拉住马沙，救了他。得救的马沙非常感激吉伯，正巧附近有块
大石头，马沙就在大石头上刻下了一句话："某年某月某日，吉伯救
了马沙一命。"之后三个好朋友继续向前走。几天之后，因为一点小
事，吉伯和马沙两人吵得面红耳赤，最后吉伯竟然对着马沙的脸打了
一巴掌。马沙很生气，于是在沙滩上写下一句话："某年某月某日，
吉伯打了马沙一耳光。"当他们三人结束旅游回来后，作家阿里忍不
住好奇问马沙："你为什么要把吉伯救你的事刻在岩石上，而将吉伯
打你的事写在沙滩上呢？"马沙轻轻一笑说道："刻在岩石上的事说
明我会永远记住，而写在沙滩上的会很快在我的心里消失。我永远会
记住吉伯救我，而不会记住他曾经打过我。"

我们做人就应该像马沙一样，永远记住别人对你的帮助，不要记
住别人对你的不好。记住该记住的，忘记该忘记的，这才是积极洒脱
的人生。

人生没有舍弃就没有选择，没有选择何来更好的发展？人生处处
是风景，不能沉浸于过去的风景中停下脚步，前面还有更加漂亮的风
景等着你去发掘。生命之中的辉煌并不是在某一阶段才有，每一年都
有阳光灿烂的春天，每一年都有硕果累累的秋天，忘记过去，展望未
来，你的人生一定会更加美好。时常思考一下如何能更好地生活和工
作，如何更好地发挥自己的水平，如何更好地为人处世，不要存在思
考这些太早或太迟的想法，凡事都做到有备无患、防患于未然，这样
会让你获益颇多。你需要给思想一双翅膀让它去自由飞翔，这样才能
知道眼前的世界是多么的渺小。只有走出眼前生硬的疆界，把目光放
长远，才能有所发展，有所突破。

每个人来到世间都应该有所作为而不是碌碌无为，要重视自己，

欣赏自己，因为每个人的生命都同样伟大，没有高低贵贱之分。生活处处充满体验和成长的机会，身处险境更是你展示自己的好机会。生活在回忆里的人都是在白白浪费生命，虚度光阴。每个人都有选择生活的权力，选择活在过去的人永远不会快乐，更不会成功；选择忘记过去，着眼于未来的人才能成大事。

在现实生活中，有的人坚守最初的理想不放弃，这种矢志不渝的精神固然让人敬佩，但是必须是正确的、有希望的道路。否则，就必须马上退出，另辟一条适合你的道路。坚守没有希望的道路，不但会让你失去发展的机会，更会让成功远离你。一件事不成功不能说明自己没能力，可能是选择的方向有问题。只有找到正确的目标，审时度势，才能做好选择。

可以说，人生在世拿得起是一种勇气，放得下是一种智慧。只有放得下，才能好好把握人生，才能卸下心中的包袱，从而活得轻松而幸福。

8. 懂得舍弃，才能赢得美好的人生

在人的一生当中，会面临着许多次的选择，这些选择会成为你人生中的一次次的转折。有些选择可能会给你带来危害，而有些却可以帮助你成功。因此，在面对选择时，人们不仅要具备果断放弃的勇气，还要具有智慧，以便做出最好的选择。

鲁迅先生不仅是中国近代文学家、思想家、革命家、教育家，同时他还是"新文学开山鼻祖"、"新人造就者"、"文化播火人"和"华夏民族之魂"。许多人都知道鲁迅的文章笔锋犀利、一针见血，他对当时黑暗的社会感到万分痛心，对弱小中国遭受凌辱的局面更感到十分悲痛。而青年时期的鲁迅认为，造成中国遭受外国凌辱的主要原因在于中国人体质弱小。于是，为了改变这种现象，为了使祖国强大起来，鲁迅远渡日本学医。但是后来，鲁迅却弃医从文，这次放弃不仅充满了勇气，更充满着鲁迅的智慧。

鲁迅先生选择弃医从文的原因，在他的一篇《藤野先生》的叙事散文中，可以窥见一二。在这篇文章中，透露出了鲁迅先生青年时期思想转变是从何而来的。鲁迅一直怀着让祖国强大起来的愿望，因此，他才会背井离乡，来到日本学习先进的医学知识，因为他认为要想改变当时的社会现状，就需要先改造当时人们的体质。但是，当鲁迅来到日本后，受到"匿名信事件"和"看电影事件"等的影响，他的思想发生了改变，尽管他的原本愿望——改变祖国现状，让祖国变得强大，不再遭受外强凌辱——没有变化，但是，他却不认为改变国人体质是强大国家的主要道路了，而是认为，现在国人的精神麻木，

毫无奋斗的生机，只有弃医从文，把自己的笔作为手术刀，为每一个形如走尸的国人从思想上做手术，让人们产生耻辱感、危机感，如此一来，国家才会有希望，才有救。

鲁迅先生远渡日本学医，从日暮里到水户所经历的待遇，让他不禁想到在风雨中飘摇的祖国任人宰割的情形，想到人民依然在水深火热中受难；当他初到仙台，遭到"物以稀为贵"的特殊待遇后，让他感到无尽的心酸与悲痛；在他决定弃医从文，回到国家后，看到许多人反而为反动派屠杀革命者喝彩，这样的情景令一心想要挽救祖国的鲁迅先生感到悲愤至极。这些因素都是鲁迅先生选择弃医从文的原因。

"匿名信事件"的发生，让身怀挽救中国现状愿望的鲁迅深刻地感受到国民备受歧视的悲哀，也更加激发了他富国强民、挽救处于水深火热之中的民族的决心。为了针砭时弊，同时唤醒麻木、愚昧的同胞，鲁迅开始深思自己选择学医这条道路是否正确，祖国需要的是一名技术精湛的医生，还是一名能够刺破人民的冷漠、麻木，唤起人民热血的"医生"？在此事过后不久所发生的一件事情，正是鲁迅先生弃医从文的导火索。鲁迅在《藤野先生》一文中描写到"看电影事件"中，字里行间，都透露出鲁迅先生内心的愤慨。他深刻地感受到：医学只能解救病人肉体的痛苦，但无法解救病人的心灵与精神，要想解救自己的祖国，必须要先救治人的精神，唤醒民众的屈辱感、羞耻感以及奋斗感。因此，鲁迅毅然选择了弃医从文的道路。

虽然鲁迅这一选择看似简单，但是其中的艰辛却不少。因为无论是医人还是医心，鲁迅所想的都是如何挽救祖国，如何富国强民，因此，选择弃医从文这不仅需要鲁迅拥有放弃自己多年学医的勇气，还考验了鲁迅在面对民族存亡的时刻、面对自己的愿望，能否做出最佳的选择，他的选择是否是影响最大的。鲁迅选择弃医从文后，可以看到，许多的青年、许多的国人被他一针见血的文章刺痛、惊醒，他们选择了革命的道路，为了祖国的独立，他们挺直腰板与敌人做斗争。所以说，鲁迅的选择无疑是经过了慎重的考量之后做出来的决定。即使到今天，鲁迅先生的文章依然对当今社会形势是个深深的警醒，对当今社会也是一场毫不留情的批判。因此，他的这一次选择，无论对于中国在遭受凌辱、内战等灾难的时候，还是现在中国步入高速发展的时代都具有深远的影响。如果鲁迅当初选择学医，那么他可能只是一名医术精湛的大夫，可能会挽救上万人的生命，但却绝对无法挽救三万万同胞那颗麻木、冷漠的心，也无法挽救水深火热的祖国。所以说，鲁迅的这一放弃是充满了智慧的放弃，只有经过智慧的思考得出的放弃，才能发挥出自己最大的能量，创造出最大的影响力。

不止是鲁迅先生会做出这样具有大智慧并且十分勇敢的放弃，即使是普通人，在生活中也会遭遇选择，而这些选择尽管有大有小，但都可以从人们的选择中窥见出他们的勇气与智慧。

要知道，人之所以会痛苦，往往是因为不懂得舍弃，当人懂得舍弃后，才会展现出人生另一个截然不同的景致。可以说，懂得舍弃是人的大智慧。只有懂得舍弃，才能赢得更加美好的人生。

第三章

心胸豁达了自然不上火

——心胸豁达了，身体才能轻健

心胸豁达，足能涵万物，心胸狭隘，无能容一沙。

——安东尼奥·波尔基亚

大海的无垠，可以开阔博大的胸襟；浪涛的汹涌，可以塑造顽强的性格。

——佚名

宽怀大度一些，机会便多了，世界也大了；偏狭小气，机会便少了，世界也小了。

——佚名

1. 常释怀，才能活出真我的风采

一个寺庙里，有一个老和尚和小和尚。老和尚常常训诫小和尚："不要接近女色。"一天，他们外出去讲禅，走到桥边，遇到山洪暴发，洪水已经把桥冲毁。原本可以轻易蹚过去的小河已经涨到快及腰部，师徒两人正在发愣。这时，过来了一个貌美如仙的女子也要过河，看到桥断了，水又这么深，非常着急。

老和尚便问："施主，你可要过河吗？"

女子皱着眉头说："是啊，但是这河水太深，小女子实在过不去，师父能否帮我？"

于是，老和尚便让小和尚背女子过去，但小和尚不答允，于是老和尚就亲自背着女子过河。蹚到了对岸，老和尚把女子放下，女子谢别。然后，老和尚和小和尚就继续往前走。

小和尚跟在后边心想："师父常常告诫我'男女授受不亲，不要接近女色'，今天碰到了这么貌美如花的女子，却要背她过河。"但是，老和尚是他师父，他不敢向师父询问原因。两个月过去了，小和尚还是对那件事情不能释怀。终于有一天，小和尚鼓起勇气到老和尚的面前问他那件事的缘由。

老和尚听后，大笑："徒弟，你的心真是太累了！我背那位女子过河后，就放下了。而你却还把这件事情放在心上，久久不能释怀，而且在心里一背就是两个月，真是太辛苦了！"

老和尚"做者"无心，小和尚却"看者"有心。生活中，大多数人都会像小和尚一样把一些没有必要的事情装在心里，包括疑惑、烦

恼、欲望等。凡事都爱计较、埋怨，对一些芝麻大的小事久久不能释怀，从而增加自己的心理负担，难以洒脱地面对生活。这又怎么能得到快乐呢？

波斯国的王后图雅生了一位公主，取名叫做波安笛。公主的面貌非常丑陋：她的皮肤很粗糙，比树皮的褶子还多；她的头发很硬，像马的尾巴。国王看到这个女儿生得这么丑，便命令宫中的侍卫要小心守护，绝不能让宫外的人看到，损害皇家人的面子。

后来，小公主波安笛长大成人，为了给这个丑陋女儿找个驸马，波斯国王偷偷命令大臣找了一位家里贫寒，没有能力娶妻的读书人，把公主赏赐给他，并建了一座宫殿作为公主的陪嫁，宫殿中装置了七层门，殿内常年封锁，钥匙由驸马带在身上。

每次当贵族官厅聚会时，驸马总是只身前往，时间久了，很多人在私底下议论："这公主如果不是绝世美女，就是天下第一丑八怪，不然为什么总不露面呢？驸马就算不带公主出门，我们也要想法子看看这个公主到底是什么模样！"

于是，几个胆大的人设计了一个圈套，把驸马灌醉了，然后从驸马身上偷到了那串钥匙，溜到公主殿中。这几个人用钥匙一道道地打开了这七层大门。看见公主时，他们简直不敢相信自己的眼睛。公主容貌无与伦比，犹如仙女下凡，四周还闪着耀眼的光环。趁公主还没发觉，这几个人赶紧回到酒宴上把钥匙放回到驸马身上，并把他们见到的告诉了其他人。

驸马酒醒后，便回到家中，当他打开第七道门时，被美若天仙的公主吓住了。

他问公主："你是谁？为什么在我家里？"

公主回答："我是你的妻子啊！"

原来，这天早上当驸马去酒宴后，波安笛公主在宫中深深歉疚，自怨自艾道："不知道前世造了什么孽，今生如此被人厌恶，常年困在这个屋子里。"想到这里，公主眼睛充满了泪水。但公主马上又想到："其实，我能生在这个佛陀降世的时代，是非常幸运的。听说，一切受苦难之人如果都能用虔诚的心祈祷，就会蒙受佛恩，得到超度。"

于是，公主非常虔诚地对着上天跪拜，祈祷说："希望佛陀慈悲为怀，为我除去罪责。"

佛陀看到她如此虔诚，就显现出了自己的法相。公主看见佛陀的法相后，恭敬地以心礼佛，佛陀为她解说禅法，除去心中杂念，公主身上的丑态便慢慢地消失了，貌美如仙。

后来，驸马把这个消息告诉国王，国王急忙赶来，看到了女儿如此美貌，非常高兴，便带领众人在佛陀像前谢恩。

波斯国王向佛陀拜问："我女儿以前种下什么孽，今生为何生得这么丑？"

佛陀说，过去有一位很有名望的长者，家中供养了一尊辟支佛，辟支佛为了检验拜佛者的心境，隐藏了自己的美相，以丑陋的样貌示人。而这位长者的小女儿，看见这位丑陋的辟支佛，心生厌恶，于是就出口侮辱："你这个臭和尚，皮肤粗糙、面貌丑恶，让人讨厌！"

后来，这位辟支佛将要涅槃时，为这位长者家里做出各种变化，小女儿看后非常害怕，于是便赶紧向辟支佛悔过，辟支佛微微一笑，给这个小女儿施了咒语：如果她能忘记这件事情，那么她的世世代代会越来越美；如果她不能放下心中的怨念，那么她世世代代的丑陋将会累积，变得越来越丑。而你的公主就是小女儿的后世。当初小女儿因为辟支佛没有消减对她家做出的变化，便心生怨念，变得越来越丑。而如今你的公主，今世虔诚礼佛，这是她应得的修果。你们切记，不要对过去之事，念念在心。放下、释怀，才能保得未来的平安快乐。

所有对过去无法释怀的抱怨情绪，只能阻碍自己前进的道路。如果长者的小女儿能够放下对辟支佛的怨念，那么她就不会遭遇那么多的苦难。不要总是抱怨过去，觉得生活辜负了自己，其实人们拥有的一样多。放下抱怨，接受目前的现状，是通往未来的起点。抱怨无法改变现状，只有释怀过去，才能用完整强大的心态面对未来的挑战，得到真正的快乐。

2. 心灵的包袱沉重了，人生的烦恼便多了

　　生活中有太多的无奈和不如意，寻寻觅觅，心的负荷愈发沉重。什么是我们的人生目标，什么是我们最想要的东西，也许你早已忘记。我们背负了太多的要求，背负了太多人的期待，何时才能让生命回归本色？何时才能从精神泥潭中爬出？也许，只有放弃那些原本我们要奋斗的动机，放弃那些我们认为最想要去把握的东西，才能减轻这些生命不能承受之重。

　　一个小和尚被厨师派去买油，在出发之前，厨师给他一个大碗，并告诉他："你一定要非常小心，千万不能把油从碗里洒出来。"小和尚应声后，就下山去买油了。他小心谨慎地用双手捧着盛满油的大碗，盯着碗里的油，生怕不小心把油溅出来。倒霉的是，就快到达寺庙的门口时，小和尚由于只顾盯着碗里的油，而没有注意到前面的路，踩到地上的一个坑洼里，洒掉了三分之一的油。小和尚非常懊恼，更加紧张，捧着碗的手也开始发抖，最后到达寺庙时，碗中的油只剩下一小半了。厨师拿到碗时，破口大骂了小和尚一顿。小和尚非常伤心，自己明明很用心，可为什么偏偏这么倒霉呢？

　　老和尚看到了小和尚难过的样子，于是便询问缘由，之后对小和尚说："你再去买一次油。这次我要你在回来的路上，多多注意你看到的人和事物，并且要回来向我做个总结。"

　　在回来的路上，小和尚观察到这路上的风景真的很秀丽。远处峰峦层叠，近处又有农人在除草、耕田，路边有一群孩子打打闹闹，玩得很开心；旁边的一个小亭子里还有两位老先生正在斗棋。就这样，

小和尚一边走一边欣赏风景，不知不觉就到了庙里。最后小和尚把油交给厨师时，碗里的油仍然满满的，一滴都没有洒出来。

生活中有很多时候都是如此，原本事情很简单，可是当我们像小和尚一样背上那个"一点油都不能洒出来"的包袱时，就由于过于专注于它，而失去了完成这件事情所需要的洒脱，于是它就成了我们无法轻松完成的任务。

一个流浪汉，毫无目的地拖着沉重的脚步走在自己看不见尽头的人生道路上，他长途跋涉，肩上扛着沉重的沙袋，腰上还缠着装满水的管子，左手托着一大块奇怪的石头，右手拎着一块岩石，脖子上套着一个用绳子绑着的磨盘，头上顶着一个腐烂发臭的大冬瓜，脚上还拖着一条铁链子，链子上还绑着一个锈迹斑斑的铁球，每向前迈进一步，铁链就发出哗哗的响声，如同囚犯，却不如囚犯。

太阳像火一样烤着大地，他艰难地在日头下行进。就在这时，迎面来了一个农夫，对他说："朋友，你难道不累吗？为什么不扔掉手里的烂石头啊？"

流浪汉忽然明白："是啊，我为什么没有想到把这块没用的烂石头扔掉呢？"

于是，他扔掉了自己手中的石头，觉得自己轻松很多。他又走了一段时间，突然碰到了一位老翁，老翁看到流浪汉对他说："流浪汉，你不觉得自己很疲惫吗？为什么不扔掉头上的那颗烂冬瓜和脚环上笨重的铁链呢？"

流浪汉看了老翁一眼，对他说："很高兴你能帮我提出建议，我真的不知道我在做什么，谢谢您！"流浪汉于是扔掉冬瓜、解开脚链，顿时感觉很轻松。接着流浪汉又碰到了一个老翁，老翁看见流浪汉肩上扛着沙袋，腰上缠着大水管子，便睁大了双眼，惊奇地看着他说："喂！你扛着一袋沙子做什么啊？路上有这么多沙子。你还带着这么一根水管子，你没看到这一路上到处溪水潺潺？你为什么不扔掉它们呢？"

流浪汉顿时醒悟，他谢过老翁，扔掉了这些烂东西。站在路边上看着夕阳余晖，沉思着，他觉得自己真的很轻松快乐。

他自言自语："感谢那些人，是他们帮我卸下了包袱，让我轻松自在。"

突然他一低头，发现自己脖子上还套着一个空磨盘，他想就是这些无用的东西让他直不起腰，于是拿下磨盘，把它丢在了一旁。正是因为他放下了这些没用的包袱，才有机会看到远方的美景。

过去是我们沉重的包袱，里面盛满了可以放下的许多事情，或许是快乐，或许是痛苦，日积月累会使我们的包袱越来越重，把我们的脊柱压弯，变得行进艰难。别人自私的要求是我们沉重的包袱，当你在乎第一个人的时候，往往会接着出现第二个，直到我们再也听不见自己的声音。

佛教中所说的"放下"，不是说什么都不重要，而是说你需要什么，要多少，这才是目的。利奥·罗斯顿曾经说："就算你的身体很强大，但你的生命靠的只是一颗心脏，多余的脂肪会压迫人的心脏，多余的钱财会拖累人心灵，多余的追逐幻想会加重生命的负担。"生活就是这样，放下沉重的包袱，才能轻松愉快地活着。

3. 放慢欲望的脚步，感受拥有的阳光

一名富商组织了一个照片比赛，主题为"幸福"——想通过这次比赛来寻找最幸福的人。参赛的作品很多，可是作品中的人大都是住着豪宅的有钱人，或是摘得桂冠的娱乐明星。最后，一张名为《小憩》的作品吸引了富商。作品中，一个年轻人戴着安全帽，身子斜躺在施工现场的一张长凳上，正在睡梦中，嘴角还挂着一丝微笑。年轻人的怀中还揣着一只碗，右手拿着一根筷子，另一根筷子被遗落在凳子脚旁，应该是刚吃过饭。

富商看了这张照片很高兴，把它定为获奖作品，立即联系了这张作品的作者。参赛者是个工人，这张照片是他在工地上用手机随便拍的。《小憩》获奖使很多人觉得不可思议，舆论纷纷。可富商却评价说："有饭吃，有事做，睡得香，是多么幸福的一件事啊！这几乎是所有人每天做的事情，可是，又有几个人可以感受到这样的快乐和幸福呢？"

人类的欲望是永无止境的，看到的越多，想拥有的就越多；拥有好的，却想占有更好的。人类在不断的追求中，变得越来越不知足，对自己眼前所拥有的视而不见，对事物缺乏感受的心。如果你不懂得感受，那么你拥有那些更好的有什么用呢？放慢脚步，感受现在所拥有的阳光，是人类最简单的快乐。

湛蓝的天空洒下了温暖的阳光，一个小女孩抬起头，望着天上朵朵的白云，她从来没有感觉到这个世界竟然如此美好。从这一刻开始，女孩爱上了这充满阳光的天空之蓝，并产生了一个梦想，那就是

将自己的生活绘成一幅蓝色的画。

就在她忘情于蓝色时，上帝出现了，他引领女孩到了一个苹果园，而且还送给她一个袋子，对她说："苹果园里有你一份隐藏的愿望，那是一个苹果，一个你认为最好的苹果，只要你能找到它，并把它放到这个袋子里，你的愿望就会实现，快乐就会降临。"

女孩听后很开心，觉得自己将要实现自己的梦想了，她憧憬着一幅很美的蓝色油画。于是，小女孩高兴地接过袋子跑进了果园。

上帝对着她的背影说："一定要在太阳落山之前摘到那个苹果，否则这个愿望将永远不会实现。"上帝说完就消失了。

女孩抱着袋子，望着一棵棵的苹果树，开始寻找最好的苹果。她感觉自己越来越累，回头一望，已经看不到来时的路。苹果园真的很大，每棵树上都结满了果实，苹果有的青翠，有的红艳，女孩多次爬上树，问自己："这是最好的吗？还有更好的吗？"就这样，她一直在苹果园中寻觅着，最后她双腿发麻，再也迈不动一个步子了。她在一棵果树旁坐下来，眼睛里充满疲倦和迷茫。天色渐渐地暗了下来，女孩看着无边的园子，想到上帝最后说的那句话。于是努力把自己撑起来，她必须赶快找到那个最好的苹果，否则她的愿望就不会实现。

又走过很多苹果树，看到了数不清的苹果，小女孩琢磨着："这棵树的苹果还不如之前的那棵树上的好呢，没事，一定会有更好的，或许马上就会看到的。"

果园随着天色越来越暗，变得越来越模糊。最后太阳落山了，苹果园也跟着消失了，女孩眼里充满了懊恼的泪水。女孩祈求上帝再给她一些时间，因为在最后一刻她懂得了很多很多。上帝没有露面，苹果园也不会出现，一切都不会再有了。

女孩遗憾地错过了实现愿望的机会，当她失落地要放下手中的袋子时，却发现袋子里有什么东西，打开一看是一个苹果，一个很普通的苹果，如果在刚才的那一堆苹果中，她肯定发现不了它。但是此时，她看到这个苹果青涩中泛着红润，很美。

每个人都会拥有自己的幸福，而你却还在刻意地寻找，并没有发现幸福其实一直在你身边。停止追逐，用心感受现在所拥有的，快乐就是这么简单。人生并不是没有阳光，而是缺乏感受阳光的心。

有一天，苏东坡和佛印同游于西湖之上。苏东坡自诩英俊潇洒、风流倜傥，想要讽刺一下佛印，于是对他说："你看你这一身肥肉，就像一坨屎。"

苏东坡以为这样，佛印就会恼羞成怒，大发雷霆。

然而，佛印听后只是淡淡一笑，说了一句令旁人不可思议的话："我看您是一尊佛。"

有学识的苏东坡听后也一头雾水，问佛印缘由。佛印说："我心中有佛，所以看什么都是佛，在我的心里你就是佛；而你心中有屎，所以看什么都是屎。"

满腹才华、学识五斗的苏东坡听后羞愧不已。

佛印说得很对，人们在生活中就是如此。心情好的时候，看什么都好；心情差的时候，看什么都觉得麻烦。一些人心理阴暗，就算你把世界上最美好的东西送到他的面前，他也感受不到这是多么美好的事情。生活中处处都很美好，只要你有一颗感受美好的心。

阳光的心态是幸福的起点，是快乐的源泉。如果你想创造美好的生活，那么就要拥有感受阳光的心态。这样，你的人生自然也是充满阳光的。

4. 包容有多少，拥有就有多少

从前，一位国王有三个儿子，他年事已高，准备不久后将王位传给其中的一个。一天，国王将自己三个儿子叫到了一起，说道："我已经老了，决定把王位传给你们三个中的一个。但是，你们要到外面游历一年，然后回来告诉我，你们这一年中做过的最高尚的事。我会把王位传给那个真正做过高尚的事的人。"三个儿子听了父亲的话后，都自信满满地上路了。

一年过去了，三个儿子都回到了父王身边，告诉了父亲这一年在外面碰到的事情。

大儿子说："在这一年间，我曾经遇到了一个陌生人，他非常相信我的人品，让我帮他把一大袋钱财送给他住在另一个村庄的儿子。当我行走到了那个村庄时，我把钱财分文不少地送到了他的儿子家。"国王说："你做得非常对，但是诚信是每个人应有的品质，这算不上什么高尚的事情。"

二儿子接着说："我游走到一个镇上，正巧碰到一伙土匪打劫，我奋不顾身地冲上去帮村民们赶走了土匪，保护了他们的家和财产。"国王说："你做得非常好，但救人是你应有的责任，这称不上什么高尚的事情。"

小儿子迟疑了一下说："我有一个仇人，他千方百计地算计我，很多次我都差点被他谋害了。一个夜晚，我走到了一个悬崖边，看到我的仇人在悬崖边上的一棵大树下睡觉，只要我过去轻轻一推，我就可以报仇雪恨了。可是，我并没那样做，而是唤醒他，并警告他睡在那里很危险，劝他离开那里继续前进。不久后，我在准备过一条河时，一只狮子突然从周围的树林中冲出来，扑向我，正当我不知所措时，我的仇人从后面赶过来，他一剑就要了狮子的命。我疑惑地问他为什么要救我，他说：'是你救我在先，你的包容化解了我的仇恨。'我实在是没做什么大事。"

这时，国王高兴地对小儿子说："孩子，去帮助自己的仇人，是一件非常高尚的事。从现在起，我就把我的王位交给你。"

诚信是做人的品德，救人是做人的职责，而用一颗火热的心去包容仇恨的坚冰，将它融化，才是这世界上最高尚的行为。包容那些不完美的事情，自己的心灵才会感到充实。

有一天，佛陀游历后回到寺庙，听到院子里一片喧闹，便问缘由。原来，有两位弟子起了纷争，一人恶言责骂，另一人默然承受。后来，恶言责骂的人悟到了自己的过错，马上到对方的面前承认错误，乞求原谅，但却不被接受。其他弟子纷纷前去劝解，所以庙里一片喧闹。

佛陀了解了事情的缘由之后，对弟子们说："一个人不怕犯错，就怕有错不改。认识到错误，有勇气悔过，就能获得纯净的内心，就像一块抹布，脏了之后，用水清洗，还能恢复干净，所以肯忏悔的人仍然值得尊敬。但是，如果一个人，不愿接受他人的真诚忏悔，那么他是愚笨之人，将蒙受嗔心之害，长时间得不到善果。"

接着，佛陀又说："用瓢舀酥油往灯盏中添加灯油，火焰越来越旺，最后烧着了瓢。嗔心也是一样，'一念嗔心起，百万障门开'。嗔心之火能燃烧功德之林，烧毁自己的善根，带来万障重重。所以修行之人要慎防嗔心，如果能够主动调解自身，人们也乐于接受他。"

经过佛陀的教导后，两位弟子都意识到了自己的错误，于是诚恳地向对方忏悔。

一颗嗔怒之心只会损毁我们的心灵，只有用一颗善良的心去包容世间万物，我们的心才能得到升华，保持纯净。用一颗豁达包容的心去看这个世界，这个世界也必定是美好的。

一位老汉有两只水桶，他每天都会用扁担挑着这两只水桶去溪边取水。两只水桶的其中一只产生了一条裂缝，所以每次老汉把水挑回家的时候，那只裂开的桶里就只剩下了半桶水；而另一只总是满满的，一滴也不会漏出来。就这样，一年以来，老汉每天都只能从溪边挑回家一桶半水。

完整无缺的桶常常为自己的完美感到十分得意，而有裂缝的桶却为自己的残缺和不能为主人尽心尽力暗自伤心。有一天，残缺的桶鼓起勇气对主人说："我感到非常羞愧，因为我自身的残疾，一路上一直漏水，最后只能剩半桶水到家。"

老汉笑着对它说："你看到了吗？在你的那一侧的路边上开满了鲜花，而另外的一侧却没有。我知道你有裂缝，所以就在你的那一侧撒上花籽，我们每天回家的时候，你就在为它们浇水。一年了，我经常用路边长出来的鲜花装扮我的屋子。如果不是因为你有残缺，怎么会有这么美丽的鲜花呢？"

其实，每个人都像这只有裂缝的桶一样，都或多或少有着不一样的缺点。如果我们用一颗包容的心，包容他人的缺点，那么，我们的生活必定会更加美好。

有人说："包容有多少，拥有就有多少。"世间万物本就纷繁复杂，每样事物都有好坏两个方面，只要我们用豁达包容的心去看待事物的缺点，你会发现这些缺点有时会转化成你的优势，正是这些存在让我们身心轻松，并感受到了对人生的满足。

5. 保持豁达乐观，方可做到不畏艰辛

佛说："物随心转，境由心造，烦恼皆由心生。"一个人选择用一种什么样的心态去面对生活，他就会过上什么样的生活。在生活中，拥有豁达乐观的心态，可以使你所面临的困难迎刃而解；保持豁达乐观的心态，可以使你充满自信，享受真正的快乐生活。

有些追悔莫及的事，即使我们想要付出一切来弥补它，也无济于事，只能让自己无法自拔，越陷越深。过去的都已过去，我们不能因为它，而一直用忧郁的心情来对待现在和未来的事情，这样我们只会得不偿失。如果我们换个角度，用乐观的心态来对待它，接受它，就会发现事情原来并不是自己想象的那么糟糕，甚至你会从这个经历中得到你意想不到的收获。

一位年轻人因自己各方面条件都很出色，在挑选伴侣时特别挑剔，最后选择了一位比较如意的女子共度此生。不料婚后几年，他的妻子不但不能生育，而且还患上了严重的类风湿。外人都叹息道："如果他当初选了别人，就不会这样！"那位年轻人笑着说："如果我当初娶了别人，说不定还会死呢，幸好是她。"多么豁达啊！既然事实无法改变，生活还得继续，那么我们何不保持乐观的心态，珍惜现在所拥有的呢？幸好我还活着，还能看到五彩斑斓的世界；幸好我还能思考，能让我的脑海中充满大千世界的精彩。生活的路，无论你怎么走，都不能回头，必须向前，那么选择一种快乐的走法，豁达乐观，你就会发现前方的路越来越美。

一个人不管在路上遇到什么艰难险阻，都不要畏惧退缩，要豁达

乐观，不畏惧眼前的艰难、恶势力的挑拨，勇往直前，只要迈过去，一切就会迎刃而解。一位有名的政治家说："要想征服世界，首先要征服自己的悲观。"这是一种心态，既然悲观于事无补，何不换个角度，用乐观的心态去面对世界呢？人的一生会遇到各种艰难的事情，首先应该战胜自己的悲观情绪，用自己豁达乐观的情绪面对所有的艰难，你就会发现生活原来如此美好。一个乐观的人，他的生活一定充满了欢声笑语，活得丰富精彩。这并不是因为他的生活中没有辛酸苦难，而是他们会化悲痛为力量，懂得如何寻找快乐，并不断地用苦难来提升自己的能力，每一次挫折都是他们成长的机会。相反，悲观情绪的人，由于缺乏自信历练，遇到挫折就懊恼不已、惶恐不安，总会把简单的事情复杂化，直到最后迷失方向，找不到出口。

古希腊神话中有一位英雄叫做海格力斯，是个大力士。有一天，他走在一条山路时，遇到一个包裹似的东西躺在了路中央，他便朝那东西踢了一脚，谁料那东西不但没有动弹，反而膨胀得更大。这时，海格力斯很生气，心想："竟然还有我堂堂大力士弄不走的东西！"于是，他便狠狠地朝着那个包裹踩下去，想要踩破它，但那东西却又膨胀了很多。海格力斯气急败坏，搬起一根大树杆就向那东西狠狠地砸过去，那东西好像跟海格力斯作对似的使劲地加倍膨胀，最终把那条山路堵死了。这时，一位神人走来，对海格力斯说："朋友，千万不要再碰它了，忽视它，离它远去吧！它叫做仇恨袋，你不犯它，它便小如原状；如果你心里总惦记它，甚至去侵犯它，它就会越来越大，挡住你的前进之路，与你战斗到底！"

生活中的艰难险阻就像是海格力斯遇到的那个仇恨袋一样，一开始它很小，如果你忽略它，保持豁达乐观的心态，只管向前走，那么，它就会自生自灭；如果你总想着它，为它寝食难安，心里便再也没有前进的方向。当我们被自己的挣扎纠结彻底套牢的时候，我们也许就再也动弹不得了。

　　豁达乐观的人，不计较眼前的利益得失，用乐观的心态面对艰难，故能成大事。豁达乐观的人，心胸开阔、处事乐观，即使走到了悬崖峭壁，也能绝处逢生。豁达乐观，是一种宽容和大度，是一种博大的情怀和洒脱的态度，是生命中最高的境界之一。豁达乐观需要在生活中慢慢磨练，从苦难中得以修炼。可以说，豁达乐观，是生命中的快乐之源。

6. 卸下身体的负担，重拾心灵的愉快

有一个铁匠在他的雇主家做了十年，他对雇主说："老爷，我的工作期限到了，我想回家看望母亲，请您把工资给我。"

雇主说："你活干得很好，也很忠心，我会给你一大笔钱财的。"于是，他给了铁匠一块很大的金子，那块金子像铁匠脑袋那么大，特别重。

铁匠用一块布把金子包了起来，扛着它慢慢地走在了回家的路上。他拖着脚一步步地向前挪，非常吃力。正在这时，前方来了一匹高大健硕的马儿，一个神情自在的人坐在马背上。

铁匠看着马背上的人说："哇！骑马可真是轻松自在啊。坐在马上，就像坐在自家的凳子上，能舒舒服服地往前赶路，还不用担心摔倒，鞋子也不会磨破，很快就能到家了，感觉一定很棒！"

骑马的人听到他的话，便停下马问道："朋友，你为什么步行啊？"

铁匠回答道："别提了！我带着这块沉重的东西，虽然它是一块金子，可是压得我头抬不起来，步子也迈不稳。"骑马的人听到后，眼珠一转说："朋友，要不咱们换一下，你把金子送我，然后我把马给你？"

铁匠高兴地说："这个主意真不错，不过，我得告诉你，你一个人扛这块金子可是非常吃力哦！"

骑马人跳下马，接过金子，帮着铁匠骑上马，然后把马绳递到了他的手里说："如果你想跑快点，只要喊上两声'驾驾'就行了！"

铁匠骑上马，感觉心满意足，走了一会儿，他觉得马走得太慢了，于是喊了两声"驾驾"，马儿立即放开四蹄，风一样地向前奔驰。铁匠吓得心惊胆战，一不留神就从马背上摔了下来，掉进了路旁的坑洼里。

就在这时，一位农夫赶着一头母牛从这里路过，看到了这个情景，赶紧制止住飞奔的马儿。

铁匠从泥沟里慢慢地爬了起来，心里非常生气，对农夫说："骑着这样的马，真是令人恐惧，它一跑就把我给颠下来了，脖子都差点摔断，我再也不敢骑它了。你这头母牛看上去真不错，你一个人赶着它，悠闲地跟着它，每天还能挤到牛奶，牛奶还能做成奶酪，要是我有一头这样的母牛就好了！"

农夫赶紧说："那好，如果你喜欢这头母牛，我们就换一下吧！"

铁匠听后高兴地说："好啊！好啊！"于是，农夫翻身上马，策马奔去！

铁匠轻松地赶着母牛，边走边乐呵，心想："这样真是太棒了！现在我要是有一块面包，就能吃上面包加奶酪，口渴后，还可以挤点牛奶来喝。有这么顺心如意的事，我真的是太满足了！"

走着走着，就看见了一家客栈，铁匠停下来，用自己身上仅有的几个钱买了块面包，一碗美酒。酒足饭饱后，赶着母牛向家的方向走去。

到了中午，天气变得酷热。铁匠这时来到了一大片荒野，这地方非常大，穿过它至少要两个时辰，而铁匠此时已经口干舌燥，筋疲力尽。

铁匠一拍脑袋说："我现在可以挤牛奶解渴啊！"

于是，他将牛拴在一棵已经枯掉的树上，没有找到盛牛奶的容器就用皮帽子来接，他笨手笨脚地挤着，不但一滴牛奶也没有挤出来，反而被牛踢了一脚，正好踢在了铁匠的头上，铁匠顿时晕了过去，好久都没有醒过来。

幸运的是，不久便来了一个屠夫，他用车子推着一头猪，看见倒下的铁匠，立刻把他扶起来，关心地问："兄弟，你怎么了？"

铁匠把刚才的经历告诉了屠夫，于是，屠夫把自己的酒递给他，说："喝点酒，提提神，你的牛太老了，已经挤不出牛奶了，除了送到屠宰场，没有别的办法了！"

"真是的！怎么会这样？把它杀了也没用，我不喜欢吃牛肉，要是这牛变成一头猪的话就好了，猪肉的味道很香嫩。"

屠夫说："为了满足你的愿望，我把这头猪换给你吧！"

铁匠感谢屠夫后，把牛牵给他，上前把猪从车上解了下来，赶着它高高兴兴地走了。

铁匠边走边想："今天所有的事都是这么称心如意，虽然中间也碰到了一些问题，但是每次都能很好地解决掉。正在铁匠觉得心满意足的时候，迎面走来了一老汉，老汉抱着一只白鹅。看见铁匠，老汉问他赶着一头猪做什么去，他把自己路上这些称心的事情告诉了老汉。

老汉听后对他说："我要带着这只鹅去参加一个洗礼仪式，你看这只鹅多重啊，才长了两个月就长这么好，如果红烧吃，肯定很美味的！"

铁匠掂了一下鹅，说道："这鹅真的很肥啊，但是我的猪也不错啊！"

老汉笑了笑说："孩子，这头猪会给你带来麻烦的，我刚才路过那个村子，听说有个人家的猪被人偷走了，如果你这时经过那里一定会被他们诬陷，被关起来的！"

铁匠听到老汉这样说，抓着他的手说："您真是一个大好人，请您帮帮我吧！您对这儿比较熟悉，您把这头猪赶走，把鹅换给我吧！"

老汉马上说："孩子我真的不忍心看你被人诬陷，我把鹅换给你吧！"

说完，老汉就接过铁匠手中的绳子，牵着猪从小路上走了，铁匠也大胆地拎着鹅走了，一边走一边想："总算是躲过一难，回家也有美味的烤鹅可以吃，真的是太棒了！这鹅这么肥，一定可以弄到很多鹅油，还有美丽的鹅毛可以装进枕头里，一定可以安安稳稳地睡觉，母亲一定会十分高兴的。"

路过最后一个村庄时，铁匠看到一个磨刀工，他刚干完活，正推着一辆小车，嘴里哼着歌，高兴地走着。

铁匠盯着他看了一会儿，对他说："朋友，你这么快乐，你的工作一定很有趣吧？"

磨刀工回道："当然，我的手艺很棒，一个优秀的磨刀工从来都不缺钱的！嘿！你是从哪弄来这么肥硕的鹅啊？"

"这是我用一头猪换来的。"

"那头猪是从哪弄的啊？"

"是我用一头母牛换的。"

"那母牛呢？"

"一匹马换的。"

"马呢？"

"是用一块很大的金子换来的。"

"金子呢？"

"是我十年的工钱！"

磨刀工说："你很幸运啊！但是，如果能像我一样一直不缺钱就好了！"

铁匠说："怎么样才能不缺钱呢？"

磨刀工说："必须像我一样做一个磨刀工，只要用一块磨刀石就能财源不断。我这里有一块磨刀石，它的价值比你的鹅还要高，你想换吗？"

铁匠说："当然了，如果不缺钱了，那我就能生活得很幸福了。这只鹅给你！"

说着，铁匠就把鹅递给了磨刀工，拿上那块粗糙的磨刀石走了。

铁匠拿着这块石头高兴极了，心想："我怎么会这么幸运呢？每一件事都是这么称心如意！"马上就快要到家乡了，他起了个大早赶路，走了不长时间，感觉有点疲倦，肚子也饿得直叫。身上带的食物都已经吃完了，仅有的钱也在换到母牛后高兴地用来买酒了，此时身上还带着一块沉重的磨刀石，他感到很累，于是停在一个池塘边，想要喝点水休息一下。他把磨刀石放在池塘边靠近自己的地方。就在他弯腰喝水的时候，不小心碰了一下磨刀石，磨刀石就一下子掉到了池塘里，铁匠眼睁睁地看着磨刀石沉到了深处，他竟然愉快地跳了起来，然后双手合十，感谢上天慈悲为怀，让他免去遭受那块沉重石头的折磨。

他喊了起来："我好幸运啊！没人比我更幸福了！"然后，他又轻松自在地上路了，最后无牵无挂地回到了家里，见到了思念已久的母亲。

看完上述故事后，也许你会觉得铁匠很傻，把一大块金子最后换成一块粗糙的磨刀石，然后还把它掉进了池塘里，最后一无所有地回到了家，还感谢上天让他这么称心如意。然而，铁匠卸下了身体沉重的负担，免去了内心的担惊受怕，最后得到了轻松愉快的心灵，回到了早已渴望回到的家，见到了最亲最爱的母亲，这何尝不是世间最大的幸福呢？

7. 为人处世需要智慧，更需要宽广的胸怀

　　做一个心胸豁达之人，相信是每一个人对自己的期望。而具有豁达心胸的人，一定会站得高，看得远，不会被眼前的利益所蒙蔽，所以，也一定会有所成就。一个心胸狭隘的人，与他人斤斤计较，到头来只会被那些没有任何意义的鸡毛蒜皮的小事搅扰得一事无成。

　　当然，世上只要有人的地方，就会有纷争，有"你"、"我"、"他"的利益在被分配中引起种种矛盾、冲突。于是，很多人陷入得失的不良情绪中，甚至为此亲友反目成仇。而有些人便可以大度地化干戈为玉帛。

　　康熙年间，文华殿大学士、礼部尚书张英在京城做官。不过，张英家世代在桐城居住，他的府邸与一个姓吴的家宅相邻，中间有一块属于张家的空地作为两家来往的过道，后来，吴家盖房子想越过界线，占用两家之间的那块空地盖房子。这肯定会对张家人的出行造成不便，因此张家人出面阻挠。于是，两家发生了矛盾，并把此事告到了县衙。因为这两家都是名门望族，所以县官对这个案子很是为难，不知道该如何办理，因此此案迟迟得不到判决。张家人一看这样，觉得本来是自家有理的事情，却迟迟得不到公正的宣判，于是就给在京城做官的张英寄去了一封书信，跟他说明此事的原委。张英读了家书后，在上面回批了一首诗："一纸书来只为墙，让他三尺又何妨。万里长城今犹在，不见当年秦始皇。"张家人看到张英寄回的信后，被张英的宽容大度所影响，于是便不再跟吴家计较，而且还主动让出了三尺地基。而吴家见此情景，觉得张家虽然有权有势，但是并没有仗

势欺人，心里也很感动。于是，也学着张家的做法，向后退出了三尺之地，形成了一条六尺宽的巷子，称其为"六尺巷"。就这样，张吴两家之争最后却成了一段美谈。

一个故事，让大家知道礼让三尺可以换来的是什么。为人处世需要智慧，更需要一份宽广的胸怀。

美国的第一任总统华盛顿，在他任职上校的时候，率领他的部下在亚历山大里亚驻守。当时恰逢弗吉尼亚议会选举议员，有一个名叫威廉·佩恩的人反对华盛顿所支持的候选人，于是，华盛顿与威廉·佩恩就某一个选举问题展开了激烈的争论。争论中，华盛顿出言不逊，激怒了威廉·佩恩。而威廉在盛怒之下，挥出一拳将华盛顿打倒在地。华盛顿的部下听到这个消息后，十分气愤，于是，大部队立刻开了过来，准备为他们的司令官报仇。

华盛顿没有借势而为，而是对自己的手下进行阻止，并劝他们返回自己的营地，一场也许会出现的不愉快事件在华盛顿的阻止下化解了。第二天一早，华盛顿就派人给威廉·佩恩送去了一张便条，要求他尽快赶去当地一家小酒馆。

当时，威廉·佩恩怀着凶多吉少的心理，准备前去赴约，他认为华盛顿一定是对他的无礼行为记恨在心，要和他进行决斗。然而，令他意想不到的是，华盛顿看到威廉·佩恩到来，立刻起身热情相迎，微笑着伸出自己的手说："佩恩先生，犯错误是人之常情，能够纠正自己的错误也是一件光荣的事。我相信昨天所发生的不愉快的事情是我的错，你在某种情形下也算得到了满足。如果你认为此事到此可以解决的话，那就伸出您的手和我相握，我们两个人做个朋友，怎么样？"

佩恩听了华盛顿的话，非常激动地把手伸了过来。从那以后，佩恩成了一个坚决拥护华盛顿的人。

化干戈为玉帛，华盛顿用自己的大度，得到了一个忠心的拥护者。而一个只知道为小事耿耿于怀的人，不但很难结交到真诚的朋友，更不会有什么非凡的成就。

能容天下者，方能为天下所容。一个人的胸襟决定一个人的人生高度。相反，没有宽大的心胸，将会使自己的路越走越窄。

森林中有一条河，水流湍急，河上有一座很窄的独木桥，只能容一个人过去。

一天，住在东山的一只羊要去西山采草莓，而住在西山的一只羊准备去东山采点橡果，这两只羊恰巧一起走向了这座独木桥，结果，他们在桥的中央碰了头。可是，两只不能同时过去。东山过来的那只羊觉得僵持的时间很长了，而西山过来的那只羊，也并没有一点想退让的意思。于是，东山的羊忍不住说："喂，你怎么回事，没看见我要到西山去吗？还不赶紧给我让路。"

西山来的羊也毫不示弱地说："凭什么我给你让路？难道你没看见我急着要去东山吗？"

于是，这两只羊互不相让地吵了起来，最后竟然在那座独木桥上展开了一场决斗。

最后扑通一声，两只羊全部落入湍急的水流中，在水中惊慌无力地扑腾着。

森林中慢慢地安静了下来，那两只落在河里的羊淹死了，尸体随着远去的河水翻卷着，不知所踪。

这两位狭路相逢的"勇士"，因为没有一颗礼让、宽容的心而发生了一场生死决斗，最后，没有一个胜出者，全都掉进了河里被淹死。

生活中人们应该懂得，宽容是一种美德，是一个人的教养修为的体现。拥有一颗宽容豁达之心可以化解很多矛盾，让那些不必要发生的不愉快事件免于出现，使得人们可以和谐相处。这是互惠互利的事情，何乐而不为呢？

第四章

懂得珍惜已经拥有的自然不上火

——一生要错过多少遗憾才能懂得珍惜

一切都是暂时的，一切都会消逝。一切逝去的，都会变成美好的回忆。

——普希金

人们对轻易得到的东西往往不珍惜。

——契诃夫

没有方法能让时钟为我敲已过去了的钟点。

——拜伦

1. 烦恼由心生，珍惜了无憾

一个想发财的人，得到了一张藏宝图，图的上面标注着密林深处的藏宝地点。他立即准备好随行物品，以及可以用来装宝藏的袋子。准备就绪后，他开始向密林深处进发，一路劈荆斩棘，跋山涉水，历尽千辛万苦，找到了那片鲜为人知的密林。密林前有一块沼泽地，为了得到宝藏，他冒着被沼泽吞噬的危险闯了过去。终于，找到了第一个藏宝的地方，当他走进密室，即刻被眼前的一切惊呆了——只见密室中到处堆放着金光灿灿的金币。他打开自己的袋子，把所有的金币都装进去。离开时，看见密室的墙壁上写着一行字：知足常乐，适可而止。

看完这行字，他笑了，觉得写下这句话的人很是白痴。面对这么多金币，谁还能把它留下呢？他背着金币兴冲冲离去，去寻找第二个藏有宝藏的地方。很快，他便到达了第二个藏宝之地，望着一根根闪闪发光的金条，他又迫不及待地将它们收入自己的袋子中。准备离去时，看到这扇门上同样有一行字：如果放弃下一个藏宝之地，你会得到更宝贵的东西。

此时，看到下一个宝藏是他最大的愿望，所以，他想都没想就立刻离开了这间密室。

到了第三间密室后，他更是惊讶得合不拢嘴，这里竟然有一块巨大的宝石，他欣喜地伸出手又把宝石装进袋子中。可他发现宝石后面有一扇门，心想："这里会不会是通向另一个藏宝的地方呢？"于是，他打开那扇门毫不迟疑地跳了进去。谁知，等待他的不是宝藏，而是一片深不见底的流沙。他在流沙中不停地挣扎着，然而，越是挣扎陷得就越深。最后，他和他的金币、金条还有那颗诱人的宝石一起被埋进了流沙之中。

人往往就是这样，拥有了这些，还想拥有那些，到头来，整个人忘了自己最终应该要什么，从而在永远无法满足的贪欲面前，失去了自我的真本性。而人之所以有那么多烦恼，都是因为有了无穷无尽的欲念，并在对欲念的追逐中丧失了本该属于自己的快乐。

一个樵夫，靠每天上山砍柴为生，日复一日、年复一年地过着平凡的日子。

一天，樵夫像往常一样上山砍柴，在路上捡到一只受伤的小鸟，小鸟身上的羽毛闪耀着银色的光芒，樵夫把这只银色的鸟儿捧在手心里，十分喜爱，说："我这辈子还没见过这么漂亮的鸟儿呢！"

于是，樵夫把小鸟带回家，专心致志地为它疗伤。经过樵夫的悉心照料，小鸟的伤势渐渐好转。在小鸟疗伤的日子里，它每天唱歌给樵夫听，樵夫过着快乐的日子。

一天，有个人看见了樵夫的银鸟，就对樵夫说，他曾经看见过一只金鸟，金鸟比银鸟漂亮多了，而且金鸟的歌声非常婉转动听。樵夫想，原来世上还有金鸟啊！

从那以后，樵夫每天都想着那只金鸟，也不再仔细聆听银鸟清脆的歌声了，日子也越来越不快乐。

有一天，樵夫坐在门外，看着夕阳下晚归的倦鸟，想象着金鸟的俊美和它婉转悠扬的啼鸣。而此时，银鸟的伤已经痊愈，正准备离去，于是它飞到樵夫身边，最后一次唱歌给樵夫听。樵夫听完，感慨地说道："虽然你的羽毛很漂亮，但却比不上金鸟美丽，你的歌声虽然很动听，但比不上金鸟清脆婉转。"

银鸟唱完歌后，在樵夫的身边低回盘旋了三圈后离开，飞向了远方。

樵夫望着夕阳下愈渐远去的银鸟，突然发现它是那样的美丽，它的羽毛在温暖的光晕中呈现出金色的光芒，这只银鸟变成了一只美丽的金鸟。这不正是自己梦寐以求的金鸟吗？然而，此时金鸟已经飞向了遥远的高空，再也飞不回来了。

世人就像这个樵夫一样，往往在不知不觉中丢失了身边最美的东西。

人的追求是无止境的，在无休无止的追求中，难免会使自己陷入到无止境、持续的期望、失望、憧憬、幻灭的境遇之中。

知足者常乐，能够知足才能获得快乐，才能对自己拥有的去珍惜、去感恩。

南阳慧忠禅师德高望重、佛法宏大，被唐肃宗封为"国师"。一天，唐肃宗问他："朕该怎样才能得到佛法呢？"慧忠答道："陛下，看见外面天空中的一片云了吗？能否让您的侍卫将它摘下来放在大殿中？"

肃宗答道："当然不能！"

慧忠说："佛在每个人的心中，他人无法给予，世人信佛，有些人就是希望这样可以得到佛祖的保佑，取得功名；有些人是为了求得财富，求得福寿；还有一些人是为了摆脱心灵的责问。那些所谓的痴心向佛之人，又有几个能够真正是为了佛祖而求佛的呢？是无穷的欲望让世人这样做的，所以，不要把生命浪费在这些毫无意义的事情上了，金玉满堂、醉生梦死，到最后不也是白骨一堆吗？"

肃宗说："那么，如何才能不烦恼、不忧愁呢？"

慧忠说："放弃欲望，珍惜你已经得到的东西，你就会快乐。"

"可是，我想成佛。"肃宗说。

慧忠问："为什么你一定想要成佛呢？"

肃宗答道："因为我想可以像佛那样拥有广大无边的力量。"

慧忠长长叹了一声说："你现在是一国之君，统治万民，难道这还不够吗？多少人想得到您所拥有的一切啊！一个人有着如此无法满足的欲望，又怎么能够成佛呢？"

"世人之所以总是不能找到恒久的快乐，就是因为有着太多的欲望。"慧忠说，"有了这山，望着那山，期望、焦躁就赶跑了快乐，等到有一天拥有的全都失去了，又后悔自己曾经不知道珍惜，使得自己遗憾、悔恨，这辈子还剩下多少快乐呢？"

一个人已经贵为天子，却还希望成为佛法无边之人，这样就算拥有再多，也不会满足，不会珍惜身边所拥有的东西。到头来，只能徒增遗憾。

2. 懂得珍惜眼前，幸福才会常在

一个年轻人来拜访禅师，想向他请教一些人生问题。

"请问大师，您生命中哪一天最重要？是出生日还是逝去日？是上山礼佛的那一天，还是您开悟的那一天？"年轻人问禅师。

禅师未加思索，脱口而出："你说的这些对我而言都不是最重要的，我认为生命中最重要的是今天。"

年轻人诧异地问："为什么？今天并没有发生什么重要的大事啊？"

禅师说："的确，今天没什么大事发生。"

年轻人想了一下说："那不会是因为我今天到访，才让您觉得很重要吧？！"

禅师笑着说："就算今天没有任何来访者，仍然也是最重要的，因为今天是我们拥有的唯一财富。昨天再怎样精彩，再怎样值得回忆和怀念，它都已如一条沉入海底的船；而明天不论多么灿烂辉煌，它都没有到来；只有今天，才真正属于我们自己，就算平常、暗淡，但是它就握在我们的手里，由我们自己支配。所以说，属于我们的永远只是今天。"

年轻人还想继续问，禅师说："在刚才谈论的时候，我们已经浪费了今天，我们拥有的今天已经消失了很多，剩下的就看你如何把握了。"

年轻人似有所悟地点了点头，然后向禅师深施一礼后，快步朝山下走去。

在现实生活中，像年轻人这样的人大有人在，由于过于追求物质上的享受，从而忽略了生命中最重要的"今天"，而到醒悟过来时，一切都晚了。

有一对非常相爱的夫妇，睡在一张简陋的小床上，睡觉时她总是枕着他的胳膊，麻了，他忍着，看她睡得那样香甜也不忍心吵醒她。他的腿搭在她的腿上，压疼了，她一动不动。一天早上，两个人醒来，环顾自家窄小简陋的房屋，不禁憧憬起美好的未来。他们想，若是有一栋海边的大房子多好，夜晚可以枕着涛声入睡，早晨可以隔窗而望看海浪从天边慢慢涌来，门前放上一只大大的摇椅，两个人看着彼此慢慢变老。这样的生活，该是多么幸福啊！

于是，他们像很多夫妻一样，为了将来开始努力打拼。她的心思全放在事业上，无暇顾及家里的一切，从前井然有序的家居环境，如今变得凌乱不堪。他在外面做事不顺，回家总是免不了脾气暴躁。后来，他有了出国发展的机会，一去五年多。她一个人在家，寂寞是必然的，于是和一位朋友有了暧昧关系。

幸运的是，他们的婚姻一直存在，几十年过去了，两个人都到了白发苍苍的年纪，银行的存款也足够买一栋海边的大房子了，然而，两个人却早已不习惯睡在同一张床上了。

他们像世间的许多夫妻一样，为了美好的"将来"浪费了那么多年可以相守的日子，那些失去的生活，虽然平淡，却是十分幸福快乐的。

到底什么是幸福？许多人在事业有成、生活富裕的时候，都会问出这样的话。人总是为自己设置许多目标，一个又一个的目标，牵着自己在人生的路上不停奔波，躁动的心、停不下来的脚步，早已让自己与安宁和快乐相离甚远。我们可以让生活简单一点，让追逐的脚步慢一点，多用心感受眼前的美好，多珍惜身边已经拥有的东西。

清朝才女吴藻，姿容美丽，家境殷实，22岁时，在父母的安排下与同城一家富商的儿子成婚。由于吴藻很有才情，根本看不上身为商人的丈夫，因此，她已料到未来生活的平淡和无趣。

一想到自己琴棋书画无所不能，而且家境良好，本人又姿容俏丽，只有那种家世显赫的风流才俊方可与自己匹配。可是，自己却偏偏嫁给了这样一位丈夫，简直无法与梦想中的夫婿相比拟。

心高气傲的吴藻嫁入夫家后，丈夫对她百般爱怜，悉心照顾，比如丈夫知道她喜欢读书，特意为她准备了书房。吴藻以为夫婿也是喜欢风雅之人，便把自己多年来所作的诗词全部拿出来，读给丈夫听。可是他什么也不懂，这不禁让吴藻大失所望。从此，吴藻整日把自己关在书房中，借着诗词抒发内心的郁闷与哀怨，并对自己的丈夫不理不睬。可是，吴藻的丈夫却依旧待她百般好，对她照顾得无微不至。

然而，无论丈夫怎样对她呵护有加，都无法赢得吴藻对丈夫的芳心，反倒更加助长了吴藻的一腔闲愁。

丈夫看着自己深爱的女人整日郁郁寡欢，而自己又不能让她快乐起来，心里一片黯然。于是，他劝吴藻多出去走走，结交一些朋友。

在丈夫的劝说下，吴藻走出了家门，慢慢地认识了一些风流雅士，开始在人群中寻找懂得欣赏自己的人，她与他们诗词唱和，踏青郊游。由于吴藻才情不凡，没过多久便赢得了许多人的赏识。吴藻的才气在小城中渐渐传开，同时伴随着许多不好的传闻，很多人说她品行不端。但她的丈夫依旧支持她，因为他知道吴藻需要什么，只要妻子喜欢就好。

丈夫的怜爱更加助长了她无拘无束的行为，甚至乔装成男子走入妓院，在那里通宵达旦地纵酒欢歌。

十几年的光阴转眼而逝，吴藻在丈夫锦衣玉食的供养下，以自己喜欢的方式生活着，却从不曾有片刻心思放在丈夫身上，也没有为夫家生下一男半女，只是一味地沉醉于自己编织的才子佳人梦中，不肯醒来。

　　然而，就在她纵情声色、倾诉闲愁之时，不幸已悄悄地来到身边——一场突如其来的大病顷刻间夺走了丈夫的生命。

　　丈夫逝去之后，再无从体会被爱怜与呵护的吴藻，于漫漫长夜中回想着夫婿对自己十几年的痴爱，悲伤难以抑制，也不再存着什么诗词唱和、才子佳人的美梦，孤单寂寞向着她涌来，曾经诗词中的忧伤悲苦真正地出现在生活中，竟是那样让她无力抵挡。记忆中丈夫的言行举止成了她生命中的最痛，然而，相思已无意，徒留蚀骨的悲伤。

　　丈夫的死，让吴藻一下子成熟起来，也让她懂得了生活的真谛：原来生命中所有的一切都不是永远存在的，眼前的人和身边正拥有的才是最值得珍爱的。可惜，幸福在身边时，却让她于无视中轻易错过了。

　　这位女诗人后来独居于南湖岸边，与繁华喧嚣挥别。她的词却留在世间，被很多人传诵：

　　"一卷《离骚》一卷经，十年心事十年灯。芭蕉叶上几秋声。欲哭不成还强笑，讳愁无奈学忘情，误人犹是说聪明。"

　　凄婉之情跃然纸上，吴藻虽才情动人，但却因此失去了人生之中最大的幸福，其根源就在于她不懂得珍惜眼前，自然就难得幸福与自在了。

3. 经得住生活的考验，方能从容坦然地活着

一生风光无限，或者一路平坦顺畅，这是每个人都希望拥有的命运。然而，天有不测风云，每个人一生当中都可能会经历突然跌入命运低谷的时候，那时，哀叹、抱怨都无法解救你，并且，这种不良的情绪对你的处境是百害而无一利。须知，既然命运已然做了如此安排，那不妨欣然地接受，并可以借这个时机加强自己各方面的修为，等待时机并在关键时刻奋力一搏。

一位经商的朋友，经过几年的努力打拼，获得了一些成就。每当有人羡慕他今天所取得的一切时，他都会对别人说："我一样是从人生的低谷中爬出来的。"

他说："我有过两年的人生低谷，那时连朋友都不想见，生活拮据、情绪低落、前途无望，一切都是那么暗淡，仿佛自己的人生被一个灰色的罩子遮盖了。但是，我并没有放弃，而是坚信道路是坎坷的、前途是光明的这一辩证哲学理论，所以我知道大凡成功的人士在他的成长之路上都经历过风霜雪雨、酷暑严寒，所有这些经历使他们的意志更坚强，思想更成熟，境界更高远，目光更敏锐。"

这位朋友原是一名林场主任，后因组织关系变动，离开了单位。他说："我那时年轻气盛，林业局的领导安排自己的亲戚顶替我的位置，他把我调到另一个单位做宣传工作。我做惯了行政，当然不愿意接受这样的安排，气愤之下顶撞了他，结果被迫下岗，但临走时我买下了林场的苗圃。"那时，林业局的树苗根本卖不出去，单位亏损，职工发不出工资。所以，当他决定买下苗圃的时候，遭到了家人的强

烈反对，但他还是拿出家里的全部积蓄，又找到朋友七凑八凑坚持把苗圃买了下来。可是，尽管苗圃里生长着许多树苗，却不知道怎样把它们卖出去，一次次地尝试、联络、推销，但就是无人问津，很快经济上就吃不消了。此时，家人的埋怨、不理解压得他透不过气来。从前在单位拿着工资，虽然不高，但自己也是林场中的第一号领导，日子自然会比此刻好过得多。他说："有一阵子，我手里只有 5 元钱，放在手里不敢花，留着给 4 岁的儿子买零食用。我曾经心情很坏，但我在心里告诉自己，既然已经到了这一步，就不能退缩。"

他说，那段时间他看了许多书，哲学的，苗木方面的，还有市场经济类的。那些书籍让他开阔了眼界、心胸，也让他学到了许多经商的常识。他在学习中结合自己的经验，认真琢磨。经过一段时间的思考和分析，以及经过对各地苗木品种和价格的考察，他决定开辟另一条途径，到外省找机会，这样在自己不断摸索、学习下，又积累了一定的人脉关系，局面慢慢就打开了。如今，他家的树苗供不应求，看着从自己苗圃中运出去的树苗扎根在全国那么多省市地区，他心里感到非常高兴。

他现在最常说的话是："走到难处别灰心，人生不可能总是乌云满天，就当是老天给你休息放假，而你也正好趁此时，好好思考人生和储备力量。每一个成功的人，都不是偶然的。只有经得住失败和挫折的人，才能做出更大的成绩。"

当然，并不是每个人都能像故事中的那个商人一样，在面对人生的低谷时，养精蓄锐，但是，我们心里至少要有一个不畏艰难的信念。这样，你才能在遭遇到不如意的时候，有力量支撑自己。也只有经历过生活考验的人，才能从容坦然地活着。

十多年前，一场大火烧毁了美国加利福尼亚州数千座房屋，当人们在火灾之后回到家园的时候，一对父女在自家的废墟上发现了一个完好无损的瓷兔子。

　　这么易碎的物品竟然能在那样一场大火中幸免于难，这简直让大家大为惊叹。后来，陆陆续续有人发现，自家幸存下来的瓷器也有不少。

　　火灾后学校重新开学，第一天，一位当地很有名望的教授给同学们带来了一样东西，一个丝毫没有受损的花瓶，这是教授家在火灾中唯一残留的物品。他问同学们："为什么我的房子都被烧毁了，而这件小小的花瓶却幸存了下来？"

　　没等学生们回答，教授便抑制不住激动地说："因为，在它诞生的时候，就已经经历过火的考验了。"同学们听了教授的话后，若有所思。

　　是啊，人常说要看开，怎么能做到看开呢？安慰自己，接受一切，这只是低层次的看开。能从不如意或困难中领悟它所能带给我们的真正意义，那才是真正的看开。这样的看开，是一种积极的心态，也是一种更高的境界。

　　汤姆森高中毕业后，到了矿场，每天要下到几十米深的地下挖煤，脚上总是套着大大的靴子，头上是矿灯，腰中系一根粗粗的绳子，整日在齐膝的黑水中摸爬滚打。他觉得这样的日子实在让人看不到一点人生的希望，隐隐感觉自己的生命似乎已经掉入了深深的谷底。

　　一想到一辈子要这样度过，汤姆森就心有不甘。他喜欢阅读，每次从井下上来后，他就一头扎进图书馆，以此来解除心中的烦闷。他什么书都读，没有明确的方向，也没有为自己确立人生的目标。可是，经过一段时间大量的阅读后，他渐渐明白，自己需要一种方式来改变自己。于是，他开始有目标地去研读一些商业书籍。书读得越多，心里对未来就越有憧憬。他开始有意识地节约花销，当手里有了一定的积蓄后，便辞掉了矿上的工作，来到弗吉尼亚州，租了一间店面，开起了餐馆。因为曾经阅读过大量书籍，对很多地区居民的风俗了解得比较多，所以，那些到他餐馆就餐的客人，他都能友好地和他们攀谈，并用心照顾到关于每个不同地区的顾客的用餐习惯。很快，小餐馆就赢得了很好的口碑。他在矿上工作的时候，就开始学习绘画了，此时就把自己的作品挂在餐馆中，没想到，一幅幅诙谐幽默的作品为前来就餐的顾客带来了愉悦的心情，使得餐馆的生意更加火爆。如此一来，他的餐馆在当地逐渐有了不俗的名气，效益也非常好，他自然也成了当地小有成就之人。

他说："在矿下的工作，让自己觉得人生很无望，觉得处在那样的低谷中，不知该往何处去。幸亏自己当初不甘心于那样的生活，在那段时间，阅读了大量书籍，开阔了人生视野。有时想想，那段时间正是自己养精蓄锐的时光，所以，后来才能走出黑暗的生活。"

人生没有坦途，一个人，也没有强者与弱者之分，在经历风雨的时候，谁能不怨天尤人？但有些人之所以后来取得了成功，是因为他们在怨天尤人之后，能够沉下心来，养精蓄锐，为自己储备一份前行的力量，因此，他们才为未来的成功做好了充分的准备。

4. 心怀感恩看世界，从容坦然待人生

感恩是一个人应该具备的最基本的做人原则，如果一个人不懂感恩，不知恩图报，终有一天会被大众所抛弃。而更多的人只是很肤浅地去看待感恩，其实，这个世界为我们提供了丰富的赖以生存的食物和一切，我们一样要怀着感恩的心去看待我们的世界。生活也是如此，一样需要常怀一颗感恩之心，去对待它所给你的一切。不论好的坏的，它对于你的生命都有着独有的暗示和非凡的意义。

据说，在法国一个偏僻小镇上有一个非常灵验的水泉，可以医治百病，而且，真的时常会有奇迹出现，以致到这里来求医的人很多。

一天，一个挂着拐杖、少了一条腿的退伍军人，从镇上的马路经过，镇上的居民看着他非常同情地说："可怜的人，难道他要向上帝祈求给他一条新腿吗？"谁料，这句话被身体伤残的军人听到了，他转回身，笑着说："我不是要向上帝祈求一条新的腿，而是祈求他能够帮助我，让我在没有了一条腿后，也知道如何好好地过日子。"

学会接纳失去的事实，并为失去的感恩，人生不管得与失，都要努力地让生命绽放光彩。

寺庙里刚刚下了早课，一位垂头丧气的先生就走进了方丈的禅室，看见方丈后，说道："我失业很久了，找了好多次工作，但都没有人雇我，我手里仅有的一点积蓄也花光了，现在我已经是一无所有了，我现在对生活感到特别绝望。方丈，每天早上起来后，我都不知道这一天该怎么过。我是一个虔诚的佛教徒，可是，为什么佛祖不帮助我呢？"

　　方丈问他："你果真一无所有吗，还是你没有发现你应该感恩的事情呢？这样吧，我给你一张纸和一支笔，你把我们接下来要谈的话都记下来，然后，我们再讨论这个问题，好不好？"

　　那位垂头丧气的先生，听方丈如此说，心里满是疑惑，不知道方丈到底是什么意思，但他还是顺从地拿起了笔和纸准备记录。

　　方丈问："你有妻子吗？"

　　他回答："有，而且她很爱我，对我照顾得也十分周到，虽然现在我这样一无所有，可她也没有离开我。只是她对我越好，我越是觉得对不住她。"

　　方丈问他："你有孩子吗？"

　　他回答："我有五个孩子，都很可爱，虽然我没能让他们过上很好的生活，受很好的教育，但孩子们很争气，并且非常懂事。"

　　"你的胃口好吗？"方丈问。

　　他回答："因为没钱，我做不到大吃大喝，所以，胃口保养得倒是非常好。"

　　方丈问："你的睡眠好吗？"

　　他回答："很好。"

　　方丈问："你有朋友吗？"

　　他说："当然有，我的这些朋友，在我失业的这段时间，给了我不少帮助和鼓励。可是，我现在根本没办法报答他们啊！"

　　"你的视力如何？"方丈再问。

　　他说："我的视力很好，能看到很远的地方。好多人都羡慕我。"

　　于是，他在纸上把这六条记录下来：我有一个好妻子，有五个可爱的孩子，一个好胃口，有一些好朋友，有好视力，还有好睡眠。

　　这位先生看着自己的记录，不禁自言自语地说："原来，我并不是一无所有，我还真是得感谢佛祖给了我这么多美好的事物，其实，我挺幸福的。"

方丈听完他的话说："祝贺你！其实，你该感谢的不仅仅是佛祖，还要感谢你身边的那些人。你回去吧，以后要记住学会感恩。"

这个人回到家后，不断想起自己与方丈的一番对话，又拿起镜子照了照自己，说："我这副样子多消沉啊，无精打采的，难看死了。而且衣冠不整、神情呆滞、邋里邋遢，而亲人和朋友对我却依然不离不弃。"

后来，他调整好自己的心态，每天都带着感恩的心去生活，并积极地找工作，对生活充满了信心。由于自身的改变，他的精神状态变得非常好，他很快便找到了自己喜欢的一份工作，家里的日子也很快好了起来。

心怀感恩去看世界，这样的心态会让人看到生活中非常美好的一面，从而让人的心态变得乐观、积极起来。只有一个对生活满怀信心的人，才能更充满热情地去创造美好的生活，才能让自己的人生更精彩。

5. 宁静是一种难得的幸福

　　孔子说："不义而富且贵，于我如浮云！"意思是说，在贫富与仁义之间，孔子宁愿选择贫穷，也不愿让自己失去仁义之德。以这种安贫乐道的思想为操守，是人生一种更高的境界。

　　银行家在一个渔村碰到了刚刚靠岸归来的一艘小渔船，船上只有一个渔夫和几条金枪鱼。银行家夸赞渔夫捕鱼的本领高，并问道："捕到这些鱼需要花费多长时间？"

　　渔夫说："不需要多长时间。"

　　银行家问："那为什么不多干一段时间，多捕回一些鱼呢？"

　　渔夫回答："这些鱼已足够一家人吃的了。"

　　银行家抬头看看天色说："天色尚早，那你剩下来的时间干什么呢？"

　　渔夫回答："好好睡一觉，然后钓钓鱼，陪孩子玩一会儿，再陪陪我的妻子。晚上到村子里去，和朋友聚一聚，吃饭，喝酒，弹着心爱的吉他和大家一起欢歌起舞，非常快乐！我每天都是这样生活的，很充实。"

　　银行家说："我毕业于哈佛大学，是工商管理学硕士，或许我可以帮到你。你应该花更多的时间去捕鱼，然后买一只更大的船，用大渔船去捕更多的鱼，挣到更多的钱后，多买一些船只，这样你就可以成立一支捕鱼船队，你的鱼也不用再卖给那些中间商，或者自己零售。你可以离开这个小村子，到墨西哥城、纽约这些大都市去发展，成立自己的渔业公司。"

渔夫看了看银行家说："这要花多长时间呢？"

银行家略一沉吟，回答说："大约十五年或者更长一些时间吧。"

"那之后怎么样呢？"渔夫问。

银行家笑了笑说："到时候，你的公司会越发展越壮大，你将会成为很有钱的富翁！"

"有了那么多钱又怎样呢？"渔夫问。

银行家回答："那你就可以退休了。你在海边的镇子上买一座自己喜欢的房子，钓钓鱼，随心所欲地睡上一大觉，陪孩子们玩耍，陪陪妻子，每天晚上去村子里和朋友们喝酒唱歌。"

渔夫听完，看着银行家说："这些不就是我现在的生活吗？"

银行家无言以对。

世人往往把拥有财富的多少和职位的高低来作为评判人成功的标准，但却忽略了粗茶淡饭的宁静更是一份难得的幸福。

北魏时期的朝廷官员起初都没有俸禄，但一般官员都有自己的家产，而高允却没有。他家中一贫如洗，家中的日子是靠孩子们经常去山中打柴维持。即便如此，依然没有改变他的志向。在朝廷中，他以直谏著称，朝廷之内如果有什么事情做得不好，他就请求觐见皇上。

北魏文成帝拓跋濬常常将左右人士摒退，与高允单独交谈。有时候，高允言辞过于激烈，观点切中要害，拓跋濬听不下去，只好让人把他扶下去。但拓跋濬对高允十分信任，特地将他提升为中书令。

有一天，司徒陆丽对拓跋濬说："陛下，高允虽然蒙您恩惠，但家里却十分贫寒啊！"

拓跋濬听到此话，一愣，不相信地说："这怎么可能啊？！"

"陛下，这是千真万确的事，他的妻儿连一件像样的衣服也没有，根本就没法出来见人。"

拓跋浚立即起驾，亲自来到高允家。到了那里，他一看，果然是贫寒至极。高允家里只有几间茅草屋，床上是粗布被褥，妻子和孩子们穿的都是旧棉絮做成的衣袍，厨房中也只有一些咸菜。见此情景，拓跋浚感慨不已，随即下谕旨，赐给高允五百匹缯帛、一千斛粮食，并任命高允的长子为长乐太守。高允坚持推辞，拓跋浚没有答应。

自那以后，文成帝拓跋浚更加器重高允，见到他不呼其名，而是尊称为"令公"。

朝廷官员可以如此固守贫穷，当然值得皇帝委以重任。一个不贪慕钱财之人，才能守得住气节，也才会安于平凡宁静的生活。

有一首《安贫乐道》的古诗说得好："心安茅屋稳，性定菜根香。世事静方见，人情淡始长。"这首诗是告诉我们要学会安于贫穷困苦，并且以坚持自己的信念、理想为乐。

慈航法师曾经说过这样一句话："只要自觉心安，东西南北都好。"一个人，不论出于怎样的情境，只要心安定，不为外界诱惑所动，就能自在喜乐地活在自己的世界中。正如孔子的弟子颜回"一箪食一瓢饮，在陋巷，人不堪其忧，回也不改其乐"。一个人真正的平安，不在于有多少人保卫，或是拥有多少华屋广厦，只要内心安宁，即使居茅草屋，或者居住在山里水边、荒郊乱塚附近，都能安稳自得。弘一大师说："开水虽淡，淡也有淡的味道。"他就是以不多求为自身富贵，安贫乐道的一个极好的例子。

"世事静方见"，世事复杂，只有拥有一颗澄澈之心，才能照见其本来面目。所以，心莫随环境动。安定沉静，才能洞察世事。人情之间又何尝不是如此？俗话说："君子之交淡如水。"人与人之间的交往，只有在平实中才能感受到真情实意。"君子淡以亲，小人甘以绝"，富贵荣华之交情，如甘饴，却也容易变质。淡淡如水的友谊才可能更长久。

　　古人以"安贫乐道"为修身养性、为人处事之道，这样的品行让人没有负累，清闲自在，于淡定之中，观风云变幻，赏四季之雅，人生何其乐哉！

第五章

别为自己的悲观而上火

——不要因一时的得失迷失了自我

你用什么量器给别人，别人也必会用什么量器给你们。

——《圣经》

智者千虑，必有一失；愚者千虑，必有一得。

——司马迁

做少许事情而做得很好，胜于做许多事情而做得很糟。

——苏格拉底

1. 坚强是成就人生的最大罗盘

胜利靠的不单是强壮的体格，更需要内心的坚强。坚强是人生的罗盘，成功的法宝，能指引我们到达胜利的彼岸；它是无坚不摧的力量，是永恒，是执著，可以在最关键的时刻帮我们渡过难关。

富兰克林·罗斯福，在八岁的时候是一个体弱多病的孩子，他的呼吸就像刚刚长跑完一样气喘吁吁。课堂上，如果一旦被叫起来朗诵，他就会胆战，心跳加速，嘴唇哆哆嗦嗦，声音带着哭腔，回答也含糊不清。如果他拥有好看的外表，也许还会好点，可他却还是龅牙。周围的人都认为像他这样的孩子，一定特别沉默敏感，不喜欢和人打交道，不喜欢参加娱乐活动，会成为一个自怨自艾的人，可是事实却并非如此。

他从不把自己当成可怜的孩子来看待，并发誓要成为真正的人。当他看见其他强健的孩子爬山、骑马、游泳，做各种具有挑战的运动时，他也会努力让自己参加这些和其他的一些艰难的运动，让自己成为坚强勇敢的典范。他看到别的孩子用坚强的态度面对挫折时，他也会要求自己用冒险的精神去应付遇到的各种挑战。他觉得自己非常勇敢，当和其他人在一起时，他觉得非常喜欢他们，并不是去躲避他们。他对别人很感兴趣，所以不会有自卑的感觉。由于罗斯福自己的不懈努力，在上大学之前，他的身体已经变得很健康了。在假期的时候，他会去亚利桑那和马儿赛跑，还会去非洲打狮子。后来，他是西班牙战争中马队的领军人物，谁能想象得到他曾经是个体弱多病的孩子！

罗斯福从不因自己的身体缺陷而心灰意冷，甚至让自己的缺陷成为自己前进的动力，让自己爬到成功的巅峰。在他晚年的时候，几乎没有人知道，他曾经拥有严重的缺陷。他是美国前所未有的最得人心的总统，美国人民都很崇拜他。他的成功是多么传奇，他的先天性的缺陷是如此严重，但却没有让他失意退却，他靠着自己坚强的毅力，顽强地奋斗下去，直到成功的来临。然而像他这样的人，如果不努力，自暴自弃是很正常的事，但是他却并没有这样，他从不让自己掉进颓废的漩涡。他只会付出比常人更多的艰辛，拼命地让自己更加强大，直到胜利。

所谓的弱者并不是永远的弱者，只要靠着心中坚强的毅力，顽强拼搏，就算是曾经被遗弃的"残疾"，也能成为世间的强者。而那些天生优越、不思进取的人反而会被淘汰。

远古时代，在孤零零的一座小岛上，栖息着一群名为长喙的鸟，它们以蒺藜的果实为食，生存繁衍下来。这座小岛上到处都生长着蒺藜，长喙鸟不用为了寻觅食物而忧愁。它们靠着蒺藜果子生活得自由自在，平静快乐。但是，有些长喙鸟生下来时，就身患残疾，它们的嘴不像正常的那样尖尖的、长长的，而是短小的、笨拙的。

嘴是长喙鸟生存的根本，蒺藜果实浑身都是坚硬的刺，只有用长而尖的嘴巴才能取食，短小的嘴巴根本无法喙开蒺藜果外面的硬壳。如果它们不能顺利取食蒺藜，就只能被饿死。然而，长喙鸟繁殖出很多这样残疾的幼短喙鸟，由于天生残疾，短喙鸟在出生不久后，就会被它们的妈妈狠心地抛弃。很多短喙鸟在脱离长喙鸟的养护后，就被活活地饿死了。但是，也有一些坚强的短喙鸟，不甘心就这样放弃自己的生命，于是放手一搏，用自己短小的嘴搏击着长满硬刺的蒺藜，试图喙开果实，可是任凭它们怎么坚持，嘴都被刺得血流不止了，仍然不能成功。可是这座岛上除了蒺藜果子，没有其他的食物可以充饥。迫不得已，短喙鸟只有离开了这座它们出生的小岛。

短喙鸟离开小岛后，在海面上空盘旋着，发出声声绝望的哀鸣。有的短喙鸟被饿得没有力气，一头栽进大海的深处；但还有些短喙鸟在饿得快没有力气的时候，突然发现海面上有一些跳跃的小鱼，于是它们奋不顾身地俯冲过去，箭一般地将小鱼捕捉。它们非常厌恶这种血腥的味道，但是为了生存下去，短喙鸟还是强忍着吞食下去。就这样，靠着海上丰富的小鱼儿，一些短喙鸟生存下来了，渐渐地，它们发现，肉食的味道并不比蒺藜果实的味道差。它们慢慢地脱离了从前的生存模式，从素食动物变成了肉食动物。

短喙鸟暂时在海上生活，可是海上生存环境对于鸟儿来说，非常恶劣，它们的生活依旧面临着生命的考验。为了能稳定地生存下去，它们开始到处捕食。猎物也不再局限于鱼类，凡是有能力捕捉到的动物都成为它们的食物。而留在岛上的自身条件优厚的长喙鸟，却因为岛上的气候变得恶劣、蒺藜树的消失而走上了灭绝的道路。

在严峻的生存条件下，短喙鸟练就了一双犀利的眼神、敏锐的观察力、凶猛灵巧的爪子、闪电般的速度。短喙鸟最长可以活到70岁，但在短喙鸟40岁的时候，它的爪子已经变得迟钝，很难再准确地捕捉猎物。它的喙已经变得很弯曲、很长，几乎已经顶到了胸膛。它的羽毛也积累得越来越多，特别厚重，翅膀变得非常沉重，飞翔就显得十分吃力。这时，它有两个选择：一种是等死；另一种是经历长时间的、非常痛苦的脱胎换骨。脱胎换骨，这是一个长达150天的漫长磨炼。

一开始，短喙鸟必须很努力地飞到山顶，这对已经老化的身体来说，是一个不小的考验。它飞到悬崖顶上，在那里筑巢停留，不能飞翔。短喙鸟首先会用喙去撞击岩石，一直撞到自己的喙完全脱落，然后新的喙会慢慢地生长出来。接着，它用新长出来的喙把自己的指甲全部慢慢地拔出来，然后等待新的指甲生出后，再把身上的羽毛一根根地拔掉。等到150天后，它的羽毛便重新长了出来。于是，短喙鸟便可以重新翱翔在天空之中，开始自己的后30年岁月。

短喙鸟就是现在的老鹰。它从天生被遗弃的孤儿蜕变成翱翔天空的王者，最后又历练成为地球上寿命最长的鸟类。

一个人的伟大，并不是因为他有多么的成功，而是他的内心是如何的坚强。在逆境中，只有坚强才能托起心中的希望。假如逆境是一笔财富的话，那么只有拥有坚强内心的人才能享用这些财富，然后用它来铸就未来的道路。

2. 上帝关上了一扇门，必定会为你打开另一扇窗

有一个孩子天生就有残疾，一条腿比另一条腿短。常常有人嘲笑他，说他是个跛子。因此，这个孩子从小就敏感沉默，用自卑把自己封闭在孤单的世界里。

每次上体育课，都是他最难熬的时候。走在同学们中间，他总是那样显眼。每当别人开心地做游戏时，他都待在角落里看着别人玩。每天在大操场上做早间操的时候，他在全校师生们的面前，摇摇晃晃地做着动作。周围的很多人都看着他偷笑，令他十分难堪。于是，他变得更加沉默，拼命地读书，再也不参加任何活动了。

有一次，学校里组织爬山。老师说，每个人都必须去，任何人都不准请假，这让他紧张不已。因为自己腿的缘故，他从小就没有爬过山，更别提是在别人面前爬山了。他想象得到，当他爬山的时候，有多少人会嘲笑他。他实在没有勇气去爬，但是在老师的坚持下，迫不得已参加了这项活动。等下了车，到了山脚下的时候，他发现那座山并不是很高，只是特别陡峭，而且没有现成的路，只能自己摸索着一步一步地向上爬。

老师一下命令，同学们立即向山上冲去，他也顺着人流向前猛冲。刚开始时，他还摇摇晃晃，可是一到了山坡的时候，他就没有那种感觉了。原来在爬山的时候，别人是发现不了他的缺陷的。而且，令他不可思议的是，由于一条腿长一条腿短，他在爬高低不平的陡峭山路的时候，竟然比别人更得心应手，这令他惊喜不已。很快，他就

超过了其他人，遥遥领先。当他回头看时，老师和同学们都吃惊地看着他，并热烈地为他鼓掌。

那天他回到家后，便问父亲："爸爸，为什么我在平地上走路的时候，摇摇晃晃，而到了山坡上的时候，却爬得又稳又快呢？"爸爸说："孩子，上帝给了你两条不一样长的腿，就是为了让你比其他人爬得更高啊！"他一下子愣住了。

当你和别人不一样，或者天生在某方面比别人差的时候，不要沉浸于悲痛之中，不要用消极的态度来看待。当上帝关上了一扇门的时候，它会为你打开另一扇窗。全球著名品牌苹果的标志，就是一个被咬了一口的苹果。如果你被上帝咬了一口，说明连上帝都在嫉妒你。一个人应该学会去发现自己的优点，而不是纠结于自身的缺点，否则终会被自身的缺憾捆绑一生。

很久以前，素有"森林之王"的老虎来到了神的面前，它说："天神，我非常感谢你赐予我这么威风凛凛的气魄、强壮雄伟的体格，让我能有足够的资格来掌管整个森林。"天神听后，微微一笑，问道："但是，你现在看起来并不是那么快乐，你今天来似乎是有什么烦恼的事啊？"

老虎听后轻轻地哀叹道："天神，什么也逃脱不了你的眼睛，我的确有事相求。虽然你对我很好，赐予了我强大的力量，可是我每天都会被鸡叫声惊醒。神！我祈求你再赐予我一种力量，让我不被这鸡叫声给惊醒吧！"

天神大笑，对老虎说："你找大象去，它会给你一个满意的结果。"

于是，老虎非常高兴地去找大象，到了河边还没见到大象的影子，就听到大象弄出的"砰砰"的响声。老虎赶紧跑到大象的身边，却发现大象在生气地跺脚。

它感到非常惊讶，于是便问大象："老兄，是谁惹你发这么大的脾气呢？"

大象一个劲地摇着自己的大耳朵，嚎叫道："有一只讨厌的臭蚊子，总是往我耳朵里钻，弄得我无法安静。"

老虎离开了大象，心里不禁想到："大象兄身体这么巨大，还会怕那么娇小的蚊子，那我还有什么可抱怨的呢？公鸡打鸣也只是每天早上一次，而大象兄却无时无刻不在被蚊子骚扰。我真的比他幸运多了！"

老虎边走边回头看了一下还在跺脚的大象，若有所思："天神让我过来找大象，是想让我看到大象的困扰后，明白任何人都会遇到各种各样的困难，而神不可能帮助所有的人。既然是这样，那我只有靠自己，以后只要公鸡打鸣时，我就当它是在提醒我该起床了。如此看来，公鸡还是在为我效劳呢！"

老虎的故事告诉我们，人生中有很多困扰，而且这些困扰并不一定会阻挠我们的前进。如果我们对它表现得特别在意，并试图去改变它，那它真的就会变为我们的绊脚石。倘若我们换个角度来看待这些困扰，或许它们就会成为我们超越自我的契机。所以，不要因为人生道路上遇到的小小烦恼，就习惯性地去抱怨老天的不公平。乐观地面对它，你会发现每个困扰都是我们走向美好的指南针。

在现实生活中，每个人都会有情绪上的波动，喜怒哀乐的变化，人们常常会由于情绪上的改变而调整自己的心态。心态是一个人的心灵独白，是人们表达心情的一种方式。当你感到事事如意，对未来充满希望，你就会传达乐观的态度，你周围的人也会对你做出善意的回应；如果你觉得一切都很糟糕，你的态度也会很消极，然后事情真的就会变得比你预料中的还要坏。

如果你把落叶纷飞的秋天看成是凄凉的，那么你就会表现得特别伤感，从而使你消极地处事待人，生活从而变得无精打采，你也就变成了讨厌的自己。如果你态度乐观，哪怕是身处无边的沙漠，你也会认为这是一次令人激动的挑战，你会在沙漠里变得更加坚强，更加轻松地进入美好的未来。所以，人们要远离消极态度，用积极的心态去面对人生，那么，你会发现生活会更加精彩。

3. 为什么说乐观和坚强是人生的两大财富?

他出生在法国的一个偏远的小镇上,在7岁那年患上了软骨病,一直长到成年的时候,他的身高才仅有100厘米,肌肉无力,生活不能自理,完全是一个废人。

在他13岁那一年,父亲发现他对音乐产生了很大的兴趣,当时音乐剧中正好需要他这样的丑角,于是尝试着让他参与剧团的演出。他和剧团里的小号演奏者布鲁内合作过几次后,对方发现他对钢琴演奏有着很高的悟性,于是就把他推荐给罗马诺,作为重点培养对象。在这两位音乐家的支持下,他终于在15岁那年,推出自己的第一张专辑《闪光》,很快,这张专辑轰动了整个法国。

他忘掉了肉体的痛苦,完全沉浸在音乐世界里。他的钢琴演奏得越来越好,名望也随之越来越高。后来,他用了10年的时间,踏遍了巴黎、米兰、纽约等音乐城市,最后成为世界顶级音乐家,他就是贝楚齐亚尼。

有人问贝楚齐亚尼:"你是如何取得成功的?"

他只说了这样一句话:"我是一个不幸的人,但是我把握了生命中的第二个机会。"

贝楚齐亚尼解释道:"观众们第一次来看我的表演,只是出于对我身体的好奇。如果这第一次我不能用自己的真正本事来吸引他们,那么他们下一次就再也不会过来了。只有音乐才能让观众们忘不掉我,这是观众们给我的第二个机会。"

其实,这第二个机会何尝不是贝楚齐亚尼自己给的呢?如果没有乐观的心态，坚强的意志，在生活不能自理的情况下，他如何能开始自己的钢琴生涯？他的手掌手腕严重变形，视力、听力都不健全。贝楚齐亚尼付出了常人难以忍受的痛苦，每天拖着疼痛的身体，对着钢琴一弹就是一整天。就是在这样的情况下，他仍然每日坚持练习，即使每年有大约 200 场的演出，他也从来没有间断过自己的训练，直到最后，琴键折断了他的手指，使他再也无法弹奏。贝楚齐亚尼的一生虽然只有短短的 36 年，但是凭着内心无比坚强的精神，他把自己永远地留在了世界音乐史上。

当你来到这个世界上的那一刻，你和别人也许会有强弱、优劣之分。但是，当你开始生长，开始懂得去学习接受的时候，千万不要把所处的环境当成是自己的阻碍，这样我们只会掉进上天给每个人设好的陷阱里。上天给了我们不一样的身体，就会赐予我们每人一个与众不同的人生。我们只能用自己的方式去创造幸福快乐——假如上天赐予我们柔弱，是让我们轻灵地战胜敌人，而不是懦弱地逃避。

夏日的傍晚，夕阳染红了半边天。在一片无垠的草原上，几只黑斑羚悠闲地在草原上走来走去。然而此时，在不远处，近百米的草丛中，有一只雄狮的眼神正在紧紧地追随着它们。对于即将到来的死亡，黑斑羚却浑然不知。这头雄狮仔细地观察了片刻，便瞄准其中一只，用闪电般的速度冲了过去。黑斑羚反应极其灵敏，它们立即惊跳，迅速向四面八方逃亡。

狮子盯住一只，继续猛追。狮子的速度明显胜过黑斑羚，它们的距离越来越近。就在此刻，让人惊诧的事情发生了，黑斑羚竟然自动放慢了速度，开始从容不迫地蹦跳腾跃，姿势优雅，还不时回头过来观望一下后面追赶的狮子，好像没有受到任何威胁一样。这下狮子感到十分奇怪，赶紧放慢了脚步，困惑地看着黑斑羚的戏弄，感觉这好像是黑斑羚的陷阱。之后，狮子又小心翼翼地追赶了几十米，黑斑羚依然慢慢地蹦跳，显得十分得意。狮子感到惊慌，于是放弃了对黑斑羚的追杀。

黑斑羚自知跑不过狮子，却并没有惊慌失措，放弃对生命的期待，而是用冒险的行为去面对狮子的凶猛，如果没有坚强勇敢的心灵，只是一股脑拼命奔跑，恐怕最终也只会成为狮子的盘中餐。

强者并不是在生命中赛跑，来战胜其他人，取得胜利。他们往往是战胜自己内心的恐惧，用强大的、乐观的心态面对人生的挫折，把握人生中的每一丝希望，最后赢得精彩的人生。

一个年轻人正处于人生辉煌阶段，却被告知患上了白血病。他的心一下子跌入了深谷，再也看不到阳光。他觉得生活已经没有任何意义，不想接受任何治疗，就这样等着死神的到来。

在一个寒冷的冬日，他从医院门口走出来，迷茫空虚地在大街上游荡。突然，不远处传来一阵响亮的异常豪放的曲子。他抬头望过去，看到一位双目失明的老汉正弹着一件已经被磨损得发亮的乐器，在吸引着路边的流动的人群。更引人注意的是，这个盲人老汉的脖子上还挂着一面镜子！

年轻人好奇地走上前，趁着老汉弹奏完一个曲子的间隙问道："不好意思，请问一下，这面镜子是你的吗？"

老汉听后，嘴角露出一丝微笑说："是啊，这面镜子和我的乐器一样都是我的宝贝。对于我这个盲人来说，音乐是我一生中最美好的东西，我就是靠它才感受到这世界原来是如此的美好。"

"那你挂着这面镜子是什么意思呢？"年轻人迫不及待地询问。

老汉笑着说："我希望有一天，而且也相信总有一天，我能用这面镜子看到我自己的脸。所以无论去哪里，我都会带上它。"

这个年轻人的心一下子震住了，一位白发苍苍的盲人都如此热爱生活，而我却这样软弱退缩。他突然顿悟，很坦然地走到了医院接受治疗。每次化疗他都会被折磨得死去活来，尽管这样，他却从未退缩。

　　他坚韧地在生死边缘，徘徊了一年。奇迹终于出现了，他神奇般地康复了！从此这位年轻人得到了人生中最宝贵的财富：积极乐观的心态和无坚不摧的信念。

　　乐观和坚强是人生的两大财富，让摔倒在泥泞道路上的我们微笑地爬起来，让我们在前方一片黑暗的呼啸声中看到希望，让我们在跌入悬崖的那一刻，奋然向上抓住最后一根救命稻草！

4. 改变心态就会看到另一种希望

在生活中，人们的思想态度不同，看待事物的角度也会不同。人可以分为两类，一种是乐观的，一种是悲观的。面对一串已经烂掉一半的葡萄，乐观的人会说，真棒，还有一半可以吃；而悲观的人会说，真可惜，已经烂掉一半了。客观存在的一串葡萄，两种人对它产生不同的情绪，前者充满希望，后者流露出消极情绪。悲观的消极情绪左右着后者，让他对生活感受更多的是无奈和埋怨。当我们无法改变我们的处境时，不如改变一下自己的心态，那么将会看到另一种希望。分离或许让人痛苦，但是会产生一种距离美、等待美。如果看到一个有残缺的碗，乐观的人会认为，这个碗虽然有个豁口但却非常精致；而悲观的人说，这个碗虽然漂亮，但是可惜是只破的。所以说，事物的本身并没有悲喜，而我们感受的心灵却有悲喜之分。

有这样一个数字游戏：$1×1×1……×1=$？ 就是 1 乘 1，乘上 10 次等于几呢？答案非常简单，是"1"。可是，如果是 $1.1×1.1×1.1……×1.1$ 乘上 10 次后，答案会是多少呢？这次就有点难度了！有的人猜是 5，有的人猜是 7，可是正确的答案是几呢？用计算器算一下，答案四舍五入为 2.85。假如我们每天都像这样点点滴滴地进步，乐观地循序渐进地往前走，那么 1.1 乘以 1.1 乘上 10 次以后就变成了 2.85。但是，如果我们每天都拖拉一点、悲观一点，正如 $0.9×0.9×0.9……×0.9$ 乘上 10 次以后，会变成几呢？有人说是 0.8，有人说是 0.6。但是，真正的答案一定会让你意想不到！答案就是 0.31，这就是乐观和悲观造成的两种截然不同的结果！

乐观和悲观的态度对事物产生的结果，完全超乎我们的想象，为什么我们不去乐观地对待每一件事情，让事物在我们身上产生美好的反应呢？想象一下，如果地球上的每个人都悲观地对待这个世界，社会将会变成什么样？

英国有位刚毕业的大学生，被征收到最危险的海军陆战队去服役。这个大学生在得知自己被海军陆战队挑中后，便显得忧心忡忡。

在大学里担任教授的祖父看到孙子一副担惊受怕的样子，便宽慰他说："孩子，你没必要这么担心。到了军队，你会有两个机会，一个是到外勤队伍，另一个是到内勤队伍。如果你被分到内勤队伍，就根本用不着提心吊胆了。"

于是，孙子问爷爷："但是，如果我分配到了外勤队呢？"

爷爷又说："那你仍然还有两种选择，一个是留在国内，另一个是被派到国外的营地。如果你被留在国内，还害怕什么呢？"

孙子问："那我要是被派往国外军营呢？"

爷爷说："那你还是有两种选择，一个是被派往战争地区，一个是被派往和平国家。如果你被安排到了和平的国家，那也是值得高兴的啊！"

孙子又问："如果我不幸到了战场怎么办？"

爷爷说："那你同样还是有两个机会，一个是不幸负伤，另一个是平安返回。如果你能够平安返回，那还怕什么？"

这时，孙子又问："我要是受伤了呢？"爷爷说："同样有两个结果，一个是无法治愈，另一个是完全康复。如果你能恢复健康，还担心什么？"

年轻人又说："那我要是救治无效而死呢？"爷爷回答说："还是有两个选择，一个是成为冲锋陷阵的烈士，另一个是畏首畏尾却不幸遇难者。我相信你会选择前者，能成为英雄，你还担心什么？"

是的，无论生活中我们陷入什么境遇，都会有两个选择，一个是乐观面对，另一个是悲观抵触，乐观和悲观只是一念之差，却会导致两个截然相反的结果。

在如今这个复杂的社会，或许美好的事物也隐藏着不美好。很多人在得到看似不公平的待遇后，自暴自弃，认为自己被别人排挤，被社会抛弃，于是产生很多负面的情绪。轻者只是迷茫、消沉，重者对世界产生报复心理，这样不但于事无补，而且使自己的世界更加黑暗。人生在世，谁不会遇到挫折困难呢？困难是每个人在成长道路上的必经之路，如果没有这些，我们只会像温室里的花朵一样，被困在里面，见不到世间的精彩，甚至即使别人把精彩摆在面前，我们也对此无动于衷，因为我们根本不想去看。

消极的人生观让人生失去光彩，即使花朵再鲜艳，看起来也是灰暗的；阳光再明媚，心里也在下着雨。一个人若想活得舒适，就得抛弃自己的悲观态度，客观地看待这个世界，丢掉悲观的心态，对生活充满自信，对未来充满希望，每一天都将会是我们生命中的精彩。乐观者总是在危难中微笑面对，悲观者总是在幸福中寻找危机。

有一对孪生兄弟，一个过于乐观，一个过于悲观。父亲常常被他们搞得头疼，无奈想要对他们两个进行改造。于是，父亲便买了许多新玩具给他的悲观孩子，然后把乐观的孩子送到了一个满屋堆满马粪的房子里。

第二天，父亲去看悲观孩子，却发现孩子正在痛哭，眼睛都肿成鸡蛋了。

父亲奇怪地问："我给你买了这么多好玩的玩具，为什么你不玩，还在哭呢？"

"玩了之后，就会容易坏的。"孩子一边哭一边说。

父亲非常无奈地摇了摇头走了，然后走到堆满马粪的房子里去看望乐观孩子。到了之后，却看到孩子正精神抖擞地在铲马粪，原本散乱的马粪被整理得干干净净。孩子一回头看到父亲，高兴地说："爸爸，这里有这么多马粪，这里肯定有一匹老马和一匹可爱的小马，我要为他们整理出一间舒服的屋子！"

一个悲观的人生态度将会毁掉我们生活的精彩部分，侵蚀我们生命中的希望。悲观的人害怕失败，在面对人生中的挫折时，总是忧心忡忡，徘徊在曾经遭受的失败之中，找不到出路；悲观的人喜欢抱怨，一旦遇到问题时，总是寻找借口，推卸责任，不敢面对困难，挑战自我；悲观的人不敢接受现状，面对困难，总是找借口，从来不找自己的原因；悲观的人半途而废，没有坚强的信念，不能坚持到底，不能取得最后的成功；悲观的人没有目标，生活迷茫，不知道自己需要什么，世界上最可悲的人就是没有理想的人；悲观的人害怕遭到拒绝，内心容易产生不可逾越的障碍，使自己无法前进。悲观的人喜欢幻想，总是不切实际，用幻想掩饰心中的脆弱；悲观的人不懂得享受人生，在人生的道路上，随波逐流，不懂得珍惜眼前的事物，更不会对未来充满期待，碌碌无为地熬过一生。

所以我们不要像悲观者一样，用墨镜遮住世界的精彩，而是要像乐观者一样，即使面临困难，也会对生活充满希望，那样就会发现人生会更加美好。

5. 用一颗乐观的心去面对，生活处处是美好

　　一个男孩住在一栋非常漂亮的大房子里。他喜欢音乐、跑车，游泳、打球，还喜欢美丽的姑娘。

　　一天，男孩对上帝说："我思考了很久，终于知道自己要什么了。"上帝问道："你想要什么？"

　　"我想住在一栋有门廊的大房子里，门前左右两边还有高大的雕塑，房子后面有一个大大的花园。我还要娶一个美丽温柔的妻子，她身材高挑、明眸皓齿，眼睛是蓝色的，一头乌黑的长发，还要会弹钢琴。我们要有三个健壮的儿子，这样可以一起踢球。他们长大后，一个会当科学家，一个会做企业家，最小的我希望他是橄榄球队的四分卫。而我要成为航海旅行的冒险家，在旅途中帮助他人。我还要买一辆红色的跑车，开着它开始我的旅行。"

　　上帝说："听起来真是一个很不错的梦想啊，祝你梦想早日实现。"

　　后来有一天，男孩因为踢球而伤了膝盖，从此再不能进行登山、长途旅行了，更不可能去航海。所以他学了商业管理，后来经营起一家汽车公司。他和一个美丽贤惠的女子结婚了，有一头乌黑的长发，但是个子并不高挑，眼睛也不是蓝色的。她不会弹钢琴，也不会唱歌，但是会画一手好的风景画。因为要管理公司，他住在城市中心的商业大厦里，从那儿可以遥望到蓝蓝的大海和繁华的街景。他的屋前不可能安放高大的雕塑，但他可以养自己喜欢的宠物。他有三个美丽的女儿，而不是三个儿子，坐在轮椅中的小女儿

是最美丽的，但是他却不能做橄榄球队的四分卫。三个女儿都非常爱他，虽然她们不会跟父亲一起踢球，但是他们可以一起去玩飞盘，最小的女儿会坐在轮椅上弹吉他，唱着美丽的歌曲。他过着富裕、悠闲的生活，但是他没有买到红色的跑车，有时自己还要开着大卡车去送货。

有一天早上醒来，他突然想起自己小时候的梦想，心里非常伤心，对自己周围的人不断地诉说，抱怨自己的梦想没有实现。他越说越感到失落，觉得这一切都是上帝在戏弄他，根本听不进去妻子的安慰、朋友们的劝解。最后，他终于伤心地病倒了，被送进了医院。

一天晚上，家人都离开了，病房里只剩下他一个人，他对上帝说："您还记得我小时候给您描述的梦想吗？"

上帝说："记得，那是一个很美丽的梦想啊！"

他接着问道："既然您觉得很美丽，为什么不让我实现它呢？"

上帝说："你已经实现了，我给了一些你没有意想到的东西，我是想让你觉得惊喜啊！我给了你一位美丽贤惠的妻子，一份不错的工作，一栋舒适的房子，还有三个美丽的女儿，这是多么美好的生活啊！"

他委屈地说道："可是您并没有把我梦想得到的东西给我啊！"

上帝说："我也希望你会把我想要的东西给我。"

"您想要什么？难道还有您得不到的东西吗？"

"我希望你能因为现在所拥有的，而感到知足快乐！"上帝说。

他思考了一整夜，决定重新拥有一个梦想。他希望自己梦想得到的东西恰好就是现在所拥有的东西。不久他就康复回家了，快乐地住在 36 层的公寓里，看着三个女儿嬉戏耍闹的场面，欣赏着妻子画的美丽风景，他感到非常幸福。

在现实生活中，梦想和现实总会有一定差距的，几乎没有人能完全如自己所愿。既然这样，我们就不必为了没有得到梦想中拥有的东西而悲观失落，否则我们就发现不了那些意外的惊喜。我们应该把自己所拥有的看成是独一无二的恩赐，用一颗乐观的心去面对得到和未得到的东西，生活一定会美好起来。

有一个人坐在船舱外看报纸，突然一阵海风把他新买的帽子吹落到大海里。他只是用手摸了摸脑袋，看了看飘走的帽子，继续读他手中的报纸。

旁边一个人看到了对他说："先生，您的帽子被风刮走了！"

他说："知道了，谢谢！"然后又继续低头读报。

"您那帽子看起来值很多钱呢！"

"是的，帽子没了，我很难过，可是再怎么样，它也回不来了，我正考虑怎样省钱再买一顶新的呢！"说完，又继续读他的报纸。

确实，既然已经失去了，再怎么伤心也不会拥有了，何不开心面对现在所拥有的东西呢？

一个年轻人的钱包被人偷了，他因此很烦恼、伤心，不单是钱没了，里面还有他的身份证。他整天愁眉苦脸，他的家乡离打工的地方很远，如果回去重新办理证件，非常麻烦。他跟朋友诉苦，朋友说："钱包已经没了，你再怎么伤心难过，也回不来的，不能因为这样连自己的好心情也丢掉啊！办理身份证的确很麻烦，还得来回跑，可是你多回家几次，可以见到自己的家人，这是很好的事情啊！"朋友的一席话让他顿悟，心情也好转了，如果每一件令人悲观失落的事，你都能换个角度看待，生活中还有什么能让你感到烦恼的呢？

乐观地看待生活，不悲观，不失落，你就会深深地爱上自己所拥有的一切，然后你就会明白生活中并没有失败，而失败都是自己造成的！

　　丢掉悲伤，面带微笑，积极努力地面对一切困难，跃过去，然后回头看看，一切原本都是那么美好！

第六章

心境宽了火就小了

——别让抑郁的乌云遮住你的天空

得之，我幸；不得，我命。

——徐志摩

把活着的每一天看作生命的最后一天。

——海伦·凯勒

世界上最宽广的是大海，比大海更宽广的是天空，比天空更宽广的是人的胸怀。

——雨果

1. 与其想改变世界，不如先改变自己

　　抱怨是一个人的不良习惯，也是一种消极的心态。生活中不可能事事如意，与其抱怨，不如心平气和地安于所处的环境，这样不仅可以让自己变得快乐一些，同时也可以从中发现值得领悟的意义。

　　一天，佛陀外出云游，路上偶遇一位诗人，诗人年轻、英俊、富有、才华横溢，而且家有娇妻爱子，但是，他就是觉得自己不幸福，不停地抱怨生活对他的不公。

　　佛陀问他："你为什么不快乐？我可以帮你吗？"

　　诗人说："我只缺少一样东西，你可以给我吗？"

　　佛陀说："可以，你要什么，我都可以给你。"

　　诗人看着佛陀说："你真的可以给我吗？我只要幸福。"

　　佛陀想了想说："我明白了。"

　　说完，佛陀使用法术，把诗人原来拥有的一切全部夺走了，包括他妻子和孩子的性命，他的家产和才华，还毁了他的容貌。做完后，佛陀立刻离开了。

　　一个月后，佛陀来见诗人，只见他瘦骨嶙峋的正躺在冰凉的地上呻吟，佛陀施展法术，把当初从诗人身边拿走的一切全都还给了他，然后，悄悄地离开了。

　　隔了一段时日，佛陀再次去看诗人，这一次，诗人搂着妻儿不停地向佛陀道谢。因为，曾经的那一段痛苦不堪的经历，已经让他深深懂得自己拥有着怎样的幸福。

　　在现实生活中，很多人都和那位诗人一样，对自己拥有的幸福视

而不见，反而，在不停的追逐中只看到生活中的一些不如意，整天抱怨，因此，快乐也就离自己越来越远。所以，一个人如果想让自己获得快乐，就要懂得抱怨不会解决任何问题，只有改变心态，才能让快乐多一点。

一个国王，去到一个山村观光，没想到一路崎岖不平，碎石头把自己的脚硌得又麻又疼（那时，人们还没有发明鞋子）。回到皇宫后，国王立刻下了一道谕旨，命令将国内所有的道路都铺上一层牛皮。他认为，这样做不只是为了自己，也是造福百姓的一项功德。

然而，尽管杀光了整个国家的牛，也无法弄到覆盖住所有道路的牛皮。然而，却为此花费了大量的人力物力。对国王的这一心愿，大家明明知道无法完成，但谁敢违抗呢？

这时，一位聪明的大臣向国王谏言："国王陛下，不要再花费大量的金钱和劳力了，也不要再去牺牲那么多的牛，路上石头多，我们可以用一块牛皮将自己的脚包住啊。"国王听了觉得很有道理，立刻撤回命令，而这便有了鞋子这一项发明。

一个人想改变世界不是一件容易的事，与其想改变世界，不如先改变自己。所以，遇事先改变自己的心态，心态变了，眼中的世界也就变了。

曼德拉因为领导反对白人种族隔离政策而入狱，他被白人关在大西洋上一个荒凉的小岛罗本岛上，一关就是 27 年。当时，曼德拉已经有些上了年纪，但白人统治者依然把他当作年轻人一样虐待。

罗本岛上遍布岩石，还有毒蛇等一些动物。曼德拉被关在一个集中营的锌皮房，白天做打石头、捞海带、采石灰等一些苦工，每天都戴着脚铐排队去采石场，然后被解开脚铐，开始一天极其繁重的劳动。由于曼德拉是政治要犯，所以，有三名看守看管他——这三名看守对他百般虐待。

1991 年，曼德拉出狱，当选为南非总统，他在就职典礼上做了一个举动，令全世界震惊——他竟然把曾经看押他的三个人也邀请到了典礼现场，并向这三个人致敬。曼德拉的博大胸怀和宽容精神，让那些虐待他的白人深感惭愧，也让到场的人肃然起敬。

后来，曼德拉对大家说，自己年轻的时候性子急，脾气暴躁，是狱中的生活让他学会了控制自己的情绪，才活了下来，同时，牢狱岁月也让他学会了如何处理自己遭遇的痛苦。他说，感恩与宽容常常来自磨难与痛苦的遭遇，必须依靠极强的毅力来磨练自己。

出狱当天，他说："当我迈出监狱大门时，我已经懂得，如若自己再不能把悲苦和怨恨抛在身后，那么我就仍然还在狱中。"

曼德拉所遭受的这些，并不是常人能体会到的，但是，这位黑人领袖却能在很短的时间内，让自己的内心获得解放，并能感恩以往的痛苦经历，这对自己人格的完善产生了积极的意义。所以，只有做到心境宽一些，才不会在抱怨中淹没自己。常怀一种感恩之心，才能成就自己的事业。

2. 看开世事，烦恼不再

　　一个人用怎样的态度去面对生活，生活就会回报给他什么。同样是遭受苦难，乐观者积极面对，收获的是坦然、宁静；悲观者愁眉不展，得到的则是烦恼、悲苦。这些都是心态决定的，正所谓"境由心生"，不同的心态会造就截然不同的境况。那么，在生活中如何能够做到积极乐观呢？当然是：看开。将世事看开，自然会发现，内心会很豁朗，也会感受到快乐。

　　正如国学大师钱钟书所说："精神的炼金术是使肉体痛苦变成快乐的养料。"人生常常会遭遇到痛苦，但是，精神却可以改观它，使人乐观。钱钟书在《论快乐》中说："洗一个澡，看一朵花，吃一顿饭，假使你快活，并非全因为澡洗得干净，花开得好，或者菜合你的口味，主要因为你身上没有挂碍，轻松的灵魂可以专注肉体的感觉，来欣赏，来审定。要是你精神不痛快，像将要离别的宴席，随他怎样烹调好，吃来只是土气息、泥滋味。"这段文字是说人的快乐与否是由其内心决定的，不在于一个人拥有什么，而在于他怎样看待自己所拥有的东西。

　　一个人问禅师："人们都说信佛可以解除人生的痛苦，但我信佛多年，却不觉得快乐，这是怎么回事？"

　　禅师问他："你现在都忙什么呢？"

　　那个人说："人总不能活得太平庸了吧，为了能让自己的门第显赫，我日夜操劳，心力交瘁。"

　　禅师笑道："怪不得你得不到快乐，你心里装满了苦闷和劳累，哪里还能容得下快乐呢？！"

是啊，这个人为了追求世俗之荣华，什么都放不下、看不开，心里满满的全是"门第显赫"，苦心劳力，又何谈快乐？

世人总是想摆脱内心的苦恼，活得轻松快乐一些，却又不懂得放下，有些人更是喜欢自寻烦恼，有事没事都会生出烦恼之心。

禅师外出云游，在一个老婆婆家里借宿，一连几天，总是见老婆婆愁眉不展、唉声叹气。禅师很纳闷，于是问她："你为什么整天都是愁眉不展、唉声叹气呢？难道家中遭遇了什么事情吗？"老婆婆说："我有两个女儿，大女儿嫁给了卖布鞋的，小女儿嫁给了卖雨伞的。天晴的时候，我就会想到小女儿的雨伞一定卖不出去，所以，忍不住要伤心；下雨的时候，我就会想到我的大女儿，雨天会没有顾客买布鞋，所以，就会为大女儿担忧。"禅师说："原来是这样啊，这可就是你的不对了。"老婆婆说："作为母亲我担心女儿的生活，这有什么不对吗？我也知道，担心也不能帮她们解决问题，可我就是控制不住自己啊！"

禅师对老婆婆说："你为女儿担心没有错，可是，你为什么不能为她们高兴呢？你想想，晴天的时候，你大女儿的鞋店一定生意兴隆；雨天的时候，你小女儿的雨伞一定卖得不错。所以，不论晴天还是雨天，你都应该是快乐的，怎么还会悲伤呢？"老婆婆听了禅师的话，心情一下子开朗起来，从此，不管是雨天，还是晴天，都是笑呵呵的。

生活就是这样，你多角度地去看问题，用一种开放的心胸去理解事物，带给你的感受自然会大不相同。人就是应该去发现生活中可以让自己快乐的事情。即便真的遇到了烦心事，也可以转换一下思维方式，或者干脆抛开，没什么大不了的。

美国哈佛大学在中国招一名学生，学生在美就读的所有费用将全部由美国政府提供，初试结束后，有 30 名学生入选。

考试结束后的第十天，是面试的日子，30 名学生和陪同的家长们等在一个酒店中准备接受面试。当主考官出现在大厅时，所有的人都围了过去，大家用流利的英语向主考官问候，一些人还迫不及待地做自我介绍。在这些学生中，有一名学生因为起身晚了一步，等他想走近主考官时，主考官早已被围得水泄不通。因为没有办法接近主考官，可能会因此失去很好的面试机会，他开始变得沮丧起来。正在这时，他看见大厅一角，一个落寞的外国女人正茫然地望向窗外，他想：这位异国女人一定是遇到了什么麻烦，不知道自己能否帮到她。于是，他走过去，很有礼貌地和她打招呼并简单地做了自我介绍，然后问："夫人，您有什么需要我帮助的吗？"接下来，两人聊得很投机。

后来，这名学生被选中去哈佛留学，在 30 名候选人中，他的成绩并不是最出色的，他也错过了与主考官套近乎的机会，但是，没想到，他却无心插柳柳成荫，遇到了那位"落寞的异国女子"——主考官夫人。他的遇到，是源于善良，源于在那样沮丧的情境下，内心依然可以装得下别的事情，这其实也是在得失面前一种看开的胸襟。

人生在世，每天都有很多事情发生，幸运的，不幸的，但是，仔细想想，许多困扰着自己的坏情绪，都是源于不能看开，所以才会深陷烦恼之中，对不幸或者挫折耿耿于怀，对生命中难免存在的不足和残缺难以释怀。如果，我们在遇到不幸或者挫折时，能够转换一下思维，看开一些，便会发现，所有的事情都有它积极的一面，生活给了你不幸的遭遇，你会在其中学会对人生更深一层的了解；给了你挫折，你会学会成长，在以后的生活中做得更好。把所有的经历都当成是一堂人生必修课，相信你的心情也会豁然开朗。

3. 心境宽，万事则无事

临济禅师曾说过："无事是贵人。"只要心中无事，便可天下太平。世人却不然，常常会无端地生出许多事来。因此，也便有了"世上本无事，庸人自扰之"这句话。

在一次洪水中，一个农民的妻子和孩子一起掉进了水里，他将妻子救了起来，儿子却不幸被淹死。事后，很多人对此事议论不休。有人说，救了妻子是对的，孩子可以再生，妻子却无法死而再生；也有的人说他这样做是错的，因为妻子可以再娶，孩子却不能死而复生。那么，危难的关头到底是应该救儿子还是救妻子呢？有人解不开这个谜团，于是便去问那个农民那一刻是怎么想的。农民说："我当时什么也没想，洪水猛冲过来时，妻子在我身后，我抓住她就游到了附近的山坡，等我再返回去的时候，孩子已经被冲走了。"

生活中往往有不少抉择就是这样，有时根本来不及多想，事情就突然发生了。这时，所做的一切，往往就是出于本能，所以，过后想得再多也没有任何意义，只会给自己套上枷锁，自寻烦恼。

林姗刚刚结婚时，住在婆婆家，最初二人相处得比较融洽。林姗是个懂事的小女人，自从和婆婆住到了一起，她就暗中告诉自己，要在婆婆面前好好做事，别让她认为自己从小没有家教。林姗没嫁过来的时候，是妈妈心中的宝贝，妈妈对她十分宠爱，很少让她跟着做家务。结婚后，林姗没有因为自己被妈妈宠而忽略与婆婆的界限，而是很谨慎地处理着在婆家的一切，经常帮助婆婆做家务，只要自己不上班，在家休息，每顿饭就必定会亲自与婆婆一起做。此外，她也会给婆婆买一些小礼物，她愿意和婆婆相处得更融洽，她喜欢看婆婆的笑脸，觉得那会让她心里踏实一些。说心里话，这样的日子没过多久，林姗就感觉到非常累，她甚至都产生了回避感，经常有事没事就回自己父母的家，赖在那里吃饭或过夜。偶尔在父母家里没吃到饭，回到婆婆家也不会再吃，因为她觉得婆婆每次都没有她想象中的热情。

一天，同事到林姗家坐了一会儿，恰巧赶上饭点，婆婆一个人下厨房，她陪同事。待到她送同事走的时候，经过厨房看了婆婆一眼，婆婆正在炒菜，抬头看见她们出门，只是客气而仓促地挽留了一下同事。送走同事后，她回到屋里，婆婆已经坐在电视机旁看电视剧，好像不高兴的样子。林姗最怕看不见婆婆的笑脸，因此，她觉得婆婆一定是因为自己没跟着一起下厨房心里不高兴了，心想：婆婆也太挑剔了。于是，她没和婆婆打招呼，就径自回了父母家，而婆婆却因被剧情吸引而对此毫不知情。

晚上老公接林姗回家的时候，她一路上诉说着自己的委屈，老公说："你别总是瞎想，我妈不是那样的人，今天下午还在我面前夸你呢，说你懂事。""为什么闲着没事说起我啊？"林姗问。"还不是因为你走了。等你回来吃饭的时候，我问妈你去哪了，妈说不知道，还说你肯定走不远，也许去邻居家了。妈还说你是个懂事的孩子，不像有些人家的媳妇，在婆婆家什么都不干，说你也舍得给她花钱，还让我好好待你呢。"林姗听完老公的话说："妈真的是这样说的？"老公说："我干吗要骗你啊，你嫁到我家后，做得真的很好，我都觉得你已经很努力了！你自己还想那么多干什么，这样累不累啊？"林姗想了想，觉得老公的话也对，自己没做错什么，婆婆干吗会生自己的气呢？于是，她说："看来是我想多了。"老公说："你就是想得太多了！你知道你这叫什么吗？叫庸人自扰。别人还不知道怎么回事呢，你已经苦大仇深了，这哪行啊？想开一点，自然一点，一家人哪有那么多事啊？"然后，老公又接着说："你别让自己活得太累了，也别对我妈要求过高，哪怕你少做点事都无所谓。别想得太多，这人啊，想得一多，什么事就都找上来了。"林姗撒娇地笑了笑说："以后就按你说的做。"

其实，有一些"事"真的不是事，只是自己太把那些当回"事"了，结果白白给自己带来了很多烦恼。

正所谓："人生不满百，常怀千岁忧。"生活就是五味杂陈，人生也是起起落落，看透这样的道理，让自己的内心不为外事所干扰，是非、得失、荣辱都不能左右我们，不去自寻烦恼，心境宽，万事则无事，否则只能是庸人自扰，徒增烦恼。

4. 把心放宽，雅量待人

一日，智言大师在山中采药。忽然，一位女子从山中慌慌张张地跑了过来，经过大师身边时，竟然一点也没有发现大师，急匆匆地离去了。

过了一会儿，又跑过来一个男子，他从智言身边经过时，回头气哼哼地问道："和尚，看没看见一个女子经过这里？"智言看了看眼前的男人，见他一脸怒气，于是问道："施主，什么事情让你这样生气啊？"男子恶狠狠地说："这个女人骗了我的钱，我一定要杀了她！"智言听后说："你已经失去了钱财，难道你还要让自己连命都失去吗？不要再生妄念了。"男子没想到大师会这样说，一时愣在那里。

智言大师说："钱财没了，可以再赚，可是，因为一时气愤，弄得不快乐不说，甚至，还可能因此而获罪，你觉得这样做值得吗？"

人们在生活中常常会遇到让自己气愤的事情，于是，以牙还牙，到最后弄得事态不好收拾，甚至可能会因此而酿出大祸。如果我们在遇到倒霉事情后，想开一点，让自己从不良的情绪中走出来，这样就能快乐地去生活，何乐而不为呢？

生活中不如意的事情很多，就看我们如何对待。如果心态放宽一些，当然，就会像河水稀释盐那样，把不如意带来的烦恼冲淡。

一天，宰相请来一位理发师为自己理发，而他则边理发边思考问题。

理发师为他理完发后，给他修脸。可是，修到一半的时候，理发师突然不动了，而是握着剃须刀直直地盯着宰相的肚子看。宰相被他看得有些不自然，心想："我这肚子有什么好看的？"于是，他便问理发师："你不修脸，却一直盯着我的肚子看，我的肚子有什么好看的？"理发师听完宰相的话后，疑惑地说道："常听人说'宰相肚里能撑船'，所以，我才看着您的肚子，可是，您的肚子怎么可能撑得下一条船呢？"宰相听完不禁哈哈大笑道："'宰相肚里能撑船'这句话，说的是人的度量，意思是说这个人不爱与人计较，能忍则忍。"

理发师听后，慌忙跪下说："宰相大人，小人有罪！"宰相不解地问："你怎么了？"理发师说："刚刚给您修眉毛的时候，一不小心，把大人右侧的眉毛剔掉了一块，小人有罪，请大人原谅。"宰相听完理发师的话后，很生气，心想："少了一块眉毛，这怎么上朝啊？如何见人啊？"想到这里，宰相正要发怒，又转念一想："自己才刚刚说过宰相的度量大，不喜欢事事计较，这会儿又怎能因为一块眉毛治理发师的罪呢？"于是，宰相对理发师说："去找一支笔来，把少的那块眉毛替我画上就行了。"理发师立刻给宰相画上了眉毛。

"心田似海，纳百川方能容人。"宽容他人，可以让自己的心境变得平和，有了平和之心，当然会很容易感受到快乐。

心宽也是有气度，而生活绝对不会亏待有雅量的人。

一只老山羊带着儿子去自家的菜地收白菜，发现白菜被人偷走许多。小山羊说："一定是那头野猪干的。你看，地上还留着它的脚印呢，我们找他去。"老山羊拦住了儿子说："算了吧，他可能是饿极了，才这么干的。"几天后，老山羊又带着儿子去地里挖土豆，发现土豆地也被拱起了一大片。显然，野猪又偷走了土豆。小山羊十分气愤地对老山羊说："野猪也太过分了，这一次咱们说什么也不能放过它。走，现在就去找它算账！"老山羊平静地说："我们不要去了，野猪也是有自尊心的，可能是家里实在是没得吃了，不然，谁喜欢做小偷呢？"

　　"爸爸，这只野猪是出了名的懒，整天游手好闲什么也不干，就靠着偷偷摸摸混日子，我们不能纵容它。"小山羊不依不饶地说。

　　"行了，儿子，别在背后说人家的坏话了，我觉得野猪的本性不坏，以后它会学好的。"老山羊说。

　　谁也没有想到，山羊父子俩的对话，被躲在林中的野猪全都听到了，它惭愧地低下了头。

　　一天，老山羊父子在地里聚精会神干活的时候，一只饥饿的狼悄悄地溜进了土豆地。就在恶狼扑向小山羊的一刹那，野猪出现了，它奋不顾身冲了出去，最终狼被野猪打败逃走了。老山羊十分感激地对野猪说："谢谢你救了我们的命！"野猪不好意思地说："不，说谢谢的应该是我，我偷了你家那么多菜，可你每次都没跟我计较，让我很感动。"说完，野猪又开始帮老山羊挖起了土豆。

　　老山羊家中的菜被野猪偷了几次之后，依然能以理解之心去原谅野猪，因此而换来了更珍贵的东西——小山羊的生命。当然，我们人类也要学着看开，把心放宽，雅量待人，不是为了等待丰厚的回报，而是它能带给我们内心一片宁静。

5. 常怀宽容心，不为烦恼牵

父亲下班后怒气冲冲地回到了家，进门后把公文包使劲地摔在了沙发上，儿子见父亲回来，兴奋地跑过去扑向父亲怀里。

父亲一把推开儿子，没好气地说："一边玩去，别烦我。"

儿子一脸无辜地从父亲怀中挪开，泪眼婆娑地望着父亲说："爸爸，今天我在学校受到了老师的表扬。"

父亲听后，脸色缓和了一些，问道："哦，做了什么事情，老师表扬你了？"

儿子破涕为笑，又跑到父亲身边说："今天有一位同学，弄坏了我的铅笔盒，我当时特别生气，可那个同学看我的铅笔盒被他弄坏就吓得哭了，看他挺可怜的，我就没忍心告诉老师，还跟他说，没关系。老师知道后夸我是个有爱心、团结同学的好孩子，还让全班同学向我学习呢。"儿子说完，一脸得意地看着父亲。

父亲勉强地笑了笑，夸了儿子几句："儿子好样的，明天爸爸给你买个新的文具盒。"儿子笑呵呵地跑出去玩了。

看着儿子的背影，父亲陷入了沉思。今天他在单位也遇到了类似的事情，一位同事不小心弄脏了他明天要交上去的计划书。如果，他把这事跟老板说了，他不会有什么责任，只是，那位同事有可能被辞退；如果，这事他不告诉老板，那今天就得连夜打出一份一模一样的计划书，估计这一晚上都别想睡觉了。所以，这件事弄得他心情极其烦躁，这也是为什么他在刚进门的时候脾气暴躁地对待孩子的原因。

他本来想干脆告诉老板算了，犯不上熬夜帮那个同事兜着错。

可刚才孩子的一番话，让他又重新思考该怎样处理这件事，心中的怒气也渐渐平息了许多。于是，他简单吃了点饭，开始重新打那份计划书。

第二天早晨，他去公司，看见那位同事惶恐不安地站在公司门口，见他来了，犹豫了一下，向他走了过来。他把手中的文件向那个同事扬了扬说："不用担心，我连夜又赶了一份。"

同事听后如释重负地松了一口气，非常感激地冲他笑了笑。

后来，老板不知道从哪听说了这件事，拍着他的肩膀说："不错！我这现在正好还缺一个经理，你很合适。"

故事中的父亲包容了同事的失误，这才有了之后的升迁。"惟宽可以容人，惟厚可以载物。"心胸宽者，自会对人对事包容接纳。坦然释怀，放下不愉快的事，生活才会更有意义。这也是一种健全人格的体现。

年轻的洛克菲勒空闲的时间很少，所以，他总是会把一个可以收缩的健身器挂在办公室的墙上或者随身的袋子里，一有空闲就拉一拉，以增加身体的运动量。一天，他到自家的一个分公司里去，那里几乎没有人认得他，洛克菲勒说要见经理，公司中一个职员见他衣着随便，于是傲慢地对他说："经理很忙。"洛克菲勒说："没关系，我可以等一会儿。"当时，会客厅里没什么人，他见墙上有个钩子，就把随身带的健身器拿了出来，使劲地拉着。健身器的声音打扰了那个职员，于是，职员气急败坏地冲着洛克菲勒大吼："喂，你这人怎么回事，你以为这是什么地方？健身房吗？赶快把你的那个东西给我拿下来，不然，立马给我出去！"

"好，我马上收起来。"洛克菲勒说着收起了他的健身器。

一会儿，经理来了，非常客气地将洛克菲勒请进了自己的办公室。刚刚还十分傲慢嚣张的那位职员，顿时蔫了，他觉得自己在这里的前程肯定完了。洛克菲勒临走的时候，却客气地向他点了点头，而他则一副不知所措的样子。

此后，他整日过着惶恐不安的日子，觉得洛克菲勒一定会责罚他。但是，日子一天一天地过去了，什么事情也没发生，职员慢慢地才把一颗惴惴不安的心放下。

洛克菲勒对小职员的冒犯，没有给予任何责罚，而是采取了宽容态度，或者，在他的心里，这根本不足以计较。一个成大事的人，必定会有一颗能容他人过错的心。不计较小事，方能有时间去成就大事。

一日清晨，佛陀正在禅房中参禅静坐，忽然，从外面闯进来一个人，怒气冲冲地对佛陀恶语相向。这个人之所以如此对待佛陀，是因为他的族人都跑到了佛陀这里出家，所以，他十分气愤，跑过来向佛陀发泄怒气。

佛陀安静地听着他无理谩骂，一直到他的怒气稍微平复之后才问道："婆罗门，你们家偶尔也会有人到访吧？"婆罗门没好气地答道："当然，你问这个干什么？"佛陀又说："婆罗门啊，那时，你偶尔也会对客人热情相待吧？！""那是自然。"婆罗门答道。

佛陀和颜悦色地接着说："婆罗门啊，如果那时人家不接受你的款待，你准备的菜肴应该归谁呢？"此刻的婆罗门怒气已经消减了一些，答道："如果客人不吃，那些菜肴当然还要归我了。"佛陀用一种非常慈悲的目光看着婆罗门，然后说："你今天在我这说了很多难听的话，但这些话我并不接受，所以，你刚才所有的无理谩骂还要归还于你。你知不知道，如果面对你的恶劣态度，我也一样恶语相向，就等于主客之间的用餐，所以，这样的菜肴我不要。"

婆罗门听完佛陀的话，思考了一会儿，好像悟出了点什么道理。而佛陀又对婆罗门说："对愤怒之人以牙还牙，是不理智的事；对愤怒之人不以牙还牙，会得到两个胜利——面对他人的愤怒，而以正念镇静自己的人，不仅能胜于己，更能胜于他人。"

佛陀的一番话，敲醒了婆罗门。后来，婆罗门在佛陀门下出家，成为了阿罗汉。

佛陀的镇静与平和来自于一颗宽恕容人之心，人只有这样，方能不为烦恼郁闷所牵绊。

6. 淡泊以明志，宁静以致远

人们这一辈子到底要什么？成功失败，得到失去，对人们而言是重要的还是不重要的？而什么样的人生才是成功的人生呢？什么又是富足的一生呢？有人认为，加官晋爵是成功的标志，有人认为腰缠万贯是成功的标志。而事实上，财富与官爵往往与幸福无关。康奈尔经济学教授罗伯特·弗兰克曾说过："虽然财富可以带给人幸福感，但并不代表财富越多人越快乐。"金钱对于一个人来说，在基本生存需要得到满足后，每一分钱的增加，对快乐本身就不再具有任何意义了。也就是说，到了这个阶段，金钱已经没有办法换算成幸福和快乐了。

如果一个人在追逐利益的过程中，忽略了亲情和友谊，放弃了对生命中其他美好方面的享受，就算到最后拥有了万贯家财，也难以摆脱孤独怅惘的纠缠。

云海禅师是一位得道高僧，他面容慈祥，每次给信徒们讲法时都会说："人生中有许多快乐，所以我们要快乐地生活。"

云海禅师快乐的生活态度感染着身边的人，大家都以他为榜样，让自己也快乐地生活。

一天，云海禅师生病了，他躺在床上不住地呻吟道："痛苦啊，实在是太痛苦了！"

这件事很快在寺院中传开了，住持听说后，便忍不住前来责备他："生老病死乃人之常事，一个出家之人总是喊着'苦啊，苦啊'，这样合适吗？"

云海禅师回答道："既然这是人生必不可少的经历，又为什么不能在痛苦的时候叫苦啊？"

住持说："曾经有一次，你不小心掉入河中，面对死亡，你毫无惧色，而且平时你不是也教导信徒们要快乐地生活吗？为什么一生病却又叫苦不迭呢？"

云海禅师对住持招了招手说："你过来，到我床前来吧。"

住持向前走了几步，来到云海禅师床前，只见云海禅师轻声问道："住持，你刚才说起我从前一直都讲快乐，现在反而叫起苦来，那我想问你，究竟是讲快乐好呢，还是讲痛苦对呢？"

人生也是如此，任何事情都有两面，有时我们只看到事物的一面。诸如，看到名利带来的光鲜一面，却看不到在追逐名利之时，失去的自由、快乐。计较是非得失的时候，我们的心是很私欲的，人在私欲控制的状态下，斤斤计较着得与失，自然会与他人产生矛盾与冲突，从而增加困扰和烦恼。

宋代大文豪苏东坡说："天地之间，物各有主，苟未吾之所有，虽一毫而莫取。"意思是说，天地之间，物各有所属，不属于我的，我一点也不会要。一个人若能拥有这样得失由天定的心态，那么将会减少很多烦恼。

一位70多岁的日本老先生，参加电视台主办的古玩鉴定节目，他拿出一幅祖传的珍贵名画，请在座鉴定团的成员为他鉴定这幅古画的价值。他父亲跟他说这幅古画价值上百万，所以，他父亲一辈子战战兢兢地保护着它，由于他自己不懂艺术，所以，拿来请专家鉴定它的价值。

经过鉴定团中每一位成员精心细致的鉴别，得出的结果是，这幅古画为赝品，根本就不值钱。主持人问老先生："您一定很难过吧？"这位老先生却在很短的时间内，舒展开自己脸上的皱纹，憨厚地一笑说："这样也好，我就不用像我父亲那样小心翼翼地保护它了，也不会有人来偷了，我也可以安心地把它挂在家里的客厅中了。"

曾经有一位朋友说起自己很有钱的妹妹时，流露出一副很不以为然的样子。她说："别看我没她有钱，可我比她过得自在。我虽然做不到天天大鱼大肉，但可以隔三岔五地买点吃。我不想去上班了，就跟领导请一天假，在家睡到日上三竿，她行吗？她一天不去，业务上的好多事就处理不了。我下了班回家，一菜一汤我吃得舒服，她不行，必须去应酬。在饭店里，不管菜色怎么诱人，也不能像在家里那样随便吃，再说饭店里闹哄哄的根本就吃不下。特别是她要出门的时候，把家里值钱的东西，东藏西藏的，生怕小偷进来把东西拿走似的。我不怕，小偷爱来不来，反正家里也没什么值钱的东西。"她还说："我宁可这样活着，也不要像她那样，太累！"

这位朋友是学音乐的，她的生活，除了音乐就是书籍，而且喜欢茶道，喜欢佛学。她好多同学的老公都有了不俗的成绩，譬如升官的，发财的，她一点不羡慕，虽然她老公只是一个技术人员，一干就是好多年，但乐得自在，对是否提升从不放在心上，工作那么多年没和任何一个同事产生过矛盾。两夫妻很恩爱，唯一遗憾的是结婚多年没有孩子，每当大家替他们惋惜的时候，她就会说："这是老天的安排，我虽没有儿女绕膝的热闹，但也不受生育之苦，不受养育儿女必须付出的辛劳，不会整天为孩子的健康担惊受怕，为他的顽皮不省心而苦恼失望。"

这对夫妻看淡名利，看淡无法得到的东西，无欲无求，所以生活得幸福而满足。其实，人生苦短，看穿是非得失，便可以从容地生活。

7. 没有解不开的疙瘩，只有看不开的人生

人常说："人无千日好，花无百日红。"人生在世，没有一个人是一帆风顺的，总会经历挫折、磨难，这就需要我们在生活中遭遇到不如意的时候，看开一些。

史铁生曾说过："幸福是要自己去寻找的，无论你在空间的哪一个角落，在时间的哪一个时刻，你都可以享受幸福，哪怕是你现在正在经历着一场大的浩劫，你也能够幸福，因为你可以在浩劫中看到曙光，能从浩劫中学到很多别人可能一辈子都学不到的东西。而当你拥有了别人所不曾拥有的东西时，那么你就是唯一。"

史铁生是我国当代最令人敬佩的作家之一，他用残缺的身体说出了最为健全的思想。史铁生在上山下乡时双腿瘫痪了，那时他才只有二十一岁，在人生最踌躇满志的时候，灾难降临到他的头上，这对于一个年轻的生命来说简直就是灭顶之灾。但是，经历了一次次与死神的斗争之后，他最终拒绝了死亡，并在超乎常人的想象下，用自己残疾的身体，在同病魔做斗争的同时，写下了许许多多令人感动的文学作品。史铁生体验到了生命的苦难，而表达出的却是一个人存在的明朗和欢乐，他用深刻的思想、睿智的言辞，照亮着这个时代人们日益幽暗的内心。

他在小说《命若琴弦》中塑造了一老一小两个盲人，他们的师父都给了自己一个药引子。年老的盲人凭借着弹断 1000 根琴弦得到了重见光明的药引子，支撑了一辈子，最后他又把这服药引子传给了年纪轻的盲人。就这样，他们的生命和琴弦联系到了一起。如果不是

琴弦给他们建造了重见光明的梦，也许他们早就活不下去了。年轻的盲人曾经问师傅："为什么咱们是瞎子？"师傅说："就因为咱们是瞎子。"从这句话中可以看出，生活有时是残酷的，既然灾难降临了，就只能去接受，一根琴弦需要两个点才能拉紧。心弦也需要两个点——一头是追求，一头是目的。只有这样，你才能在中间这紧绷绷的过程中弹响心曲。苦难带给人心酸和无奈，但我们可以把心弦绷紧，弹奏出热情充满活力的心曲。即便在无奈和痛苦的时候，一样活得精彩。

"微笑着，去唱生活的歌谣。不要抱怨生活给予了太多的磨难，不必抱怨生命中有太多的曲折。大海如果失去了巨浪的翻滚，就会失去雄浑，沙漠如果失去了飞沙的狂舞，就会失去壮观，人生如果仅去求得两点一线的一帆风顺，生命也就失去了存在的魅力。"生活的磨难，让史铁生对生命有了比正常人更深切的体会和感悟，灾难没有击垮他，而是成就了一位伟大的作家。

一个单身汉，一直觉得自己十分不幸，所以他整日祈祷着，希望自己能够获得真正的幸福，哪怕只有一次都可以。他日日夜夜地祈祷，终于打动了佛祖。

一天晚上，他忽然听到敲门声，心想："这是谁啊，夜半三更的？"虽然这位单身汉心里十分纳闷，但他还是起床去开了门。

打开房门，他看见两位女子正站在门外，其中一个名字叫吉祥，也就是人们传说中的幸福女神，这位女神生得十分美丽，看着就让人觉得很舒心。于是，单身汉兴冲冲地请女神进门。但是，美丽的女神却没动，而是指着她身后的另一位女子说："稍等片刻，给你介绍一下，这位是我妹妹，我们两个一起过来玩的。"这时，单身汉才注意到后面的女子，他很惊讶地看着面前这位长相丑陋的女子，疑惑地问幸运女神："你们长得一点都不像，真的是亲姐妹？"

幸运女神说："我们的确长得不像，但真的是亲姐妹。她是不幸女神。"

单身汉听完后赶紧对姐姐说："吉祥小姐您快请进，您的妹妹就算了吧，还是让她回去吧。"

幸运女神看了看单身汉说："哪有这样的道理？我们姐妹无论到哪里都在一起的，我不能自己留下来。"

单身汉站在那里犹豫了很久，也不知道应该怎么办。于是，幸运女神说："我看你确实不方便让我们进去，那我们只好告辞了。"

说完之后，二位女神转身离去，这个单身汉一直呆呆地立在那儿，还没想明白应该如何做呢。

其实，幸与不幸就像两个形影不离的姊妹。一个人活着，不能只接受幸福而不接受不幸。人生是一种承受，所以，要勇于战胜挫折，要客观地去看待幸与不幸，欣然接受生命的全部，这样才能活得精彩和快乐。"人生不如意事常八九"，活得快不快乐，有时全凭自己的心态，要学会看淡名利，那样就不会计较一时的得意与失利；要用有所求有所不求的心态去做事，这样就不用周旋逢迎。常言道："无欲则刚。"做一个自在洒脱的自己，学会随遇而安的生活态度，遵循自然起伏的变化规律，这样才能活得坦然。

没有如意的生活，只有看开的人生，看开是一种生活的智慧。

8. 看开些，"坏事"也能变好事

常听人说："上帝为你关上一道门，一定会再为你打开另一扇窗的。"

索菲是沃尔公司的一名高级主管，待遇优厚，工作压力大。没过多久，公司为了适应激烈的竞争，开始裁员，索菲也在其中。那时，她仅仅 42 岁。

"我在学校一直表现不错，只是没有哪一项很出色。后来，我开始从事市场销售。28 岁那年，加入了那个大公司，通过自己的努力做到了主管的位置。"索菲对朋友如是说。

"我以为一切都会很好，按着这样的步子一直走下去，却没想到有一天会失业，而且，还是在我步入中年的时候。我感觉生活一下变得十分糟糕，内心很慌乱。"

索菲在回忆起那段时光的时候，表情一下子变得十分黯然，语气也沉重了许多："很长一段时间，我都无法接受失业的事实。躲在家里哪也不去，害怕看见别人忙碌的身影，我觉得自己很没用，所以那段时间我的脾气暴躁，总会无缘无故地跟孩子们发火，情况好像越来越糟糕了。但就在这时，出现了转机——一个出版社的朋友让我帮他做关于向化妆品公司营销的方案。这是我的长项，帮对方的同时，我也重新找到了自己的方向：为上市公司提供建议，出谋划策。

两年后，索菲有了自己的公司，从一个为别人打工的人，变成了老板，而且收入也远远比打工时要多很多。

"被裁员是一件糟糕的事情，但那绝不是世界末日。也许，还是

一次改变命运的机会，就像我。所以，有些事情就看你如何看待，有这样一句名言：'世界上没有失败，只有暂时的不成功。'"索菲坚定地对朋友说。

生活在今天这样一个竞争十分激烈的时代，一方面有更多的机遇，另一方面也有被淘汰的可能，当我们遭遇到索菲一样的经历时，不要一蹶不振，而是要静下心来为自己寻找新的发展空间。

记得许多年前，有这样一则新闻：一位河南的郑师傅，随着单位的下岗政策，离开了工作很多年的机械厂。那时，郑师傅也差不多人到中年，上有老人赡养，下有年幼的孩子需要抚养。刚刚离开工厂那会儿，他不知道怎样面对生活的突变，也零零散散地在社会上干过一些活，但收入朝不保夕，终究不是长远之计。后来，郑师傅凭借着自己对厨艺的喜爱，开了一家不大的饺子馆。最初，生意不是很好，他也觉得自家的饺子虽然价格实惠，可依旧不能打开局面。于是，他去别的饺子馆品尝人家的饺子，发现自己的饺子在味道上不够鲜，于是他开始搜集大量关于饺子的资料，同时还去邻近城市的大型饺子馆帮工偷偷学艺，最后，经过无数次对饺子馅的改进、调适，终于，自家的饺子味道变得鲜美而独特了。

郑师傅的饺子馆价格公道，味道鲜美，被越来越多的人了解，宾客盈门，生意红火。看到这样的情景，郑师傅又开起了几家连锁店，甚至把连锁店开到了外省，而且生意一样兴隆。当时，郑师傅成了本地下岗工人中的榜样，他的努力和探索，给了许多下岗后迷茫的人们一丝希望。

在谈起他的经历时，郑师傅不无感慨地说："如果不是下岗，我依然还在工厂做着一名拿固定工资的工人，虽然那份工资有保障，但和现在的收入根本无法相比。如果不是生活有了那样的改变，也不会有我今天的成功。"

没错，生活为郑师傅关上了一扇门，却为他打开了另一扇窗。

古语有云："塞翁失马，焉知非福？"一个人在生活中遇到了什么不是最重要的，怎样积极地面对、如何寻找重新开始的机会才是最重要的。

生活是变幻莫测的，没有一个人能按着既定轨道一直走下去。由于人们常常习惯于一种生活既有的常态，而恰恰是这种常态心理会磨灭一个人不断追求与创新的精神，所以，更多的时候，人们只有在常规生活遭遇到被打破的状态下，才会不得已重寻出路。因此，在重新找寻的过程中，便遇到了新的机会。

许多人在生活当中，也会常常遭到这样或那样的拒绝，特别是在求职的路上，吃闭门羹是大多数人都曾遇到过的事。不过，没关系，不要因为遭到拒绝就否定自己，命运有时是喜欢开玩笑的。

1943 年的一天，罗伯特·梅里尔来到纽约夜总会的一个俱乐部——一个名叫马丁尼克的俱乐部试唱，薪水每星期为 150 美元，这对当时的罗伯特来说，实在是很大的一笔数目。那也是罗伯特第一次试唱，他当时非常渴望这份工作。而老板也很喜欢他的声音，想立刻留下他为俱乐部工作，但节目导演早已有了别的内定人选，老板只好对罗伯特说："你的声音很好，只是我们已经选定了别人。"

第一次试唱就这样遭到了拒绝，这对渴望拥有那份工作的罗伯特来说，无疑是一次打击，他很沮丧。第二年，他来到大都会歌剧院试唱，被录用后的次年，他就开始演唱《茶花女》，并因此而成名。

如果，当时罗伯特被马丁尼克留下，或许他永远没有机会去歌剧院演唱。这就是生活，不要在遇到挫折或遭遇拒绝的时候，就让自己深陷于苦恼悲伤之中，因为失去的不仅仅是机遇，若是坦然待之，生活可能会赠给你更好的礼物。

第七章

别为人生得失而上火

——缘起时惜缘，缘灭时随缘

让别人过得舒服些，自己没有幸福不要紧，看见别人得到幸福生活也是舒服的

——鲁迅

于千万人之中遇见你所要遇见的人，于千万年之中，时间的无涯的荒野里，没有早一步，也没有晚一步，刚巧赶上了，没有别的话可说，惟有轻轻地问一声："噢，你也在这里？"

——张爱玲

以出世的心态做人，以入世的心态做事。"有缘即住无缘去，一任清风送白云。"人生有所求，求而得之，我之所喜；求而不得，我亦无忧。若如此，人生哪里还会有什么烦恼可言？苦乐随缘，得失随缘，以入世的态度去耕耘，以出世的态度去收获，这就是随缘人生的最高境界。

——佚名

1. 不要被贪欲所累，保持一颗平和之心

春花秋月勾起多少人感念岁月流逝的匆忙，感怀花开花落的无常。于是，从古到今有数不尽的诗词歌赋，反复咏唱着红尘人间的惊喜与落寞。沉溺在多愁善感中也好，看破人世繁华与苍凉也罢，都因怀有一颗过于执著之心。

顺应季节变化，顺应事态发展，是必须学会的，这样才能在变化中，让自己更游刃有余，而要安心，才能不急不躁。这也就是所谓的"飘风不终朝，骤雨不终日"。

人生在世，有许多诱惑让我们不能抗拒，于是我们就倾其一生追逐、忙碌。虽然时而会喊累，但终因无法放弃对于外界的渴求而劳顿一辈子。

夜色笼罩，元圭禅师正在禅房打坐，一位身穿蟒袍、头戴高帽、身材魁梧、样貌奇异的人带着一些随从走了进来，走到禅师面前。

禅师不动声色地问道："来者为何而来？"

来人持一副傲慢之态，说："难道你不认识我是谁吗？"

禅师说道："我对佛与众生一视同仁，不分高低贵贱、相熟与否，哪里能分辨得出来你是谁呢？"

来者有些愠怒地说："你怎么能将我和他人一样看待？你不知道我是这个地方的山神吗？我掌握着你们的生死大权。"

元圭禅师嘴角泛起一丝不易觉察的笑意，说："禅者看自身与虚空没什么不同，与世间万物亦相同，你不能毁坏虚空，也不能泯灭你和万物，你又如何能将我毁灭呢？"

山神说："你敬仰的是佛，而我的神通仅次于你们的佛。"

元圭禅师说："在这个世界上，没有什么是万能的，佛一样不是万能，既然佛都做不到万能，你又怎么能做到万能呢？"

山神听禅师这样说非常不服气，于是问道："我有什么不能的？"

"你不能违背上天的旨意，无法让西方的星辰到东方运行，不能将五岳融化，不能让河水倒流，也不能幻化四季。"

山神被禅师说得有些面红。

接着，大师说："佛也有三个不能：不能消除既定之业，不能化导无缘众生，更不能让所有的人都修炼成佛。"

山神愣在那里，没有搭话。

大师看着发怔的山神哈哈大笑说："虽然如此，既定业无法长久，无缘也只是一期，众生界本无增减。在我看来，佛也没有什么神通，只是在于它以无欲而通达一切。"

为官欲望少，则犯罪的几率便小；为情欲望少，则内心安然便多一些。正所谓"无欲则刚"，一个人没有过多的欲求，自然容易满足，容易感受到幸福。佛都做不到万能，人又怎么会事事都能？

宋代的时候，有一个人想攀附本乡的一个有钱的员外。因为此人与员外有点老表亲，于是他就想借此去员外家登门拜访。第一次去员外家特别害怕被人看低，于是他就拿家中的一点散碎银两买了些比较贵重的食品带着前去。到了员外家，下人爱理不理地把他带到老员外的门前。他毕恭毕敬地进到屋里，老员外吩咐手下接过他的礼品，并命手下倒茶。之后，员外只跟他敷衍几句就借故离开了。回到家后，他觉得很生气，于是便跟自己的夫人唠叨，而其夫人说："我们的日子过得还可以，虽不十分富足，但也算衣食无忧，为何要攀附他人啊？"

他说："我们在乡里也只是一般的百姓，没有谁可以对我们另眼相看，而员外和咱们有些亲故，为何不能借着他让大家对我更加看重一些呢？"

夫人说："我们过着自食其力的生活，外面有可供吃食的良田，家里有几间可供避寒的屋舍，有健康的老人关爱着我们，有可爱的儿女承欢膝下，这些还不够吗？上天赐予的这份福泽我是知足的。所以，我们没必要去攀附他人。"

此人想了想觉得夫人的话也很有道理，至此，他再不去想员外家的事情。

人的烦恼皆来自"贪、嗔、痴"，不妨放下一些，让自己活得更舒心点。人生一世大多数人为名利所困，得到了还想要得到更多，永无满足，所以，总是被名利所累，终生忙碌。老子说："甘于恬淡则不奢侈，不因贪欲而乱情，内心清净，则能顺应本性以行天道，能尽自然之理，以应万变而依然能平安如故。"也就是说，不要被世间的贪欲所累，顺应事态发展，保持内心清静，还自己一颗平和之心。

2. 与其苦苦追求，不如顺其自然

佛语有云："万物皆空。"这是佛教的一种人生观，意思是说世间万物皆有道，不论什么，最终都是会殊途同归的。既然如此，世间也就没有那么多的烦恼可言。一切都顺其自然，面对任何事情都保持一个平和的心态，结局反而有可能会是最好的。

我国著名的国画大师潘天寿的成名，和弘一法师还有一定的渊源——潘天寿是弘一法师的一名俗家弟子。当时，潘天寿因为在绘画方面的一些问题而对尘世心生厌倦，所以有一天，他特意来到杭州烟霞寺拜见弘一法师。在和法师的交谈中，潘天寿流露出了想要出家的想法。弘一法师问潘天寿："你为何会想要出家？"

潘天寿回答："世间万物太过纷杂，尔虞我诈远不如佛门清静。"

弘一法师听完他的话语，沉默良久，缓缓开口道："你认为佛门乃清静之所，只是因为你没有置身其中，如若你尘缘未了，那么在佛门之中同样也会生出很多烦恼。"

潘天寿听完大师的话之后，思考了良久，最终打消了皈依佛门的念头。后来，潘天寿通过自己的努力最终成为了一代国画大师。

在对方没有考虑清楚之前，弘一法师是不会轻易答应让对方皈依佛门的。设想一下，如果弘一法师当初答应了潘天寿的请求，为他剃度，或许烟霞寺里只会徒增一个会念经的和尚，但是在尘世之中就少了一位国画大师。

在如今的社会中，人们的生活中总是夹杂着太多的欲望和杂质，人们总是过于在意自己的感受，习惯按照自己的意愿去做事，一意孤行地想要改变一些根本就没有办法改变的事情，从来不会考虑客观环境的限制，结果常常是在现实中撞得头破血流，最后反而徒增了一身的烦恼。而如果让一切事情顺其自然地发展，相信结果肯定就会是另外的一番模样。

初秋，寺院的草地上一片枯黄，这样的景象使得原本就冷清的寺院更显荒凉。小和尚看在眼里，急在心里。终于有一天，小和尚忍不住对老和尚说："师父，咱们还是买点草籽撒上吧，草地上实在是太难看了。"

老和尚看了看小和尚，说："等什么时候有空了，我去买些草籽回来。草籽什么时候都能够撒，急什么呢？"

小和尚在心里直犯嘀咕："现在的草地这么难看，怎么办？"但是，他怕师父怪他，只得点点头，出了师父的禅房。

小和尚日盼夜盼，终于老和尚在中秋节的时候把草籽买了回来。他交给小和尚说："去吧，把草籽撒到地上。"

小和尚拿着草籽兴冲冲地来到草地上，但是就在小和尚撒得起劲儿的时候突然就起风了，风把很多草籽都吹跑了。小和尚赶紧去找老和尚："师父师父，不好了，很多草籽都被风吹跑了！"

老和尚说："没关系，被风吹跑的草籽多半是空的，即便是撒到地上也不会发芽的，担心什么呢？随性！"

小和尚把草籽撒完之后，引来了很多饥饿的鸟儿，它们专门捡颗粒饱满的草籽吃。小和尚见了，惊慌失措地跑到老和尚的禅房："师父师父，不好了，草籽都被小鸟吃光了，明年这里就没有小草了，这可怎么办呢？"

老和尚看看小和尚，缓缓地说："放心吧，草籽那么多，小鸟是吃不完的。明年这里肯定会长出嫩绿的小草的。"

夜里，一场大雨袭来，小和尚听着外面的雨声，想着外面的草籽肯定都被雨水冲走了，一整夜，小和尚怎么也没有办法入睡。第二天一大早，他就急急忙忙地跑出了禅房，地上果然没有了草籽的影子。草籽都不见了，这可怎么办呀？于是，他又急急忙忙地跑到老和尚的禅房："师父师父，不好了，昨晚的那场大雨把草籽全都冲跑了，这可怎么办呀？"

老和尚听完小和尚的话语，不慌不忙地说："不用着急，草籽被冲到哪里，明年就会在哪里发芽，到时候一样是有小草的，何必执著于那一隅草地呢？随缘！"

过了不久，寺庙里有许许多多青翠的草苗破土而出，很多原本没有撒到草籽的角落，居然也生出了些许的翠绿。小和尚看到这样的景象顿时欣喜若狂，他又跑到老和尚的禅房："师父师父，太好了，草籽都发芽了，很多没有撒过草籽的地方，也长出了小草！"

老和尚听完，点点头说："随喜！"

不得不说，老和尚是一位真正懂得人生乐趣的人，面对任何事情都能够让其顺其自然，而凡事不强求，有时反倒会有一番意外的收获。在现实的生活中，很多的事情都是有它们自己的发展规律的，遵守事物的发展规律，顺其自然，一切都会顺利地发展。但是，如果人们违背事物的发展规律，那么做起事情来就会十分的不顺。

在现实生活中，很多人为了追求所谓的完美，做任何事都会绞尽脑汁，殚精竭虑地想一些违背事物发展规律的方法。每当遇到重大事情的时候，则更是会寝食难安。其实，很多时候，我们在现实生活中遇到的那些坎儿，与其绞尽脑汁，百般思索，还不如顺其自然，按照事物本身的发展规律来走，或许这样才能够"柳暗花明又一村"。

3. 有缘即住无缘去，一任清风送白云

"有缘即住无缘去，一任清风送白云"，这是一种豁达的人生观。生活不可能尽如人意，把内心的欲求放得再低一点，试试那样对生命的感受会不会有所不同？

这并不是一种消极的心态，我们不是不做，只是认真做好当下的事情，以一颗平常心对待结果。常言道："得之我幸，失之我命。"人生有所求，求而得之，我心喜；求而不得，我亦无忧。

许多在婚姻生活中的夫妻，因为日子久了，生活归为柴米油盐的平淡，而渐渐忽略了对方，甚至夫妻生活中出现第三者。于是，婚姻面临着一场危机。

一位女士结婚几年后，因为缺少激情的家庭生活，加之在外面又爱上了另一个优秀的男士，所以一天晚饭后，提出和丈夫离婚。丈夫听后沉默不语。等待中，她拿出指甲刀剪手指甲，指甲刀有些钝，不好用，她对丈夫说："你把抽屉里的剪刀，给我递过来。"丈夫把剪刀默默地递到她的面前。她突然发现，刀柄朝向她，刀尖朝向丈夫自己。

她问丈夫："你怎么这样递剪刀啊？"

丈夫说："我一直这样的，只是你不在意罢了。"

她问："为什么？"

丈夫说："这样万一出点什么意外，也不会伤到你。"

听后，她的心里一动："我以前怎么没注意呢？"

"那是因为这太平常了，"丈夫说，"我从没有说过，因为我

觉得没有必要说，我对你的爱就是如此，希望给你更多的自由、更大的空间，就像我把刀柄递给你那样，我们之间爱情的生杀大权也交给你，让你不受到任何的伤害，最起码在我这里不会受到伤害。"

女士听完了丈夫的这番话，一把抱住他，一任泪水滑落。这样的爱人，自己如何还能放弃？这位男士一直默默地在做，以自己的方式爱着，对爱人的付出不苛求回报，终于赢得了婚姻的稳定。

现代都市人面临各种诱惑，他们的婚姻更是面临着严峻考验。如果我们不知道自己究竟想要什么，而只是任由欲望无休止地泛滥，到最后很难寻求到真正美满和谐的生活。

一次，慧能大师正在用竹箩筛豌豆，了悟大师忽然问他："你好色吗？"慧能大师一惊，竹箩筛里的豆子洒了一地，滚到了悟大师的脚边。了悟弯下腰一粒一粒地捡着，慧能思索着了悟的话，觉得这个问题很难回答。"色"包括很多，美味佳肴、美酒、美女、别人的脸色、金银的财色等等。

慧能大师放下竹箩，心中久久不能平静，他思考良久后答道："不爱。"

了悟一直冷静地看着慧能的反应，他的受惊、逃避和闪躲犹豫的表情都没能逃过自己的观察。他微笑着对慧能说："你一定要想好了，你是否真的可以从容地面对色的诱惑？"

慧能大师坚定地说："当然能！"说着看向了悟，希望能得到他的回答。可是，了悟只是笑，什么也没说。

慧能感觉有些奇怪，于是对了悟说："我也有一个问题想问你。"

了悟说："行，你问吧。"

慧能说："你爱女色吗？当你面对色的诱惑时，你能从容面对吗？"

了悟大师听后哈哈大笑："我就知道你会这样问，我看那些美女只不过是一具具美丽躯壳外表掩饰下的臭皮囊而已。你问我爱或者不爱，又有什么关系呢？只要心中有自己坚定的想法就行了。爱又如何，不爱又如何？"

世界是五彩缤纷的，我们可以眼里有"色"，但是内心一定要有自己遵循的原则。寺庙里的和尚也有七情六欲，只是他们坦然面对"色"，知道应该如何掌控自己的欲望。同时，他们了解世相的内在实质，所以在任何情况下，面对诱惑可以不为所动，时刻保持一颗清醒淡然的心。欲念便是贪念，佛教认为，贪欲使人热恼不安，如被火烧，使人对自心和所贪着的对象愚痴不明，是为自害。家有豪宅，也只用一张床便可安眠。

小和尚无能，一天早饭见师傅和大师兄各自面前放着五个馒头，自己却只有三个，心里甚是不痛快，心想："师傅有五个馒头没什么好说的，大师兄凭什么也跟师傅吃得一样多，这不是明摆着欺负人吗？"

他越想越生气，于是第二天早餐时，也跟师傅说要五个馒头，师傅看了他一眼说："五个馒头？你能吃得了那么多吗？"

他仰着头说："能，大师兄都能，我也能。"

师傅看了看他说："那就给你五个馒头。"

于是，师傅面前三个馒头，他和大师兄每人五个馒头。很快，小和尚就把五个馒头吃掉了。过了不久，他觉得胃里发胀，很不舒服，口又渴，于是喝了半碗水，肚子愈发胀得难受，也不能正常地挑水、扫地、念经。

这时候，师傅对小和尚说："你平时吃三个馒头，今天一定要吃五个。虽然多吃了两个，可是，你并没有享受到那两个馒头带给你的好处，相反还给你带来痛苦。得到不一定就是享受，不要总是和别人去比，不贪、不求，知足常乐。"

小和尚点点头说："师傅，我知道了，以后我还吃三个馒头。"

人往往会被贪念所累，总是喜欢和别人攀比，而不顾自身的实际需求。现代社会中很多女人也是极其爱慕虚荣，吃喝穿戴跟别人比。可怜她辛苦挣小钱的劳工，没日没夜地干，依旧无法满足她的欲望，致使婚姻出现不断争吵，甚至使两个人的感情走向破裂。

虽然说"有缘则聚，无缘则散"，可是往往一些人不知道珍惜缘分，不知道珍惜身边的幸福，总以为会有更好的在等待自己。其实，幸福就在眼前，只是，人们无法用心地去感知。一个"贪"念，害了身边的亲人，也害了自己。莫泊桑的《项链》中女主人公若不是贪慕虚荣，也不会为了还债让自己饱受那样艰难的日子。

很多人都在追寻幸福，渴望幸福，却无法感知幸福，其实我们缺少的就是一颗平常之心，一颗随缘之心。

4. 相识便是缘，随遇即可安

一位老僧在前一个晚上对小和尚说，他明天要出趟远门，很晚才能回来，而明天他的两位好友要来山上给佛祖上香，要小和尚好好招待他的朋友。小和尚点头答应。

第二天，老僧早早便出了门。小和尚将寺庙的事做好之后去后山摘了满满的一筐桃子，于是就高高兴兴地下山了。走到寺庙前，他看见了两个人，一老一少。老人说："我们是附近一个小村庄的人，今天特来山上上香，麻烦小师傅了。"小和尚说："不用客气，今天师傅临走的时候交代过了，说他有两位朋友今天来给佛祖上香。"

老人听后，大吃一惊说："你的师傅真是一位得道高僧啊，连我们今天来上香都知道。"说完，老人和孩子在佛祖面前上香许愿，而小和尚拿出洗好的桃子招待他们。

吃完了桃子，两人和小和尚告别。老人说："我们该走了，谢谢你，也请你向你的师傅转达我的谢意。"

傍晚老僧回来后，小和尚就跟他讲了那两位施主的事情。老僧觉得很奇怪——今天晚上回来的路上他遇见了那两位好友，好友对他说因为家中有事，今天未能去寺里上香。

想罢，老和尚猛然悟出了这其中的禅理，双手合十念了一句"阿弥陀佛"——人间的事，无意才是真，有意便是假了。老和尚正是因为拥有这份随缘的心态，才会悟出这样的禅理：随缘自在，人间处处是乐土。

大家经常说相逢便是缘，大千世界，人海茫茫，能与我们擦肩而过的人寥寥，能与我们相识、相知的人更是少之又少。同样，世事与己也是缘，众生来到这个世上，从事着各种不同的工作，在每一个不同的领域都与不同的人相遇。如果人们把生命中的每一次经历都看作是缘分使然，那么在不如意的时候，大家可能就会安心于这样一段必经的过程，心胸会更开朗，从而用积极的心态为下一段路程做好准备。

一个女孩因为学习成绩很差，在确认不适合在校读书后，被母亲接回家中。而望女成凤的母亲非常失望，决定自己亲自教她，可是，在家中学习的过程中，女孩一样无法记住母亲教给她的知识。对女孩而言，那些文字和数字总无法让她集中精力，这致使女孩在母亲眼里成为了一个不知上进的孩子。

之后，虽然女孩也参加了几次高考，但都以失败告终。在这种情况下，母亲失望地对女孩说："你就是一块不可雕琢的朽木。"女孩闻语非常难过，决定离开家乡找寻自己的路。

几年以后，女孩回到了自己的家乡。这时，她已经出落成了一个美丽的大姑娘，而且穿着得体时尚的服装。

不久，她就把母亲接到了她所居住的城市，并请她参观了自己的服装厂。女孩现在已经是一名小有名气的服装设计师，而她请母亲参观的服装厂就是她用自己省吃俭用的钱和在朋友那里借的一些钱投资办的。因为她善于经营，服装厂的生意非常好，所以她很快还清了外债。现在，她每年的收入过百万，也算是事业有成。母亲看到几年未归的女儿，一个人在外面打拼出了这样一番事业，心里很是安慰。女孩对母亲说："我曾经让您很失望，可是，我就是没办法让自己的学习成绩提上来，而我在外面一直很努力，就是不想让您认为我真的就是一块朽木，我也有我自己擅长的方面。虽然我没办法让自己成为学习优秀的人，但我相信总有我可以做好的领域。其实，做什么事情也都是讲究缘分的。"母亲则激动地对女儿说："我女儿不是朽木，是很优秀的孩子。"

老人们常说："事事要讲缘分，一个人一辈子吃哪口饭是命中注定的。"当然，这句话不能作为我们逃避努力的借口，但是，它至少可以让我们安心于当下。有时候，不强求其实也是一种幸福。

弘一法师曾说过："有取就有舍，而有舍就有得。懂得了取舍，也就进入了人生的另一个境界。"那些成功人士之所以能够取得成功，就是因为他们知道自己应该干什么，不该干什么。美国的励志演讲家杰克·坎菲尔和马克·汉森合作出版了一系列《心灵鸡汤》读本，它被译成几十种语言，激励了很多人。而没有几个人知道，马克·汉森原来是经营建筑业的。

马克·汉森经营建筑业失败破产后，果断地选择了放弃，退出了建筑业，决定去一个截然不同的领域发展。期间，他发现自己对公众演说很有热情，并且对这方面的知识领悟也很快，而这也是一个赚钱比较容易的行当。于是，经过一段时间的努力后，他成了一位一流的演说家，而他的《心灵鸡汤》也登上了纽约时报的畅销书排行榜。

显然，我们不能因马克·汉森中途离开建筑业就说他是半途而废的人，相反，他的懂得放下，懂得舍弃，断然退出，为他后来赢得了更加游刃有余的活法。

在我们的生活中，常常会看到或听说一些家长为孩子的学习成绩苦恼，仿佛只有考上大学才是孩子立足于这个社会的唯一途径，而事实并非如此。很多人高考失败后，走上创业之路，也为自己的人生赢得了一片辉煌的天地。"天生我材必有用"，"东方不亮西方亮"，用智慧发现自己的所长，用随缘之心安抚易躁的情绪，终有一天，生活会带给你意想不到的惊喜。

其实，说起来人生挺沉重、挺不易的——一个人一辈子不一定会经历怎样的困苦，而一路生活，一路坎坷后，没有谁可以实现自己设置的人生结局。这主要是因为人生路上有太多不可预知的事，一个意想不到的偶然事件，往往就会改变一个人生活的轨迹。人生短暂而命运却不可预知，所以，我们要安于生活，用随缘的心态面对人生的风雨，这样才不会深陷于悲伤和忧虑之中而不可自拔。

42 岁的德国女将魏卢达曾 11 次创造过女子铁饼青年世界纪录，两次刷新女子铅球世界纪录，在 1996 年亚特兰大奥运会上一举夺冠。2000 年悉尼奥运会上她获得第七名，不久，她因为意外腿部感染导致败血症，将右小腿截肢，之后专心研究医学。目前，她是一名麻醉师，就职于为她截肢的医院。

截肢后的魏卢达依旧乐观坚强，并恢复了训练，而且是一边工作一边训练——她希望参加伦敦残疾人奥运会，而由于她的伤残在 F58 级别上，但没有这个级别的铁饼比赛，只有该级别的女子铅球比赛，因此，她决定参加铅球比赛。

魏卢达的命运也算跌宕起伏，有过辉煌的奥运会冠军经历，退役后专心研究医学，在身体遭遇截肢的重创下，又重新投入训练，备战残疾人奥运会。不论在人生转换的哪一步，她都做得很出色。面对生命中的变故积极投身到另一种生活状态中，这其实就是一种随缘的心态，正是因为有了这样的心态，她才能乐观地面对人生风雨，而不是沉沦于失去健全身体的忧烦之中。可以说，冠军之于她的价值，远没有她的内在精神带给大家的震撼强烈。随缘，看似很淡，其实，这份淡然中却蓄积着无形的力量，就如武林高手手中的剑，不出鞘一样天下无敌。

随缘就是安于当下，安顿好躁动不安的心，接受既定的现实，做好眼下必须要做的事情。而以一颗看淡得失的心向前走即是随缘，随缘即自在，自在即可生发出这样的意念——人间处处是乐土。

5. 世事皆因机缘，一切任其自然

世人总是急性子，看着自己的不如意，心生烦恼，却不知道人生富贵荣华自有机缘，得到是机缘，失去亦是机缘。

一座高山之中，矗立着一个古老寺院，虽然寺院地处偏僻，却因为那里的神像有求必应，所以香火鼎盛。

在这个寺院的香台上供奉着一尊观世音菩萨，许多前来上香的人都要在这尊菩萨像前许愿。他们都被这尊如真人般大小的神像的慈祥和威严所吸引。

一天，寺院中的看门人来到神像前对着观世音菩萨说："菩萨啊，菩萨，我真的很羡慕你，你整天轻轻松松地盘坐在神台上，不用说一句话，也不用去为世间的事烦恼，还享受着那么多人供奉给你的礼物。而我却只是一个辛苦的看门人，每天风吹日晒，生活清苦，烦恼事一大堆，就连一日三餐有时都要发愁。"

看门人说完话后，平日里一言不发的观世音菩萨，突然开了口，缓缓地说："你既是如此羡慕我，那么，我们就换一换，我下来看门，让你变成神像。不过，我有一个条件，不论以后你在上面看到了什么都不能说话，怎么样？"

看门人觉得这个要求不算什么，于是就马上答应了观世音菩萨。菩萨从神台上走了下来，变成了一个看门的人，又把那个看门人变成了自己的样子，坐到了神台上。

变成神像的看门人，一动不动地坐在莲花座之上，按着之前他与菩萨的约定，一言不发，静静地聆听着来往香客的心声。

这些络绎不绝的朝拜者，各自有着自己的烦恼和祈求，那些祈愿有的合理，有的不合理。但是，这些他都能忍受了，没有说话，因为他要遵守和观音菩萨的约定。

可是，几天以后的一个傍晚，他有些忍耐不住了。但是想到，做菩萨总比做看门人要好得多，所以，他坚持着继续忍耐。而就在这时，一位富翁来到了他的面前祈愿。祈愿完毕后，富翁离去，却把手边的钱袋忘记在神像前。虽然他想把富翁喊回来，可是他必须忍着不能说出声来。不一会儿，进来一个衣衫褴褛的人，他茫然无助地跪倒在神像面前，祈求菩萨保佑他全家渡过生活的难关。正当这个穷人想站起来离开的时候，却发现了那个富人遗留在那里的钱袋，穷人打开袋子一看，里面装得满满的竟是白花花的银子。

穷人见状简直是喜出望外，高兴地对神像说："感谢观世音菩萨的保佑，您真是有求必应啊！"说完，就拿着那袋钱兴冲冲地离开了。

神台上伪装成菩萨的那个看门人，看着穷人离去的背影，恨不得一下子把他给抓回来，然后对他说："这钱根本就是你的。"可惜，他不能说话，必须得忍着，又过了一段时间，一个经常去海里捕鱼的小伙子来到了神像前，祈求菩萨保佑自己出海时可以平安归来。

小伙子祈求完毕，正欲起身离开的时候，那个丢了钱的富翁气急败坏地冲了进来，一把抓住小伙子的前大襟，要他把自己的钱拿出来，于是，两个人便在神像前大吵起来。

这一次，坐在莲花座上的看门人实在忍不住了，于是说道："你的钱根本就不是这个小伙子拿的，那个钱袋子是被一个穿得破破烂烂的穷人拿走了，你别冤枉好人。"

富人听神像如此说，便松开了小伙子，急急忙忙地寻找他说的那个穷苦不堪的人去了，那个小伙子也匆忙离开，唯恐搭不上自己出海的船。

这时，观音菩萨对神台上的看门人说："你下来吧。现在你已经没有资格坐在那个神台之上了。"

看门人疑惑地说："我说的是真话啊，难道我把真相说出来也不行吗？这是在主持公道啊。"

观音菩萨看着他说："你的确错了，刚才那位富翁拥有万贯家私，那袋钱对他而言根本算不上什么，那些钱是他用来挥霍的。可是，对于那个穷人而言，那袋钱的意义却完全不同，他可以用那些钱挽回他们一家人的生计。而最可惜的是那个追上了出海船的小伙子，假如他一直被富翁纠缠着，那么就会耽搁他出海的时间，能保住他的一条命。可是现在，他所乘坐的那条船正沉入深深的海洋中。"

这个故事告诉我们世事皆因机缘，生死富贵未必由得了我们自己，生活中的许多事也不是我们所能预料的。所以，不必执著于自我设置的框框，不如以一颗安定的心，任环境、世事的转变，静静地做着生活安排好的一切，泰然处之。

总之，富贵也好，贫贱也罢，来去随他。

6. 万事莫强求，自然即心安

一朵花开只管自己的美丽，旷野、山谷、田埂或者乱石的夹缝处，它就是一朵花，你来不来，喜不喜欢，它都在那里，随一夜春风绽放，伴一场风雨凋零。如果我们也能如花开花落这般自在，这般随缘，人生将是另一种境界。

一些人常常处在一种忧虑的状态，即求获得，怕失去，一颗心总是在尘世中浮浮沉沉。人的欲望可以说是无限的，所以，很少有人能说得清他这辈子到底想要拥有多少东西，这就致使很多人一生都奔波在追逐的路上。

爱情中更是这样，有些人明明知道爱已不再，但就是不肯放手。还有一些家庭，丈夫或妻子整天疑神疑鬼，怕另一个人对自己不忠诚，致使夫妻争吵不断。这样一来，原本两个可以相安无事的在一起过日子的人，就会因为其中的一个人产生极度患得患失的心理，致使家庭失和，甚至走向决裂。

法国拿破仑三世非常喜欢妻子尤琴，所以封她做了皇后。可是，拿破仑三世不管怎样做都不能让她满意——她对丈夫身边的女人嫉妒、猜疑，不给拿破仑三世一点私人空间，就连拿破仑三世因为处理公事时间久了，她都会胡乱猜疑，甚至对他大吵大闹。其实，这主要是因为她害怕拿破仑三世背叛她，而她就这样在自私的爱中完全丧失了作为一个女子的可爱本性。

由于在偌大的一个皇宫里拿破仑三世找不到藏身之所，所以为了躲避她，他时常会戴上遮住眼睛的软帽，在大臣的陪同下从一个侧门出去，去找另一个美丽善解人意的女人。可以说，尤琴失去拿破仑三世的爱，是必然的。而她的无端猜疑、嫉妒就是扼杀她的爱情的凶器。虽然她对他是依赖的，或者是她深深地爱着他，但她的爱却容不下他对自己的一点疏离，而这样患得患失的心理让她无法从容面对她的婚姻，从而致使一份爱成了一场闹剧。哪一个男人会喜欢带给自己太大压力的女人呢？相信，没有谁会喜欢，但生活中很多夫妻却亦如他们。

其实，婚姻就是一把握在手中的沙，你握得越紧，沙子流失得越多，到最后可能会落得两手空空。如果大家的得失心理没那么重，将一些事情看淡一些，随遇而安一些，相互给彼此大一些的空间，那么大家的爱情生活就可能会风调雨顺。

缘分就如天边的一朵云，有聚就有散，如果不能用平和的心态与自己所爱的人相处，不能好好地珍惜缘分，那么只能眼睁睁地看着它飘散。无论和谁在一起，都有各自离去的时候，若能怀有一颗"随缘自在"之心，安于在一起度过的每一寸光阴，享受相互给予的快乐，该是一件多么轻松的事情！

说到"随缘自在心"，应该提及一个人拥有的一份对自己的信任，而这份自信其实就来自随缘的心态——我要的不多，我就是我，不在乎别人用怎样的目光看自己。一个人若拥有内在的从容，很淡的得失之心，那么，对待任何事情就不会过分执著，就会表现出一副潇洒的模样。当然，看淡、不执著不等于不为，尽人力听天命即可。

有些人常常会有自卑心理，总觉得自己不如别人好。针对此点，来看这样一个故事：有一个小伙子在一次工伤事故中失去了一条手臂，从那以后他很不愿意见别人，害怕人家用异样的目光看自己。一次，他在街上碰见了一位好多年没见的同学，正欲躲开，没想到同学已经喊出了他的名字，于是他只好看着同学横过马路走向自己。同学热情地张开双臂过来拥抱他，尴尬之下的他一脚踩上了同学的脚，于是连忙说："对不起，踩疼你了吧？"同学撩起裤腿说："你看这家伙会知道疼吗？"他低下头看见了同学的假肢，然后，拿起同学的手按向自己空空的袖管，说："我怎么就没有你这样的勇气！我害怕别人知道我的手臂。"同学笑着说："怕什么？我们这不是还好好活着吗？能活着就是最大的幸福！我从不怕别人看我的腿，甚至还展示给他们看，让他们知道，我其实挺幸运的——命运只要走了我的腿，却给我留下了一条命。"和这位同学的不期而遇，让他领悟到了生命是自己的，不管遭遇了什么，它既然已经改变了你原有的生活轨迹，你就得乐观地去面对、去适应，以随缘的心态笑对人生，这样生活才会在充满阳光的温暖之中过得更为舒心。

知足常乐是一种看待事物发展的态度，而不是安于现状的自满和无所事事。一个人活在世上首先要学会知足，不知足的人永远也不会快乐。老子说："祸莫大于不知足。"人生要学会适度放下，内心才会多一些安宁。

拥有一颗随缘之心，就像一朵深谷里的花，美丽和芬芳自然散发，不必在意是否生长在哪里，不必在意是否有谁来过，从一夜春风绽放的那一刻开始，便以一种超然的心态迎风雨、沐阳光。

7. 凡事顺应机缘，随缘方能遂愿

世间万物皆有定数，来时自来，去时自去，即佛家所谓"缘"。也就是说，我们活在这个世上，要面对各种因果缘分，缘分到来时，我们坦然面对，而缘分离去时我们亦欣然接受。一个懂得随缘之人，才能从容面对生命里所经历的一切，知道万事不需强求，尽人事，听天命，在缘分到来的时候，珍惜缘分，在缘分逝去的时候，不怨天尤人，即"顺应机缘，任其自然"。

曾经有一位书生，才华横溢，一表人才。在他很小的时候，父亲就为其定了一门亲事。因为两家是至交，所以父亲也曾带他去过女孩家。那时，他们都只有十来岁，大人们聊天的时候，他们两人就在屋前的葡萄树下玩游戏，很开心。后来，他父亲因为一场官司被牵连，虽没有被关进大牢，却从此家道败落。亲家看他们落到这般田地，哪里还肯将自己的女儿嫁过去随他们过艰难的日子？于是，亲家就提出了退亲。书生的父亲秉性刚直又极爱面子，不顾儿子的痛苦失落，毅然决然地答应了对方的请求，致使书生有一段时间一直无法走出失去心爱之人的痛苦。

后来，书生的父亲病重临终时对他说："孩子是我对不起你，如果不是家中突遭变故，想你早已与那女孩成亲膝下有子了，可是……（父亲无奈地摇摇头）就算这样你也不该如此沉沦，让那家人觉得放弃我们是一个正确的抉择啊！你少小读书，聪明伶俐，父亲曾将振兴家业的希望寄托在你的身上，可惜，你就这样一蹶不振，让我死不瞑目啊！"父亲的一席话，如一盆清凉之水浇醒了书生。看看不久于世的父亲，看看年事已高的母亲，他咽下眼泪，对父亲发誓一定不辜负父亲对自己的希望。父亲死后，他发奋苦读，三年后考取了功名，也在母亲的撮合下与一个女子成了婚。可是，他并不快乐，心中总是想着自己的初恋情人，而且他原以为早已忘记的一切也一直都深植于心底，致使他衍生出了思念、屈辱、仇恨，甚至他想利用自己的职权报复初恋情人及其父亲。

一日，好友约他去山中一寺庙品禅茶，在那里遇见一位高僧，这位高僧对他说："官人虽然事业通达，可是眉心有郁结之气，想必有什么事情无法让你开怀吧？"于是书生便向高僧讲述了自己的平生遭遇，讲述了自己心中无法放下当日定过亲的女孩。高僧听后，命小童拿来一面镜子，递到书生面前，书生疑惑不解地望向镜子，他看到镜子里一片苍茫的海水，一个女子赤身死在了海岸上。女子躺在那里一动不动，一会儿，有个男人从这里经过，他看见死在海边的女子，摇摇头走了过去；没过多久，又有一个男人从远处走了过来，看见躺在沙滩上的女子，脱下自己的衣服给她盖上，然后看了看离开了；尔后，又有一个男人经过这里，他看见女子后，没有马上离开，而是在海边挖了一个坑，将女子小心翼翼地掩埋了。

书生看后未明其理，僧人就说，沙滩上死去的裸体女子就是你心上人的前世，而那位上前为她盖了一件衣服的人就是你，但那个把她埋葬的人就是她现在的丈夫。这辈子她与你相恋就是为了还你送她衣服的情分。书生听后恍然大悟，心胸也顿时变得开阔起来，纠结在他内心多年的恩怨立即化作一缕云烟飘散了。从此以后，书生就把所有的关爱都给了自己的妻子，与妻子的感情与日俱增，过着开心的生活，也不再会为一些无谓的事情烦恼，而生活中的一切他也都能以一种随缘的心态去面对。

人生在世有诸多缘：父母之缘、兄妹之缘、朋友之缘、爱情之缘，还有我们此生曾经历的人生机遇，都是缘分所致。而我们能否以一种平和的心态面对生命里所遭遇的种种机缘，主要看我们怎样对待缘分。可以说，如果一个人能在来去纷繁的世事中不自求烦恼，他就能获得快乐的人生。

大千世界无限精彩，诱惑着我们每一个人去不断寻求、索取。然而，大千世界也有着许多不如意，这就注定人们期望的未必会得到，而慢慢地，人们就会领悟到人世艰难、知音难觅，爱情更不是想拥有就能拥有。很多人在面对人生困境时，往往会自暴自弃；在面对所爱之人转身离去时，往往会万般痛苦，甚至在心中种下仇恨的种子……

佛家告诉我们要放下执著，一切随缘，让因果自作定论。我们做任何事情，都应在过程中得到享受，而不应被结局所扰。人与人相爱是一种幸福，在相爱的时光里彼此相互关怀、相互给予，从而使两个人获得美好快乐的人生感受。而一旦缘分不在，我们就该安静地放手，并送上美好的祝愿，这样才不枉彼此相识、相爱一场。佛说，前世五百次的回眸换得今生一次擦肩而过，大千世界人海茫茫，两个人能够遇见已实属不易，又何况倾心相恋一场。

同样，我们也应该以随缘的心态面对生活，没有谁会一辈子一帆风顺，当生活给了你挫折的经历时，也要坦然接受，并把它当作是人生的一次学习和历练，在其中寻求积极的因素丰富自己的阅历，锻炼自己内心的强大意志，使得自己今后能够更加从容地面对困难，更加有能力做好自己想做的事情。

人的一辈子谁也不知道会经历什么，如果能把苦难看作人生必修的功课，把失去爱人看作前世修得的一段短暂相遇的缘分……以随缘的心态看得失，那么我们的心胸就会更加豁达，人生就会快乐许多。

一位修行的禅师在月色下于山林中散步归来，恰逢一小偷溜进他的禅房中行窃。由于他害怕惊动小偷，所以就一直站在门口等着小偷。而小偷在禅房中翻找了半天也没找到值钱的东西，于是他就走了出来。看见禅师站在外面，小偷一惊，这时禅师对他说："你走这么远的山路来看我，我也不能让你空手而回啊，夜凉露重，我就把我的衣服送给你吧。"说着，禅师就脱下自己的衣服给小偷披上，以致小偷不知所措地低着头溜走了。禅师望着月色下小偷渐渐远去的背影，自言自语地说："可怜的人啊，但愿我能送一轮明月给你。"

第二天清早，禅师醒后推门出去，见昨夜披在小偷身上的那件衣服叠得整整齐齐地放在门口。见状，禅师非常高兴，说："我真的送给了他一轮明月。"

无疑，禅师与小偷不期而遇也是一种缘分，而禅师以豁达的心胸包容小偷，得到的不仅仅是一件衣服的归还，更是看到他人为善的真正快乐。

凡事都有缘，而随缘者才能遂愿，这就要求人们以平和的心态对待世事，以超然的心态看待得失——这样收获的才会是快乐的天地。

第八章

看远一些，别为眼前事着急上火

——眼光放远，吃眼前亏换长远利

牢骚太盛防断肠，风物长宜放眼量。

——毛泽东

志当存高远。

——诸葛亮

尊重生命，尊重他人，也尊重自己的生命，是生命进程中的伴随物，也是心理健康的一个条件。

——弗洛姆

1. 坚守信念，放下浮躁之心

诸葛亮在《诫子书》中说："非淡泊无以明志，非宁静无以致远。"宁静是泰山崩于前而不变色，是大胸襟，大气量；宁静是面对诱惑不为之所动的坦然。

这是一条古老的街巷，街巷中有一位老铁匠，由于早已没有人再需要打制铁器，他不得不卖了斧头、铁锅等物件。

他还是那种传统的经营方式，货物摆在门口，人在门内，不吆喝，不讲价，晚上货摊也不收拾。不论什么时候经过这里，都会看到他躺在一把大竹椅中，身边一个半导体和紫砂壶。

他的生意也说不上好坏，每天都差不多，所赚的钱也就够喝茶和吃饭的。反正人也老了，不需要太多的东西，够花的就知足了。

一天，一个文物商经过这条巷子，偶然间看到了老铁匠身边的紫砂茶壶。商人见这把茶壶古朴雅致，紫色中含着墨黑，很有名家制壶的风范，于是走到近前，端起茶壶细细地端详起来。

茶壶嘴内有一记印章，商人一看便知道这把壶出自清代制壶名家戴振公之手，这一发现让商人喜不自胜。戴振公是一位非常出众的制壶专家，被人誉为"捏泥成金"。他的作品只流传下来三件，一件在美国纽约州立博物馆，一件在中国台湾的一个博物馆，还有一件在新加坡的某位华侨手中。

商人捧着那个茶壶端详了半天后，开出 10 万元的价格要将它买走，老铁匠一听这个数字一愣，随后一口拒绝了。因为这把壶是他爷爷留下来的，他舍不得出手，这把壶陪伴了他们祖孙三辈的打铁时光。

这个茶壶虽然没有卖给商人，但那天晚上老铁匠却失眠了。没想到，自己用了这么多年的一个茶壶，竟然值这么多钱，他越想越睡不着觉。

过去，他躺在椅子上喝水，茶壶就那么随随便便地放在一边，现在，他却总要起来看上一看，这感觉让他非常不舒服。最让他不能容忍的是，当人们知道他有一把价值连城的茶壶后，蜂拥而至，有人甚至已经向他开口借钱，从前宁静的日子被这个茶壶打破，他不知该如何对待这个茶壶。

当文物商拿着钱前来购买他的茶壶时，老铁匠的情绪再也无法控制，他把邻居们都喊了过来，当着商人及邻居的面，用一把小锤子将茶壶砸了个粉碎。

此后，老铁匠依然过着如从前的日子，散淡、安宁。据说，这位铁匠活过了百岁。

老铁匠面对金钱和自由安宁时，毅然选择了后者，有多少人会因为金钱名利而无法淡定，而老铁匠却能从平静的生活中将浅薄、浮躁过滤掉，安静无争地过自己的日子。

司马迁在《史记》中曾说过："天下熙熙皆为利来，天下攘攘皆为利往。"世人最看重的就是名与利，这成了每个人心中的生命支点。

老铁匠选择的是与世无争的日子，一个想成就事业的人，也必须放下一颗浮躁的心，才可以走得更远。

一个人如果心中所求太多，必会浮躁，因此无法做到专心致志地把一件事做好。宁静会让我们内心的追求不受外界干扰，心境平和，只有这样才能专注地去做好自己最想做的那件事。

一位禅师带着自己的弟子出门远行，无论是丛林还是旷野，老禅师都远远走在前面，弟子则背着行李紧跟在师父的后面，一路上俩人相互照应。

弟子走着走着心里暗想："难得来世上一回，但是，人生匆匆几十年，还要经历生老病死、六道轮回之苦，也真是不容易啊！不过，既然要修行，就要立志做一个普度众生的菩萨。所以，我不可以懈怠，要加速前行。"

弟子想到此，心中有了更大的力量，脚步也随之变得轻松起来。这时，一直走在前面的禅师却突然停下脚步，面带笑容地转过头来，对弟子说："现在把包袱给我，你走在前面。"弟子不明白师父的用意，但还是把包袱给了禅师，自己走到了前面。

肩上没有了沉重的包袱，小弟子觉得非常逍遥自在，走在前面一身轻松。他想起佛经上说，菩萨必须顺应众生的需要来实行布施，那佛祖这样做真的是太辛苦了！更何况天下众生的苦难那么多，什么时候才能解救完啊？不如独善其身，就像现在这样逍遥度日吧。

他的念头刚一起，就听见师父在后面对他说道："你停下来！"

弟子慌忙回头，看见师父一脸严肃的样子吓了一跳！禅师沉着脸把包袱递给他说："跟在后面走吧。"小弟子把包袱背在身上，跟在禅师的后面往前走。这时，他在心中不禁悲苦地叹道："唉，做人是真的太苦了，刚才还那么自在、开心，转眼间就变得如此难过，人的心念真是变幻不定啊！看来凡人的心还真是很容易动摇啊！还是专心致志地修习佛法、普度众生的好，起码可以面对苦难众生，跟他们结善缘，做我本分内的事。"

这时，老禅师又停了下来，面带微笑地转头招呼他，并将他身上的行李取下来自己背上，让小弟子重新走在他的前面。老禅师一会让小弟子走在前面，一会又让小弟子走在后面，小弟子终于耐不住心中的疑惑问禅师："师父，您今天是怎么了？干吗一会让我走在您前面，一会又让我走在您后面，一会和颜悦色，一会又对我那么严肃？"禅师说："你虽有心修行，但是，一颗心却不够坚定，感动时就发宏愿，但很快又退失掉道心。有这样如此反复的一颗进退之心，什么时候才能安静下来，有所成就呢？"

听到师父的话，小弟子觉得很惭愧。当他再一次起了菩萨心的时候，师父让他走在前面，他说什么也不敢了。他说："师父，这次我是真的有了坚定的信念，我要从头好好做起，一步一步地用心修行，让自己的佛法深厚。"

禅师听了弟子最后的这番话后高兴地点了点头，然后心中对弟子也由衷地升起了敬佩之心。于是，两人一路谈笑着向远方走去。

人生有着许多变故，但我们的内心应该有自己坚守的一份信念，这样无论身处何种环境，都不会浮躁，也不会被环境左右自己的追求，而始终向着自己最向往的目标前进。

2. 放远目光，不要被眼前的小诱惑蒙蔽了双眼

孔子说，勿见小利，见小利则大事不成。舍小利是顾全大局，为了保护更大的利益，需要舍弃小利。

一个年轻人非常崇拜一个富翁，羡慕他取得的成就，于是就去富翁那里寻求成功的诀窍。富翁知道年轻人的来意后，走进厨房，拿出一个大西瓜，然后，把西瓜切成了大小不等的三块，摆在年轻人的面前，问年轻人："如果每块代表一定的利益，你会怎样选择呢？"年轻人脱口而出："当然要最大的那块！"富翁笑了笑说："那好吧，请用。"富翁把最大的一块西瓜递给了年轻人，自己拿起了一块最小的。当年轻人还在吃着他的大西瓜时，富翁已经吃完了最小的一块。接着，他又拿起了剩下的另一块，故意在年轻人面前晃了晃，然后吃了起来。

那块最小的和那块剩下的加在一起，分量当然比那块大的要大得多。年轻人看到这样的情形，马上明白了富翁的意思。富翁开始吃的那块西瓜虽然没自己的那块大，但最后却比自己吃得多。如果，每一块西瓜代表着一定的利益，那么显然富翁所得的利益要比自己多。

吃完西瓜后，富翁给年轻人讲述了自己的成功经历，最后对他说："想成功，首先要学会放弃，只有放弃眼前的小利益，才有可能获得更长远的大利益。这不只是我的成功之道，也是很多成大事者的成功之道。"

做什么事情都不可能一蹴而就，事物的发展总是遵循着循序渐进的过程。一个人如果不懂得这个道理，那么很容易便会产生急功近利

的思想，因为也会影响自己的事业进程。

一堂实践课上，教授在桌上放了一个装水的罐子，又将一块大小刚好可以放进瓶口的鹅卵石放进罐中。然后，教授看着下面的学生说："大家说这个罐子是满的吗？""是。"学生们回答。"真的吗？"教授再问。接着，教授从桌下拿出了一袋子小碎石从罐口倒下去，摇了摇，并问学生："大家说这个罐子满了吗？"这次学生们没敢贸然回答教授的话，都在心里认真地思索着。

过了一会儿，一个学生怯怯地回答道："这个罐子或许还不够满。""很好！"教授笑着说。然后，教授又从桌下拿出了一袋沙子，把沙子慢慢倒进罐子里，摇了摇，问学生："大家告诉我，这个罐子现在满了吗？""没满。"学生们学聪明了，异口同声地回答。"好极了！"教授夸赞道。

教授弯下腰，又从桌子底下拿出一大瓶水，把水倒进看上去已被塞得满满的罐子里。然后，教授再问："大家从刚刚的这些试验中懂得了什么道理？"下面一片安静，过了一会儿，终于有一个学生回答："不管工作多忙，行程排得多满，如果再调整一下，依然可以多做一些事情。"教授说："这个答案不错，但不是我要传达的信息。"停顿片刻后，教授看了看学生们说："我想告诉大家的是：如果不先将大的鹅卵石放进罐子里，也许以后再不会有机会把它放进去了！"

在现实生活中，人们往往忽略了最重要的事情，而为一些没必要的小事耿耿于怀，把时间浪费在无端的事物上，目光短浅、斤斤计较的结果就是扔了西瓜捡芝麻。没有重点，什么都想要，见利就图，这样的人是成就不了大事的。

一个穿行于沙漠的人，遇到了风暴，迷失了方向。沙漠的燥热仿佛要把他立刻烘干一样。就在绝望时，这个人竟意外地在沙漠中发现了一个废弃的石屋，他拼尽力气来到小屋前，走了进去，竟在堆满了枯木的石屋中看见了一个抽水机。他心想："这简直太不可思议了。"生的希望一下子让他有了不少力气，他立刻走到抽水机前用力地汲水，但折腾了很久，也没见到半滴水。

绝望又再次向他袭来，他颓然地坐在地上。这时，他看见抽水机旁有一个小瓶子，瓶口被软木塞满着，上面有一张泛黄的字条，写着："你必须把水灌进抽水机中才能将水引上来，但不要忘了，离开的时候，再把瓶子灌满水。"

当他将瓶塞拔下的那一刻，干渴的内心，恨不得马上喝掉瓶里的水。他想："喝掉这些水或许自己还有走出石屋的希望，若将水倒入抽水机中，一旦水抽不上来，恐怕连走出这间小屋的希望也没有了，更别说茫茫沙漠了。"

经过几番思想斗争后，他艰难地做出了将水灌入破烂不堪的抽水机的决定。于是，他颤抖着双手开始汲水，水真的涌了上来！他饱饱地喝了一顿，然后把瓶子灌满了水，又用软木塞好，并在纸条上面写下了几个字："相信我，真的可以。"

几天后，经过艰难的跋涉，他终于走出了大沙漠。回忆起这段生死历程时，他总是会对别人说："如果想得到，一定要先学会放弃。"

人生不是没有机会，有时恰恰是有了机会，却没能好好把握，被眼前小小的诱惑蒙蔽了双眼，结果失去了真正可以改变命运的机会。因此，人生若想取得大的成就，一定要舍得放弃眼前的小利，不迷失自己大的方向，只有一个高瞻远瞩的人，才能成就一番大业。

3. 常怀他人之难，才能迎来自己的春天

爱德华·赛克斯，几年前在美国的新泽西州为一家药品公司做推销代理工作，他负责把这家公司的产品推销到新泽西州的各个药店，然后，从销售额中获得提成。为了业绩，爱德华每天奔波于新泽西州的各个药店。爱德华与其他药品推销商有所不同，他不会费尽口舌地说服药店主人盲目地购买自己公司过多的产品。因为大多数药品都是有一定期效的，而且，每一类药品适用的人群病症也不相同，所以，就算店主多购买同种药品可以增加自己的提成，但考虑到店主的利益，爱德华也不会这样做的。正是因为爱德华长期以来这样做，所以，他积累了许多客户。这些客户对爱德华非常信任，在爱德华来不及联系他们的时候，他们会联系爱德华，主动找他购买药品。

爱德华不论到了哪家药店，人家的购买量如何，他都会十分热情地为店主介绍药品的药性和药理，在药店中遇到每个人，他都会报以真诚的微笑。

一次在拜访一家新开的药店时，爱德华遭遇了一个非常固执的客户。不论他推销哪一种药品，这家店主都冷漠地一口回绝。爱德华想知道问题到底出在哪里，于是问店主为什么如此坚决地拒绝自己的药品。店主毫不犹豫地回答："我之所以拒绝你们公司的药品，是因为这家公司的许多活动都是针对食品市场和廉价商店而设的，这会对我们这样的小药店产生极大的伤害。"知道了原因后，爱德华只好放弃自己的推销。但是，他还是在临走的时候，习惯性地和药店中每一位雇员和顾客微笑地告别。

爱德华离开这家药店后，又来到临近的一些药店推销自己的药品。就在他拜访完一位客户的时候，接到了坚决拒绝他们公司产品的那位店主的电话。他告诉爱德华打算在他这订一批货，而且数量不小。爱德华听完后，好奇地问店主是什么原因让他改变了主意，店主说是一位店员让他改变了主意。

原来，这位店员在没来这家店之前，经常会到一家大药店买药。他母亲常年生病，所以，他不得不常去药店。而且，由于母亲常年被疾病缠身以及不得不面对的昂贵药费，令他对生活感到很绝望。一次，他去药店买药，正好碰见爱德华在药店等待店主推销自己的药品，那时，各种药品的价格都在上涨，可是，他手中准备的钱已经不够给母亲买药了。爱德华见到这种情况，不仅帮他垫付了药费，还给了他真诚友好的微笑。他说，正是这个微笑，让他心中的愁苦和那一刻的窘迫一扫而光。从那时起，他开始自学药理知识，然后努力挣钱为母亲治病。店员还对店主说："这位药品推销员一定给很多顾客留下了非常深刻的印象，他的表现也一定会引起他所在公司对他的注意，所以，和他做生意一定会有收获。"

店主听从了这位店员的建议，爱德华又多了一位忠诚的客户。

一个人若想获得别人的尊重，首先自己要学会对他人付出关爱，你为别人开一扇窗的时候，生活会回报给你一片更广阔的天空。

宋代朱熹说过这样一句话："体谓设以身，处其地而察以心也。"能设身处地为他人着想，是体现一个人的修为。这种修为小到关爱所能及之人，大到可以为国而忧。范仲淹的一句"先天下之忧而忧"赢得身前身后人的敬仰。杜甫胸怀天下寒士，悲壮地唱出："安得广厦千万间，大庇天下寒士俱欢颜！"让这位穷困潦倒的诗人人格闪耀着灿烂的光芒。

一个人若能把他人、家国放在心上，自己的苦痛又算得了什么？我们可以说自己只是平常人，但做一个平常人若能够心中常怀他人之艰难，设身处地想他人之想，也会在赢得他人尊重的同时，内心感到无比宽慰。

在以色列的农村，每当庄稼成熟收割的时候，靠近路边四角的地方都不会被收割，这些被留下的庄稼，是供给那些需要的人，任何人只要有需要都可以享用。他们认为这是对上帝的感恩，也是为了方便施予贫困的路人。

在韩国的北部乡村也有这样一处地方，这里生长着许多柿子树，秋季到来的时候，人们忙碌地采摘着熟透的果实，但是，采摘结束后，这里的人们总是会在树上留下一些果实。这些果实成为沿途的一道美丽的风景，路过的外乡人和旅游者总是会问："为什么没有将它们摘下来？多可惜啊！"那里的人们却说："不管这些果实多么诱人，也不能摘下来，因为这是留给喜鹊的食物。"这里的人们为什么会有这样的习惯呢？

原来，这里是喜鹊的栖息地，每年冬天到来的时候，喜鹊都会在树上筑巢过冬。有一年冬天，气候特别寒冷，而且又接连下了几场很大的雪，几百只喜鹊们一时找不到食物，一夜之间全部被冻死了。

第二年春天，柿子树重新发出嫩芽，然后开花结果，可就在这时，一种不知名的虫子开始了对柿子树的进攻，蚕食着树上的叶子和刚刚结出的小果实，柿子树在这些小虫子的攻击下，几乎令那年的柿子绝产。

从那以后，这里的人们每年秋天都会为喜鹊留出果实，为它们提供过冬的食物。喜鹊们也仿佛懂得感恩一样，春天到来的时候，尽心尽力地捕捉着树上的小虫子。

这里的人们为喜鹊提供了食物，喜鹊回报给他们丰收的秋天。给予别人，自己其实并没有失去，而是会换得另一种回报。所以，为他人打开一扇窗的同时，实际上自己会获得一片更宽广的天空。

4. 放长线才能钓到大鱼

两个饥饿的人在路上行乞，一天，他们遇到一位慈善的老者，老者说可以帮助他们，并拿出一根鱼竿和一篓鲜活的鱼，让他们二人选择。一个人选择了那篓鱼，另一个人选择了鱼竿，然后，两个人各自离去。得到鱼的人来到一处，找了一些干柴笼起火，开始煮鱼。待鱼熟后，这个人狼吞虎咽地将它们全部吃光了。没过一些时日，他便饿死在鱼篓旁。而另一个人拿着鱼竿艰难地走向海边，可当他看见大海蔚蓝的景象时，浑身的力气已经全都用尽了，他也只能眼巴巴地带着无尽的遗憾离开了这个世界。

后来，又有两个饥饿的犹太人，同样分别得到了那个慈善的老者赠予的一篓鱼和一个鱼竿。但是他们没有各自离去，而是商量着一起去寻找大海，他们每次只煮上一条鱼来吃，仅仅用以活命即可。经过一段时间的跋涉，他们终于找到了大海。从此，两人开始了捕鱼为生的日子。几年后，他们盖起了房子，各自有了妻子和孩子，有了自己建造的渔船，过着幸福的日子。

一个人若只顾眼前利益，得到的只是短暂的乐趣。只有那些拥有长远目标的人，才懂得将理想和现实结合起来，这样才有可能成为成功的人。

第二次世界大战后，为了世界局势的稳定，战胜国提议成立一个世界级制约组织，即处理国际事务的联合国。但是，这需要一笔庞大的资金来建造办公地点，而当时刚刚成立的联合国，根本无力支付这样一笔巨款。正当各国首脑为这笔经费一筹莫展的时候，美国的洛克菲勒家族决定伸出援手，他们用 870 万美元在纽约买下了一块地皮，无偿地捐给了联合国，同时，洛克菲勒家族还买下了这块土地周围所有的地皮。当时，许多大财团对洛克菲勒家族的这一举动十分不理解，并嘲笑他们很愚蠢。然而，当联合国大厦建立起来后，它周围的土地价格猛涨，洛克菲勒家族从中获取了相当大的利益，他们不仅收回了捐出去的钱，还获得了丰厚的回报。

洛克菲勒家族对于联合国的无偿捐助，正体现了他们非凡的长远目光——看似舍弃了一笔巨资，但其背后隐藏的商机绝不是那点资金所能比拟的。这看似的舍，其实是洛克菲勒家族放的一条长线，因为他们知道，其后会为他们带来什么。

伊莱·科恩是以色列的一名特工人员，为了获取叙利亚的军事情报，他秘密打入了叙利亚情报组织，并担任了顾问要职。

第二次世界大战时，纳粹分子疯狂杀害犹太人，因此，战后以犹太人为主体的国家以色列积极追捕纳粹分子，并取得很大成绩。

一次，科恩获悉老牌纳粹分子费朗茨·拉德马赫尔藏在叙利亚。这个纳粹分子曾经在二战时残害了 600 万犹太人，如果能将他捕获，对以色列而言将是一件大快人心的事情。

科恩将自己得到的情报立刻报告给上级摩沙迪，并请示由自己就近把费朗茨处理掉。但摩沙迪却命令科恩放弃这个目标。

放弃这个目标的原因，只有摩沙迪清楚，尽管除掉费朗茨是一件大快人心的事情，可是这一举动势必会暴露科恩的身份。而面对十分紧张的中东局势，搜集叙利亚情报才是科恩最主要的任务。当时，叙利亚正准备和以色列开战，两者相比，当然国家的安全形势更为重要。

科恩接到总部放弃目标的命令后，心有不甘，再次提出请示："让我给纳粹分子寄一枚炸弹去恐吓他一下。"而摩沙迪再次发出"请勿行动，放弃这个目标"的指令。

作为一名特工，科恩明白必须严格遵守上级的命令，于是他不得不放弃了这一念头。后来，科恩明白了上级的意图，专心致力于对叙利亚军事情报的搜集。他发现叙利亚军正在戈兰高地积极地修建强大工事，就把这一情报汇报给了上级组织。

不久，第三次中东战争爆发，以色列根据科恩提供的情报很快占领了戈兰高地，从而使得以色列在这次战争中取得了胜利。

科恩的上级组织懂得该去做什么最重要，所以在权衡利弊后，为了不影响国家大业，选择放弃惩治纳粹恶魔的行动。保住科恩，才能获取重大的军事情报，最终赢得战争的胜利。

人常说，放长线就是投资，钓大鱼就是收益。所以，人们要学会放长线，以获得钓大鱼的机会。一个有智慧的人总是经得住眼前利益的诱惑，在渐进的过程中达到自己想要获得的目的。

5. 勇于担当：吃眼前亏，得未来盈

　　1835 年，摩根先生听人说，一家叫做伊特纳的火灾保险公司为了扩大自己的实力，宣布加入公司的新股东行列，不需马上注入资金，只要在股东名册上签下自己的名字，就可以成为新股东，而且很快就会获得良好的收益，于是摩根很快就在这家公司股东名册上签下了自己的名字。

　　谁知，那年冬天，纽约发生了一场特大火灾。伊特纳火灾保险公司的股东们见状不妙都纷纷退股以挽回自己的损失。摩根先生是一位非常珍惜自己信誉的人，在这次变故中，他经过再三斟酌，依然认为信誉是第一位的，所以，他最后决定舍财保信誉。他将自己苦心经营了多年的旅馆和酒店卖掉，低价收购了其他人的股份，又通过其他融资渠道以最快的速度把 15 万美元的保险赔偿金付给了投保人。这一举动，使得伊特纳火灾保险公司的声誉传遍了整个纽约城。

　　为了还清赔偿金，摩根先生已经濒临破产，保险公司只剩下一个空壳。而这时，摩根先生也已成为了这家保险公司的最大股东。他向朋友借钱，刊登了一则广告："本公司为了偿还保险金已经竭尽所能，从现在开始，在本公司投保的客户，保险金将会增加一倍。"

　　第二天早晨，身上只剩下 5 美元的摩根先生来到公司上班。就在公司所在的大街上，人群拥堵得水泄不通，他们都是前来伊特纳火灾保险公司投保的人。

　　摩根先生在不久后，就将自己卖出去的旅店和酒店又买了回来，还净赚了很多钱。

这位摩根先生就是主宰华尔街帝国的摩根先生的祖父，是在美国拥有亿万家产的摩根家族的创始人。那场突发的火灾使摩根先生濒临破产，却也成就了一个家族的事业。而这一切，都是源于摩根先生讲诚信、重信誉、勇于担当的品格。

摩根先生在日后从商生涯中，也一直讲诚信、重担当，积累了万贯家私。他曾说："我一生恪守信誉，正是因为它，才使得我的资产不断大幅度地增加。"由此可见，一个讲信誉、敢担当的人，可以让人们从一个一无所有之人变成一位亿万富翁。

敢担当的人必是拥有大格局之人。因为他的内心可以更多地容纳苦难包容他人，所以，得到的也必会与常人不同。

在华盛顿9岁的那年，一天，他的父亲从外面带回来一把斧头，然后将它放在地上，就出门办事去了。

斧头很漂亮精致，这大大引起了华盛顿的兴趣，一个9岁的孩子望着它不禁产生了这样的想法："它很锋利吧，我要不要试一试？"想了想，华盛顿便抑制不住拿起了那把斧头，连跑带蹦地奔着自家的樱桃去了。在樱桃园中，他选了一棵最细小的樱桃树，用尽全身的力气，抡起斧头砍了下去。一棵小小的樱桃树被锋利的斧头拦腰截断，倒了下去。9岁的华盛顿立即意识到自己闯了祸，赶紧跑回家中，把斧子放回了原处。

晚上，父亲从外面赶回家中，途经自家樱桃园的时候，看见了那棵被拦腰截断的小树。这是他最喜欢的一棵优良品种树，为了它，他可没少费周折，现在成了这个样子，怎么能不心疼？华盛顿父亲的怒气一下子涌了上来，到了家怒气冲冲地问道："谁干的？是谁把樱桃树砍断了？"面对着暴跳如雷的父亲，华盛顿吓坏了，可是最后他还是鼓足勇气走到父亲的身边说："爸爸，对不起，是我干的。""是你？"父亲不解地问道。华盛顿将自己砍倒那棵树的经过向父亲讲述了一遍后，父亲不但没有责罚他，反而轻轻地把他揽在怀里说："你能这样诚实，勇于承担自己的过错我很高兴，有你这样的孩子比拥有很多的樱桃树还宝贵。"

华盛顿还在孩提时代就拥有了敢于担当的个性，这与他日后能成就那样一番事业，成为美国的第一任总统有着密切的关系。

一个勇于担当的人，才能赢得众人的敬佩和信任，也只有这样的人才能把他人、把家国的利益看得更重，从而成为一个可以为社会做出贡献的人。一个为了蝇头微利而斤斤计较、见到危难就想躲避之人，或许不会吃亏，但是，也不会有什么大的作为，同样不会得到被敬重的机会，无法体会更深刻的人生乐趣。

6. 有多大的胸怀，成就多大的事业

有一位叫怀特的砖商，因为和对手竞争陷入困境之中。对方在他的经销区域内定期走访了承包商和建筑师，对他们说怀特的砖质量很不好，怀特的公司特别不可靠，因此砖厂很快就要面临倒闭了。怀特虽然口头上不在意，并表示自己的公司不会因此而受到任何影响。但事实上，怀特对此事非常恼火，对毁损他生意的人恨不得用自己的砖块拍烂他的头，以泄心头之恨。

怀特说："一个星期天的早晨，牧师布道时的主题是：要施恩于那些为难、伤害你的人。那天，我把主题中展开的所有内容全都记在了心里。就在上个星期五，我的对手让我失去了一份30万的订单，这让我的内心实在是愤愤难平。但是，我心里记着牧师说过的一切，他教我们要善待对手，他还引用了大量的例子来佐证他的理论。那天下午，我在安排下周日程表时，发现我的一位住在弗吉尼亚州的顾客，因为要盖一栋办公大楼，正需要一大批砖块，而那批砖块的型号不是我们公司提供的，与我的竞争对手生产的型号很相似。同时，我也对我的竞争对手做了调查，知道他对这桩生意完全不知。"

怀特停顿了一下，然后说："当时面对那样的情况，我的内心也很挣扎。是遵从牧师的忠告，告诉对手有这一笔可以做的生意呢，还是不让他知道有这样的好机会呢？为了此事，我反反复复地思考了良久，最后，牧师的忠告让我做出了告诉对手的决定。当时，其实也是想证明一下牧师的观点是错误的。当我拨通对手的电话，他知道是我后，显得很慌乱不安，但我还是非常礼貌地告诉了他弗吉尼亚州的那笔生意。"

　　怀特说："这件事之后，让人惊奇的事情发生了——我的对手不但停止了对我散布不良信息的行为，还把自己手上一些无法处理的生意全都还给了我。我们还因此而成了很好的朋友。"

　　俗话说："冤家宜解不宜结。"面对伤害，实行报复不是智者所为，一个人最大的力量不是武力，有时恰恰是包容和大度。

　　老鼠是山神的宠物，一天，它向山神提出下凡去做一回普通的动物。山神说："在动物世界中，大象是最强大的，下凡后，你必须能战胜大象，才有资格再回到我身边来，否则，你就永远留在动物界吧。"

　　老鼠一心想来凡间体验一回，所以，没多想就一口答应了山神的条件。

　　可是，当老鼠来到动物界后才发现，自己对山神许诺的条件实在是太轻率了，动物界远远不是自己想象的那样简单，而自己又是一只又小又弱的动物，想要战胜大象简直比登天还难。

　　老鼠后悔了，但还是决定试一试，它想自己应该找机会进入大象的鼻子，那样，就可以用身体堵住大象的气管，不让它喘气，大象就不得不认输。

　　一天，它趁大象进食树叶的时候，偷偷地溜进了大象的鼻子，准备实施计划。

　　没想到，它刚刚在大象鼻子中走了一小段的路程，大象就感到鼻子很痒，便猛地打了一个喷嚏，老鼠被这股巨大的气流抛向高空，然后又从高空中摔了下来，差点没粉身碎骨。

　　这一次教训让老鼠领教了大象的厉害。

　　大象想，这个小老鼠，长得那么小，胃口却很大，讨厌死了。从那以后，大象见了老鼠，就用脚去踩它，吓得老鼠每次见到大象，都远远地躲开。

天有不测风云，一天，大象被猎人安设的猎网套住，它虽然挣扎了许久，可都无济于事，逃不出来。

老鼠看着受困的大象，心想："这真是天赐良机，我何不趁现在在它的身上挖几个洞，置它于死地呢？那样，我不就战胜了大象，可以回到山神的身边了吗？"

可是，当老鼠看到昔日那样一个庞大的动物而今被困在网中无法脱身，又觉得大象十分可怜，哪里忍心对大象下手呢？它的良知告诉它，应该救大象。因此，它不但没有害死大象，反而用自己尖利的牙齿开始啃咬那张大网。不知过去了多久，筋疲力尽的老鼠终于把那张网咬开了几个缺口，大象猛地一用力，从网中钻了出来。

从这件事后，大象发现了老鼠的可贵之处，决意和老鼠做好朋友，老鼠也愿意与大象结交。于是，他们化干戈为玉帛。

不久，山神找到了老鼠，老鼠说："我还没能战胜大象呢，看来我的许诺是无法实现了。"

山神说："你已经将你的对手变成了朋友，这还不是最大的胜利吗？"

能与对手化干戈为玉帛，也是解决阻碍的一个非常智慧的办法。

美国的 Real Networks 公司，曾经向美国的联邦法院提交过一起诉讼，指控比尔·盖茨的微软公司违反反垄断法，并要求微软向其赔偿 10 亿美元。但就在官司还没结束的时候，Real Networks 公司的首席执行官格拉塞却致电比尔·盖茨，希望可以得到微软的技术支持，使自己的音乐文件能够在网络和便携设备上播放。那时，没有人认为比尔·盖茨会帮他。但出乎众人意料的是，比尔·盖茨对他的提议表现出出奇的兴趣。比尔·盖茨通过微软的发言人表示，如果对方真的想要整合微软的话，他将非常愿意合作。

苹果与微软自 20 世纪 80 年代起就一直处于敌对状态。到了 90 年代中期，微软明显占据了市场的领先优势，而苹果则一直处在十分艰难的境地。但是，出乎所有人预料的是，1997 年，微软向苹果公司投资 1.5 亿美元，救活了苹果。2000 年，微软为苹果推出 office2001。自此，两家公司开始了真正双赢的市场局面，合作关系进入了新的时代。

正是因为比尔·盖茨拥有一个容纳百川的胸怀，才取得如此大的成就。一个人的成功有许多因素，除了超人的智慧外，更源于有一个容纳百川的胸怀。

7. 从大局出发，妥协也是一种处世之道

松下幸之助创立公司之初，对员工要求非常严格，每次公司在做出大的决策时都必会亲自参加。但是，他并不是只看重自己而听不进去他人意见的领导者。

一次决策会上，松下对一位部门经理说："我个人要做许多决定，还要批准他人的许多决定，实际上，那些决策中只有40%是我真正认同的，剩下的60%是我有所保留或者觉得还过得去的。"当时，那位部门经理在听了松下的话后很是惊讶，因为对于别人的意见，他完全可以一口否决。

松下说："我不可以对任何事情都说不，对那些我认为还可以的计划，完全可以在实行的过程中给予一定的指导，使它们可以重新达到我所预期的那样。我想一个领导人有时是应该接受一些他不喜欢的事情，因为没有谁喜欢被否定。公司是一个团队，而不仅仅是我自己的公司，它需要大家的群策群力，妥协可以让大家相处得更融洽，这样有利于公司的发展。"这番话让那位经理很是折服。松下是一位聪明的企业领导者，在他的妥协中，你们可以看到一个领导者对下属的尊重，而这种尊重自然也会赢得下属在公司经营中积极的参与。

人们在生活或是工作中往往只知道强调自己的强势，不懂得妥协，结果会遇到种种的不愉快或者人心向背的结局。

20世纪40年代，英国著名演员简·拉塞尔与制片商休斯签订了一个年薪120万美元的雇佣合同。一年后，拉塞尔找到休斯要求领取合同上的钱，可是，休斯告诉她自己现在手头很紧，拿不出那笔钱，不

过他说自己有不动产，但拉塞尔却执意要现金。对于那份合同而言，拉塞尔要求休斯支付现金是合理合法的，但是，休斯解释他现在确实资金周转困难，请拉塞尔宽限一段时间，拉塞尔却义正辞严地指出，合同上清楚地写明了年底付款。

双方的争执愈演愈烈，还出动了律师出面来进行协调。眼看着事态的发展就要对簿公堂了。这时，拉塞尔却改变了主意，她非常友好地对休斯说："虽然我们的奋斗目标不同，但是，追求的利益却都是正当的，我们先冷静下来，看看有没有更好的方法来解决我们之间的问题。"

经过反复研究和磋商，他们拟定了一个令双方都可以满足的方案："合同修改为每年付5万，分24年付清。"合同上的金额没变，只是付款的时间变了。这样一来，休斯既解决了资金周转的困难；而另一方面，拉塞尔的所得税逐年分期缴纳，数额也有所降低。在那个时代，演员并不是一个很稳定的职业，吃青春饭的女演员更是如此。而在这一修改的方案中，拉塞尔可以有24年的年金收入，这对她来说可以在这24年内不必担心自己的经济出现问题。这样一来，既保全了面子，也不用陷入与休斯的经济诉讼案中了。

在这个故事中，双方各让一步做了各自可以接受的妥协，使得问题得到了更圆满的解决。

其实，不仅在与外界发生利害冲突时要学会妥协，在我们的婚姻生活中更要学会妥协。一个家庭的婚姻质量怎么样，与双方当事人对待彼此的态度有着密切关系。

一对姐妹，先后走入婚姻生活。姐姐在婚后一年就与丈夫分道扬镳，留下一个刚刚出生一百天的孩子。离婚后想念孩子对于一个女人来说是极其痛苦的事情，但是，婚姻已经走到了不可挽回的地步，即便痛苦难当，也无法再回头，只能留下不尽的遗憾。

曾经有人问过姐姐，结婚才一年多，怎么就过不下去了呢？姐姐说："对于生活中的许多事情，我们都无法达成一致，哪怕吃一顿饭，也是不能统一意见，特别是有了孩子后，在照顾孩子的问题上更是分歧很大。我喜欢按着幼儿营养书中那样去照顾孩子，可是，他偏偏认为我教条，甚至打翻我按着书中比例给孩子做的营养餐。然而，他越是那样，我就越要按着书中要求的去做。另外，他喜欢吃什么饭菜，我就偏偏不给他做。就这样，我们之间的矛盾越来越深，而且，由最初的吵架发展到最后的大打出手，以至于感情彻底破裂。"

从姐姐的这段话中不难看出，这对小夫妻在婚姻中都没能运用妥协的艺术，连一顿饭菜意见都无法达成一致，可见二人都没有各自让一步的风度，难怪婚姻会走到决裂的地步。更让人无法理解的是，妹妹也不能吸取姐姐在婚姻生活中的教训。虽然她还没有达到离婚的境地，可是生活得也很不幸福。她的朋友最常听到的就是她对老公的抱怨，以及对老公家人的疏离和憎恨。

一次，朋友对她说婚姻是两个不同个性的人走到一起，朝夕相对，两个人来自不同的生活环境，又有着不同的个性，自然会有相互不能理解的习惯和思维方式，如果没有妥协肯定会让矛盾加剧。她说："这我也懂，只是，凭什么让我先做出妥协呢？"朋友实在不知道该怎样回答她这个问题，怎样帮助她找回幸福。既然是妥协，又何必在乎由谁先来做呢？

妥协是一种胸襟，一个在婚姻中斤斤计较的人怎么可能感受到幸福呢？一个不能为别人做出一点牺牲的人，又怎能获得他人给予的关爱呢？

妥协，不单是"让"或者"忍"，更是解决问题的更好办法，它可以让双方的需要都能得到满足。它是一种优雅，是从最初的固执、敌意、愤怒中走出来，相互体谅后找到解决问题的更好的途径。妥协后，问题才能得以圆满解决，我们的内心才能平和。

8. 只有经历了风雨，方可见到彩虹

大凡人初涉世事时，都会为自己设立一个奋斗的目标。希望自己能从一只丑小鸭变成高贵的白天鹅。然而，经历一些人生风雨之后，能够坚持走向人生最初目标的人寥寥无几。可是，很多人在中途折断了翅膀后，还埋怨命运的不公平。从此浑浑噩噩度日，或者在抱怨、不得志中郁郁地走完一生。其实，我们可以平平凡凡地过一生，但更重要的是要在平凡的一生中时时拥有快乐的心情。

很久以前，人们在山上建起了一座宏大的庙宇。附近的人们纷纷前来庙宇观看，一些人开始祷告，祈求佛祖为他们送一个最好的雕刻师，为这里雕一尊上好的佛祖神像让大家供奉。见到世人如此虔诚，于是，佛祖就派了一位擅长雕刻的罗汉幻化成具有精湛雕刻艺术的匠人来到此处。

这位由罗汉化成的雕刻师来到人间后，就在人们早已为他准备好的两块石料中，选了一块质地更为优良的，开始了雕刻工作。可是，出乎雕刻师预料的是，他举起凿子凿了没几下，那块石头居然大声地喊叫起疼痛来。

这时，雕刻师对它说："如果今天不经过细细的雕琢，那么你就永远是尘世中一块无人注意的普通石头，所以，你还是听我的话，忍一忍吧。"说完这句话，罗汉又重新举起了手中的凿子。

可是，当雕刻师手中的凿子再次落在这块石头身上时，它又开始大声号叫："不要凿了，快疼死我了，这样的痛苦怎能忍受得了啊！求求你，还是饶了我吧！"

雕刻师对这块石头的大呼小叫实在是忍无可忍，无奈之下，只好放下手中的凿子，停止雕刻工作，走到另一块石料旁。他准备用这块石料来雕刻佛祖神像，虽然这块石料的质地远不如刚才的那一块。但是，也只能这样了。

于是雕刻师决定就用第二块石料，这块石料虽然质地不是很好，但它为自己能被雕刻师选中，打从心底感激不已。当然，它也对自己将被雕刻成一尊威严、精美的神像深信不疑。所以，当雕刻师的凿子举起又落下的时候，它忍着疼痛，一声不吭。雕刻师的斧凿刀刻，它都以坚韧的毅力和心中的信念默默承受过来。

而这位雕刻师也知道，这块石头的质地并不算好，但为了显示自己在雕刻上的非凡造诣，他努力并认真地工作着，每一个细节都力求做到精益求精。

不久，一尊仪态安详庄重的神像屹立在人们面前。大家对这尊佛像由衷地生发出了一股敬仰之情。而这座庙宇的香火也是日渐鼎盛，为了方便日益增多的香客，那块害怕疼痛的石块被人们搬来铺路了。那时，它经不起斧凿刀刻的锤炼，现在，却整日忍受着人们的踩踏和车轮的碾压。而看到那尊被万人顶礼膜拜的神像，石块心里很不是滋味。

一天，佛祖经过这里，它实在忍不住心中的郁闷就对佛祖说："佛祖这也太不公平了！你也看得出来，那块石头的质地比我差了许多，可如今它却享受着那么多人的膜拜和尊崇，而我却天天遭受世人的踩踏之苦，日晒雨淋！"

佛祖看了它一眼笑着说："你说得没错，现在这尊受人尊崇的佛像质地是远不如你，但是，如今它享有的这一切，是来自它曾经忍受一刀一刀的雕琢之苦啊！你既然无法忍受被雕琢的苦痛，那只能是现在这样的命运。"

每个人在生命最初，都像一块未经雕琢的石块，质地上有着各种差别，需要经过命运的齿轮打磨，经历岁月的雕琢。不同的是，有些人可以忍受生活中的磨砺，经过锤炼变得越来越优秀，而有些人则无法忍受生活的磨炼，在困难困苦面前畏缩不前，到头来落得一事无成，反而还不停地抱怨命运的不公。

人的一生不可能一帆风顺，能够在逆境面前不低头，并乐观地面对它的人才是真英雄。

美国的克里斯托弗·里夫因在电影《超人》中成功地饰演超人而一举成名。但是谁也没有想到，一场灾难差一点让他离开这个世界。

1995 年 5 月 27 日，在弗吉尼亚举行的一场马术比赛中，作为赛手的里夫发生了意外事故。它的马在第三次试图跳过栏杆时，突然收住马蹄，里夫防备不急，从马背上飞了出去。在摔出去的那一刻，他的双手缠在了缰绳上，致使里夫头部着地，导致第一及第二节颈椎全部折断。

五天之后，里夫在弗吉尼亚大学附属医院里苏醒。医生告诉他，能活下来已经是一个奇迹了，但是，他的颅骨和颈椎必须动手术才能连接到一起，而医生说不能保证里夫可以活着离开手术室。

那段日子，里夫万念俱灰，甚至多次萌生了轻生的念头，他用眼神告诉妻子："不要救我了，让我走吧。"而他的妻子却哭着说："不管怎样，我都会永远和你在一起！"

手术日期越是临近，里夫的心里越是害怕。一次，他 3 岁的小儿子对母亲戴娜说："妈妈，爸爸的膀子不能动了。"戴娜说："是的。"儿子说："爸爸的腿也不能动了。""是的，是这样。"戴娜忍住悲痛对孩子说。

里夫的小儿子脸上浮现出沮丧的表情，过了一会儿，他忽然显现出很幸福的样子说："但是爸爸还能笑呢。"就这样，儿子的一句"爸爸还能笑呢"一下子让里夫看到了生命的曙光，找回了生存的勇气和希望。10 天后，里夫的手术很成功。尽管经过手术后，里夫的腰部以下还是没有知觉，但他用顽强的毅力克服了巨大的疼痛，活了下来。他每天充满自信，坚持锻炼，用乐观的心情迎接每一天。后来，他不仅亲自参加了一部影片的导演工作，还出资筹建了里夫基金，为医疗保险事业做出了一份自己的贡献。里夫说："他坚信自己会在50岁的时候，重新站起来，成为一个真正的'超人'。"

经历了那样的人生考验，里夫不但顽强地活了下来，还乐观地面对生活，积极地参与社会活动。一个人，不管经历了什么挫折，都把它当成一种修行，积极乐观地面对。如果你不抛弃自己，那么社会必然会欣然接纳你。

9. 弱水三千，取一瓢饮之

相传，蜈蚣并不是最初就有那么多只脚的，但是，它爬行得很快。后来，它看到梅花鹿和羚羊跑得都比自己快，心里很是嫉妒，心想："为什么上帝给了它们那么多只脚，让它们跑得很快？！"于是，它跑去上帝面前请求："上帝，我想拥有更多的脚。"

上帝答应了蜈蚣的请求，让手下拿来许多只脚，任蜈蚣取，蜈蚣兴奋地看着那些脚，拿了一只又一只，直到把身上能安放的地方全都安上了脚，才恋恋不舍地停止了。

当它心满意足地注视着自己满是脚的身体时，很是高兴，心想："现在我可以如离弦之箭一样冲出去了。"谁知，当它开始要飞跑的时候，才发觉那些脚根本不受它的意念控制，它们各走各的，蜈蚣必须全身心投入才能使那些脚以一样的方向和速度向前迈进。如此一来，蜈蚣反而比从前行走得更慢了。

蜈蚣的悲剧是贪多，以为拥有得越多，就会超越别人，结果反而适得其反。上帝用他"任由尔取"的态度，"成全"了蜈蚣的贪欲无度。

人必须知道自己到底需要什么，这样才能正确求得。而生命中常常会面临着取与舍的选择。"取"是一种本事，"舍"是一门学问。

一天，一个初学打猎的年轻人，跟着师傅去山中打猎。

没走多远就发现了两只兔子从树林中窜了出来，年轻人迅速从肩上取下猎枪。可是，两只兔子却向两个不同的方向跑去，年轻猎人站在那里一时不知该瞄准哪一只，想打这只兔子，又怕另外一只跑掉，所以，他的猎枪便随着两只兔子的跑动，一会向着那只瞄准，一会又向着另一只瞄准。结果，在他左瞄又瞄的时候，两只兔子全都跑掉了，年轻猎人气得站在那里呼呼大喘气。

他的师傅站在一旁安慰说："两只兔子向着不同方向跑，即便你的枪法再快、再准，也不可能同时射中两只。狩猎时，经常会有几个猎物同时出现的时候，这时候我们切忌心猿意马，应该是及时选准目标，这样至少我们能保证不会空手而归。"

人生面临多项选择的时候很多，这时候，一定要知道自己最想要什么，最适合做什么，这样才不至于因为什么都想要，结果什么也没得到。选准了目标后，一颗心才能够安定下来。不然，心像长了荒草一样，会非常烦恼。

一位母亲正在厨房里做饭，突然听到三岁的儿子在客厅里号啕大哭，母亲慌忙跑进客厅，见儿子的一只小手插在了花瓶中。母亲赶紧过去帮忙，但无济于事，孩子的手就是拔不出来。这位母亲在无计可施的情况下，只好将这只昂贵的花瓶砸碎，儿子的手才安然无恙地拿了出来。谁知那只插在花瓶中的小手却依然紧紧地握着，母亲把儿子的手掰开，发现他手里握着一枚硬币。原来儿子的手不是拔不出来，他只是因为那枚硬币而不愿松开自己的小拳头。

一个不谙世事的孩子，因为一枚硬币却让自己的母亲砸掉了价值不菲的花瓶。这故事也带给大家一个关于"取"与"舍"的深思。人们面对问题时，应该思考如何去做"取"与"舍"的选择。

女人很美丽，姿容娇俏，身材高挑，特别是她似笑非笑的一双明眸，不知迷倒了多少男人。许多人给她大献殷勤，向她求婚，可是，她不答应也不拒绝，她想用自己的美貌和魅力征服天下所有的男人。她喜欢自己被千万人宠爱着，她觉得自己就是一个至高无上的女王。

可是，有一天她发现，围在她身边的男人越来越少，到最后就只剩下一个男人向她求婚，可她还是摇头说："我现在还不想嫁人。"

最后，这个男人无奈地离开她与别的女孩结婚了。

当她发现已经很久没有男人献殷勤和求婚的时候，她开始困惑不解、焦虑郁闷，不知道到底是怎么了，为什么所有的男人都离开了？

于是，她找到了神，并请求神为她解答这个问题。她说："为什么这些男人都不理我了，难道现在的我没有魅力了吗？"

神给了她一面镜子，她疑惑地说："为什么要给我这个？我只想知道男人们为什么都离开了我。"

神说："别急，你看了镜子后就会有答案的。"

女人半信半疑地拿起了镜子，发现镜子中的自己早已没了青春飞扬的妩媚姿容，面色暗黄无光，黑发中已隐隐可见几根白发，原来美貌早已经随着时光一同远去。

女人黯然地放下镜子，知道自己错了，以为自己可以一直得到所有人的宠爱，到头来却连一个都没留下。与其得众人心，不若得一人相守。

故事中这个女人的悲剧缘于贪，缘于不知取舍，想拥有更多，结果却什么也没有得到。

很多时候，人生都要做出选择，在取与舍之间权衡利弊，然后做出选择。任何时候面临选择，都是有舍有得的。"鱼与熊掌不能兼得"，选择鱼还是选择熊掌，就要看自己最终衡量的结果，对与错有时会相差甚远，选择的意义，是通过放弃一些东西来为自己获取更大的利益。所以，该选择时要当机立断，只有勇于舍去，才会有所得。

第九章

别为逐名夺利而上火

——名利是祸，心静才能心安

物质越丰裕，我要得却越少；许多人想登上月球，我却想多看看树。

——奥黛丽·赫本

草色人情相与闲，是非名利有无间。

——杜牧

我们每个人在内心深处都觉得，对于生命持一种无忧无虑的淡泊态度，将抵偿他自身的一切缺点。

——威廉·詹姆斯

1. 卸下心灵的包袱，让梦想飞得更远

佛家说："无欲则刚。"人到无求，品自高。这是一种境界，一种修养。人如果能做到欲望少一点，快乐也就会更多一些。每个人都有七情六欲，但是，人之所以与动物有区别，就是因为人有控制自我欲望的能力。更多的时候，人应该学会适当放下，心灵会更自由，人也会更豁达。

一个书生进京赶考，一天走到一个鱼池旁，恰巧遇到一个渔夫钓到一条很大的鱼。

于是，书生便问渔夫："您是怎样钓到这样一条大鱼的？"

渔夫说："开始的时候，我只用了一个很小的鱼饵。可是，钓了半天，只钓到了几条很小的鱼。后来，我又找一头小乳猪当钓饵，就钓上了这条大鱼。"

书生无限感慨地对着鱼塘说："鱼儿啊，鱼儿，你怎么就那样经不住诱惑啊？偏偏来吃渔夫给你的诱饵，鱼塘里的小鱼、小虾够你吃一辈子的。是贪欲害死了你啊！"

人同鱼是一样的，当面对更大的诱惑时，很少有人可以做到淡定。而人一旦有所求，便会陷入欲望的枷锁中不可自拔。那么，当这个世界呈现在我们面前的诱惑太多时，我们该如何处置呢？常言道："人若无所求，品行自会高。"如果一个人没有了私欲，他的品格自然就会高洁，不染尘埃。当然，并不是所有的人都可以做到万事不求，作为平凡人的我们应该懂得适度的舍弃。

只有"放下"，我们才能驱除内心的贪欲、妄想，才能活得更简

单、更自由。一个人要得太多，势必会陷入追求的泥沼中，有求必会有苦。一个无求无欲的人，才能做到真正的刚直不阿，也就是做到真正的品行高洁。不求，不是不为，是尽自己所能，做能做之事，不枉求，那样便不会徒增不必要的烦恼和麻烦。

有一个青年总是感觉生活的压力太大，以至于总是有种喘不过气来的感觉，已经到了快要无力支撑的地步。于是，他找到一位智者，希望智者可以为自己指点迷津。

年轻人对智者说："大师，我感到自己特别孤独、寂寞和痛苦，跋涉在漫漫的人生旅途上，使我疲惫不堪——我的鞋子磨破了，我的脚被一路的荆棘割破了，手也受伤了，流血不止，我的嗓子因为大声的呼喊也已经沙哑了。我经历了这么多的苦难，为什么到现在还没能找到心中的那一片阳光呢？"

智者看着这个被生活压得了无生气的年轻人并没有马上回答他提出来的问题，而是带着他走到了一条五彩斑斓的石头铺就的小路上，然后，又交给了他一个小背篓，让他顺着这条小路一直往下走，把自己喜欢的石头全部放进这个小背篓里。

于是，年轻人就按着这位智者的指点去做了，看见红色的石头，就感觉到自己的一种奔放的激情；看到白色的石头，就感觉它的纯洁无瑕；看见黑色的石头，就感觉到庄重。因此，他把自己一路上看见的这些石头都一个个地装进了自己的背篓里。渐渐地，背篓里的石头越来越多，身上背篓也越来越重，最后，他终于支撑不住了，坐到了地上。

智者看看他说："你为什么不扔掉一些石头呢？"

那个年轻人说："我不想扔，这些石头对我来说实在是太重要了。里面装的是我每一次跌倒在地时的痛苦，每一次受伤后的泪水，每一次孤独寂寞时的无助和自我激励。"

智者听了他的一席话，没说什么，只是把他又带到了河边，和他一起坐船过了河。

上岸后，智者对那个年轻人说："你扛着这条船赶路去吧。"

年轻人听后一愣，说："您说什么？让我扛着这条船赶路？这么重的一条船，我抗得动吗？"

"没错，我知道你当然是扛不动。"

智者笑着说："过河的时候，船是有用的。但是，过了河之后我们就应该放下船继续向前赶路，不然，这个东西就成了我们一个沉重的包袱。金钱、名誉、地位、痛苦、寂寞、无助、泪水等等，这些对我们的人生确实有用，可是如若我们时时刻刻把它们带在身上，它们就会成为包袱，不如把它们都放下吧！年轻人，生命不能负载太多的重量，不然，人就会被压垮的。从现在开始，你把你最喜欢的石头挑出来留下，剩下的统统扔掉，然后，你背起你的小背篓再试试往前走。"

年轻人照着智者的话办了，顿时觉得非常轻松，他感觉到自己的脚步越来越轻，没用多久就走到了小路的尽头。

一个人的生命真的承载不了太多的重量。智者的启迪，让这位年轻人明白了生命没必要背负太多的道理。

在现实生活中，我们每个人都应该时不时地放下一些东西，清理掉那些没必要的心灵垃圾，把功名利禄、得失、是非，以及生命中曾经遇到的坎坷，看得淡一些，这样才能够轻轻松松开始下一段人生旅程。

一个人全身心地去做一件事情，用快乐的心情去做，享受这个过程而不是结果，那么，当你摒弃了私欲，看淡了结局时，你抵达目的地的机会可能会更大。

国际著名的登山运动家拉尔夫，曾经在没有携带氧气设备的情况下，不止一次地征服了世界上第二大高峰——乔戈里峰。很多人都以不带氧气设备而登上乔戈里峰作为自己一大目标。但是，几乎每一个前来登山的人到了海拔 6500 米处都没办法继续攀登。因为这里的空气已经变得非常稀薄，已经到了快要使人窒息的地步。因此，对于登山者来说，想要依靠意志及体力来挑战海拔 8611 米的乔戈里山峰，实在是一次极其严峻的考验。

而拉尔夫却完全突破了这一个障碍，在登山结束后的记者招待会上，他说出了自己的经历。在攀越 6500 米高峰的过程中，最大的心理障碍就是此刻心中翻腾的各种私欲杂念。这时，任何一个小小的杂念，都会让人松懈，继而渴望呼吸到氧气，使得人慢慢地失去了冲劲和动力。而缺氧的念头也在这时产生，直至登山者放弃心中的征服念头，最后以失败告终。

拉尔夫说："想要登上峰顶，首先，你必须学会摒弃杂念，脑子里的杂念越少，你的缺氧量就越少；脑中的杂念越多，你对氧气的需求量就越多。所以，在空气极其稀薄的情况下，就必须排除一切私欲和杂念！"

其实，我们的人生也是一样——尽量地摒弃私欲，当你的杂念越少时，才能走得更远些。

2. 懂割舍，放下即能解脱

人生在世，有太多的难以割舍，功名利禄、爱恨情仇，这些往往让世人活得不堪重负，可是，世人却依旧不愿放下、舍弃。《金刚经》中说："无所往而生其心。"这句话的意思是说，放下心中的一切执著，才能得以解脱。

有一个年轻人出远门办事，一路翻山越岭，很是辛苦。一次，经过一段险峻的悬崖时，年轻人一不小心，身子便往深谷中掉了下去。情急之下，他双手在空中乱抓，碰巧抓到了崖壁上一棵枯树的老枝丫，总算没掉到谷底粉身碎骨。可是，年轻人却被悬在半空，上不来，也下不去，正在进退两难，不知道如何是好之际，忽然看见一个佛陀，站在悬崖峭壁上望着自己。他喜出望外，慌忙请求佛陀解救自己，佛陀说："我救你可以，但是，你必须听我的话。"

年轻人说："都到了这个时候，我还有什么不能听您的？您说什么，我都会听的！""好吧，那现在你就把抓住树枝的那只手松开。"听佛陀这样说，年轻人心想：我若把手松开，一定会掉进深谷中去，到时必死无疑。于是，他不但没有放手，反而将那根树枝握得更紧，佛陀见此人执迷不悟，摇摇头离开。

悬崖上撒手，看似不可能有生还的机会，而其实，放下又何尝不是一种精神的解脱？宋代的释道原在《景德传灯录·苏州永光院真禅师》写道："直须悬崖撒手，自肯承当。"意思是说，执著于悬崖之上不肯撒手，又哪里会有重新开始的机会？

放下，说起来容易，做起来的确很困难。而有时候，人们拥有家财万贯，却茫然不知道自己为何还是不快乐。

有这样的一个富翁，他一直觉得自己不快乐。一天，他背上许多的金银财宝去到外面寻找快乐，翻越了很多山，趟过了许多河。可是，依旧没有找到快乐在哪里。后来，他遇到一个樵夫，于是就问他："到哪里才能找到快乐？"樵夫把身上沉甸甸的担子放了下来，一边用手抹着额头上的汗水，一边反问道："快乐还用寻找吗？我一放下这担柴，就觉得很快乐了。"这位富翁想了一下，恍然大悟："自己整天背着这么重的财物，既累，又要每时每刻地担心着自己被抢劫。所以，何来的快乐啊？"

世人总是给自己担负重重的包袱，为名、为利，虽然知道名利累身，但就是无法舍弃。殊不知，世间万物，道法自然，万事皆有荣枯。

一天，唐朝著名禅师惟俨带着两个弟子道吾和云岩下山，途中惟俨禅师指着路边的一棵枯木问二人："你们说，枯萎好，还是茂盛好？"

弟子道吾毫不犹豫地说："肯定是茂盛好啊。"惟俨听后摇摇头说："繁华终会消失。"云岩听师父如此说，马上回答道："依我看是枯萎好。"禅师依旧摇了摇头说："可是枯萎也是会消失的。"

正在此时，迎面走过来一位小和尚，惟俨禅师便也向他提出了同一样的问题，这个小和尚不慌不忙地说："枯萎的就枯萎，茂盛的就茂盛，随它们去好了。"

惟俨法师听了小和尚的话，欣慰地点了点头说："这个答案颇有哲理，世间万物就要顺其自然，不要执著。"

老子说："人法地，地法天，天法道，道法自然。"世事自有它的发展规律，一切只需顺应便好。而人们却往往不是这样，总是执著于曾经拥有的，执迷于即将得到的。

世上没有什么命里注定的不幸，只有不肯放手的执著。如果世人懂得放下，就会重获"新生"，对人生有新的认识。

在南美洲，有两个人因为偷羊被官府抓到，家人害怕他们被发配远方，于是四处筹钱把他们赎了出来。可是，额头上被官府刺的字"偷羊贼"却再也不能抹去。

出狱后，其中的一个人每天在镜子中看到自己额头上的烙印，就觉得是一种无法忍受的耻辱，他不敢想象别人是用一种怎样的目光来看自己，所以，他不敢走出家门。后来，为避开人们对他的议论，离开了自己的国家，希望可以在一个陌生的地方开始新的生活。

可是，他到了外国后，常常会碰到一些陌生人用奇怪的眼神看着他，并时常会有人问他额头上的字母是怎么回事，那字母是什么意思。他的心情依旧很沮丧，每天活在痛苦之中，后来，终于无法忍受这样的人生重负，抑郁而死。死后，人们按着他的遗嘱，把他葬在一处人迹罕至的荒山中，那里只有他自己的一座孤零零的坟墓。或许，这样的安排可以让他的内心得到稍许的安慰，从此，再也不用面对世人审视的目光了。

而另一个偷羊人却选择了完全不同的做法。他虽然也非常清楚自己以后的处境，也为自己曾经行窃的行为深感羞愧，但是他没有像他的伙伴那样一走了之，而是在人们鄙夷的目光下勇敢地留了下来。他认为自己无法逃避偷羊的事实，但是可以用自己今后的行动洗刷曾经所犯过的罪孽，给曾经因为自己而造成伤害的人带来心灵的安慰，赢回大家的尊重。所以，出狱后，他辛勤劳动，用自己的辛苦换来劳动的果实，以此养家糊口。而且，每当邻居有困难的时候，他都会义不容辞地尽自己所能去帮助他们。时间一年一年过去了，他的所作所为被乡里人看在眼里，人们慢慢地忘了他曾经做过的坏事，他终于通过自己的努力和救赎，重新获得了人们对他的尊重。

时光荏苒，转眼几十年过去了，他成了一位白发老者。

一天，一个陌生人看到这位老人额头上的字母，于是就问当地人："这几个字母是什么意思？"那个当地人告诉他说："他额头上的这几个字母，是很多年前的事了，我也不记得这件事的细节了，不过，这几个字母应该是'圣徒'的缩写吧？"

两个偷羊人，因为各自选择了面对名誉问题的不同做法，结果也是截然不同——一个执著于"我"的过去，无法放下，尽管人在他乡，可是，他的心依然被牢牢地锁住。所以，他无法释怀，最后客死他乡；而另一个人，勇敢地放下，重新来过，用自己的勇气和担当赢回了人们的尊重。

俗话说："做人要拿得起，放得下。"不论在金钱、名利还是错误面前，都要学会放下，给自己一次重新开始的机会，让内心少一分纠结，让生命更洒脱一些。

人活一世，为名为利，没有的时候，绞尽脑汁想要获得；而得到了之后，又怕失去，为自己拥有的一切提心吊胆，生怕一切都转瞬即逝，于是，内心总是惴惴不安。有时候，一脚踏进泥潭，又不知道该怎样转身，这就产生了烦恼、沮丧等消极情绪。

其实，所有的烦恼都是因为不能放下，所以，被生活的重压逼迫得难以喘息。如果学会了放下，就会发现，"苦海无边回头是岸"。

3. 看淡功名利禄，远离俗世纷扰

有的人很羡慕别人可以自由自在地生活，却无法让自己随心、随性地活着。仙风道骨是表现在外在的气质，亦是无牵无绊的内在气韵。一个心中放下了俗世纷扰、功名利禄的人，自然潇洒不羁，如天边自由来去的白云一朵，逍遥漫步。

葛洪是一个生性淡泊、不慕名利之人，而且他乐善好施，只要自己的家里有粮食存着，就一定会拿出一部分分给那些需要救济的贫民。

葛洪在临安宝石山修行时，见过他的人都说，他的言行举止宛如仙人。葛洪一边修行，一边采药为人治病，并劝慰百姓们也要存善良心、做好事，让百姓也能够真诚地去做一些帮助他人的善举，使得自己的生活可以逢凶化吉、和美顺畅。

葛洪轻名利，重情义，心怀他人之苦，虽然修道，常常隐于山中，但是，他依旧用自己所学的医学知识，为生活在他身边的百姓解除病痛带来的身体及肉体带来的双重痛苦，可谓是悬壶济世，解救苍生。

因为胸怀天下，不受一己之私利的牵绊，所以，他才能如仙人一般地自在潇洒，把救人之苦当作己任，乐在其中；因为内心不存私欲，所以，才会拥有恬淡之心，达到与天地自然相融的境界。

而世人往往局限于内心的小我，所以目光离不开名利。人生在世应当有所作为，有所追求，但是，这个"作为"要放得更宽，要把天下放在心里，用自己的智慧和德行多为社会和他人去谋利益。

俗话说："大智者必谦和，大善者必宽容；小智者咄咄逼人，小善者斤斤计较。"

淡泊名利是人生很高的境界，生活中的人们没有几个可以真正做到淡泊名利，因为世间的诱惑太多了。可是也有这样的人，可以做到远离名利，让生命活得潇洒自在。

惠子在梁国做了宰相后，庄子想看望一下这位昔日的好友，有人便把这个消息迅速报告给惠子，并说道："庄子到这里来，一定是想取代您的相位的。"惠子听后，心里很是恐慌，所以，想阻止庄子的到来，于是，他派人在国内搜了三天三夜。没料到，庄子大方从容地过来拜见了他，并说道："南方有一种鸟，它的名字叫凤凰，您可曾听说过？凤凰振翅而起，从辽阔的南海飞向碧波荡漾的北海，没有梧桐树便不会栖息，非练实不食，非甘甜清澈的泉水不饮。途中，他遇见一只猫头鹰正在那里津津有味地吃一只腐烂发臭的死老鼠。猫头鹰见凤凰从它头上飞过，慌忙地护住那只死老鼠，仰着头看着它说：'吓！'现在难不成您也想用您的梁国来吓我吗？"惠子听了庄子的故事，羞愧得面红耳赤。

还有一次，庄子正在濮水垂钓，楚王派遣了两位大夫前来聘请："我们楚王早就听说了先生的贤德之名，所以，想请先生到我们楚国来协理国政。"庄子手里拿着鱼竿看也没看两位大夫一眼，只是淡淡地说了一句："我听说你们楚国有两只神龟，被杀的已经 3000 岁了。楚王用竹箱把它装起来，上面盖着丝绸锦缎，供奉在庙堂之上。请问两位大夫，这个神龟是宁愿死了以后尸骨被人奉为宝物供着呢，还是宁愿活着的时候在泥水中自由地潜行摇尾呢？"两位大夫说："当然是愿意活着在水里自由地摇尾而行了。"庄子说："那好，两位就请回吧，我也愿意在水中自由地摇尾而行。"

庄子一生不慕名利，他的生命就是为了自由而活，可以称得上是一位懂得世间真正幸福的人。他认为，人是"有待"的，就是有所依赖，有所期待，而人的一些愿望和期待会因为某些主观或客观的原因而无法顺利地实现。可以说，"有待"是造成人生不能自由的根本原因。所以，只有摆脱"有待"才能真正地获得自由，而摆脱"有待"唯有"无己"，也就是忘记一切，直到忘了自己。能做到"无己"也就不再会计较生命之外的功名利禄，不会在乎自己的得失，自然便会逍遥自在。

其实，世间之人能做到如庄子这样的毕竟是凤毛麟角，繁华世界有太多让人难以割舍的东西，而名利虽然累人，却也因其生活的富足、地位的显赫、世人的仰慕而闪耀着无限光芒，活在这样的世界，究竟怎样能够让自己的心灵更舒畅一些？想必唯有放慢追逐的脚步，在功名利禄中舍掉一些，或者，让自己走向更高的人生境界，心怀无私大爱，那样，生命方可自在来去吧。

4. 欲壑难填：不知足即不得幸福

古语有云："饮食男女，人之大欲存焉。"人的欲望是无止境的，一个人在到达不同的地位、环境、时间及空间时，他的欲望也会随之改变。

一个年轻人因为一场大水冲走了自己的房屋，家被毁了，于是，决定独自离开家乡外出流浪。一天，他走到一个村子，饥寒交迫的他实在是体力不支，晕倒在路上。没过多久，一个好心的过路人把他救醒，并把他带到自己的家里先住着。几天后，好心人送给年轻人一根鱼竿，然后说："我这里条件有限，实在无法留你在这里常住。我把这个鱼竿送给你，从这往前走，那里有一片湖水，岸上还有一间废置的屋子，你就到那里自己谋生去吧。"

救命恩人对自己的安排让年轻人十分感激，他深施一礼含泪离开。来到湖边，他把废置的屋子简单地修理一番，在湖边开垦出一片田地，每天勤劳耕种、捕鱼，也算可以勉强度日，养活自己。

一天在河边钓鱼时，他感觉自己鱼竿钓到了很重的东西，非常高兴，以为一定是钓到了一条大鱼。谁知，钓上来的竟是一口金锅。他异常兴奋，知道这口金锅将会改变自己的命运。

于是，年轻人把金锅卖掉，换了很多的银子，盖了大房子，买了许多地，又娶了媳妇。此外，他还雇佣了一些壮丁保护他的家业和那片湖水，并且阻止其他人到湖里钓鱼。

靠着田产，他的日子过得越来越富足。可是，渐渐地，他觉得自己现有的财产还不能让他得到充分的享受，他希望自己能够拥有更多的田产、金银，让自己过得更舒服。

有一天，在湖边散步时，他突然想："这湖里难道就只有一口金锅吗？不会的，应该还有更多没被发现的宝物。"于是，他雇了很多人，潜到湖底去寻找宝物。一天，有人在里面找到了一把金铲子，这个发现让他对湖底探宝的信心更加高涨。接着，他又花钱雇了更多的人帮他到湖里去寻找财宝。

而在这时，雨季来临了，雨下个不停，富人依旧没有放弃寻找财宝。持续的雨水使得湖水猛涨，那些工人不愿意再给他帮忙，一个个都走了。湖水终于漫上岸来，汹涌的湖水开始淹进他家里，他的妻子劝他快点逃命。但是，富人就是不肯离开，继续寻找，做他的黄金梦——他希望自己能够再找到金子，并成为世上最富有的人。

最后，他的妻子带着孩子逃命去了。当湖水淹没他的家时，他坐在屋顶上仰天喊道："我还会拥有很多的金锅、金铲子，老天啊，帮帮我吧！"

这时，天边传来神的话语："穷人啊，只需一点点的东西就满足了，可是成为富人后，他却希望拥有很多的东西，贪心的人想要的是所有的东西。"

"欲壑难填"正是如此，一个人如果不知道知足，那么欲望也会不断地膨胀。

一位心理学家带着他的学生们，就人们对金钱的欲望进行调查研究。一天，他们来到街上，见到一个乞丐正在向过往的路人行乞。于是，他们来到乞丐面前，说明自己的意图，并承诺将会付给乞丐一定的报酬。

心理学家对乞丐说："我们对你提出的问题，你要做如实的回答，你心里是怎样想的，就怎样说出来，如果你的回答被我们断定是假话，那么给你的报酬就会相应地减少。"乞丐点头说："我一定会讲真话。"

商量好规则后，大师开始向乞丐提出第一个问题："假如现在你手里有 10 块钱，你最想用它做什么？"

乞丐不假思索地说："我会马上跑到对面的那家熟食店买一只香喷喷的烧鸡，两瓶清凉的啤酒，再找个地方美美地享用一顿。"

心理学家又向他提出第二个问题："如果你现在有 100 元呢？"

乞丐想了想说："那我就买两只烧鸡，三瓶啤酒，然后，带着我老婆饱餐一顿。嘿嘿，她也是一个乞丐。之后，再找个洗澡堂，痛快地洗个淋浴，最后，好好地睡一大觉。"

心理学家追问道："假如你身上有 1000 元呢？"乞丐听了这话一愣，略有不好意思地说："先生，跟你说实话吧，我自出生以来就没见过那么多钱。"

心理学家说："我说的是假如，假如你有那么多钱，你用它做什么？"乞丐低头想了一会儿说："我会先拿这些钱买一身好衣服，跟你们这些人一样风风光光地走在大街上，再也不去吃别人剩下的饭菜了，也不再去乞讨，然后找一个安稳的地方住下来，这样就不再被人撵来撵去了。"

"那么，如果现在你有 10000 元呢？"乞丐一听这话，眼睛一下子亮了起来，十分兴奋地说："如果我有这些钱，我立刻回老家，盖上几间大房子，买几亩地种上庄稼，农闲的时候约上一些朋友打打牌。"

心理学家又问道："假如你现在有 100 万呢？"

乞丐吃惊地看着学者，愣了好半天，然后，走到他身边，抑制不住幸福的神情，低声说："如果我有那么多钱，就像城里的这些大富翁一样，穿金戴银、住别墅、开豪车，和我现在的老婆离婚，再找一个年轻又漂亮的女人结婚，没事就带着她去享受，所有有钱人享用的，我都想试试。"

心理学家和他的学生们听完乞丐的话都面面相觑，并按着一开始的承诺，给乞丐100元钱。可是，乞丐并没有立刻跑去熟食店，而是笑呵呵地看着他们，等着接着被问问题，继续再得钱。

胡九韶，明朝金溪人，平日里一边教书，一边种地，衣食仅够温饱，而这个人每天黄昏时分，都要到门口焚香，向天拜上九拜，感谢老天又给了他一日的清福。他妻子总是笑着对他说："我们每天吃的三餐也仅是一些菜粥，你怎么还能说我们是享清福啊？"胡九韶对妻子说："第一，感恩生在太平年代，没有饱受连年战争之苦；第二，庆幸我们能有饭吃，有衣穿，而没有挨饿受冻；第三，庆幸在我们家没有卧病在床的人，没有身在牢狱之人。难道这些还不算清福吗？"

这位明朝的胡九韶先生正是因为懂得知足，才会如此快乐，才能快乐。人的欲望就像一个永远填不满的黑洞，如果不加以控制，任它膨胀，将会后患无穷。所以，人们要小心那难以填平的欲壑，保持知足常乐的心态。

5. 放下你的攀比之心

一天，陈福开着那辆快要报废的夏利车，带着新婚的妻子来到张伟的报社，进屋后便将一小包彩纸包着的糖果和香烟，放到他的办公桌上，红着一张大脸说："哥们结婚了！"

张伟和陈福是校友，张伟读高一的时候，陈福正读初一。学校为了规避学生考试抄袭的情况，经常是高中和初中混班考试，张伟和陈福就是在这样一次考试中认识的。陈福给张伟留下的印象不是那双小得跟一条缝似的眼睛和大耳朵，而是他说的一句话——在同学们讨论今年的考试要在班上排第几名时，他不屑地说："争那些有什么用？我只想和我自己比。"

在那样一种为争名次都发疯的学习环境中，还有人能说出这样的话，也实在是与众不同了。陈福初中没毕业就不读书了，他最初卖甘蔗，每天骑车从邻近的县城买来甘蔗，在学校门口的空地方卖，如果天气好的话，每斤甘蔗赚四五毛钱。干了一年后，买了一辆摩托车，没到半年的时间，又把摩托换成了三轮车。自己当老板，每天上街拉客，拉一个一元，拉十个就挣十元，一天到晚总是乐呵呵的。后来陈福卖了三轮，帮一位朋友做二手车生意，给自己也买了一辆报废的夏利。他依旧是笑呵呵的，依旧把自己作为自己的比赛对象。他自得其乐的样子也着实令别人羡慕。

那时，县城内外，早已是换了一片天，街上的豪华车一天比一天多，各种各样的关于某些人是怎样一夜之间发了大财的消息充斥大街小巷，人们的生活仿佛除了这些再无别的值得去提的事情。每当这时，张伟便会想起陈福曾经说过的那句话："我只和自己比，看看今天有没有比昨天好。"

就在陈福到达张伟办公室之前，张伟正在接听一个朋友的电话，这位朋友月薪近两万元，在某时尚杂志做副主编，可他无论什么时候都是在抱怨生活的不如意，没法和别人比。听着听着，张伟就说："咱觉悟能高点吗？不跟别人比，我校友有一句名言：'我就和自己比，看今天是不是比昨天好。'"

张伟送陈福出报社时，看到了那辆贴满彩纸的红色夏利，看着这辆熟悉的小车，张伟一下子想起了这辆在昨天报纸上报道的"最牛婚车"，这辆破夏利昨天与宝马车队擦肩而过，很搞笑。张伟知道，这是陈福的杰作。

可是，这辆破夏利车里装的却是满满的幸福。

陈福的"自己和自己比"放下的是与他人的攀比，但自己一直在努力地生活，而这样的生活让他活得更从容。

攀比是一把双刃剑，一方面可以激发人的斗志，另一方面也会让自己活得很累，攀比往往会让人的心理失去平衡。人常说，与他人比是懦夫，与自己比才是强者。把眼光放在自己的身心上，生活会多一些快乐和满足。在现实生活中，人们总是情不自禁地去和别人攀比，盲目地与他人攀比，并习惯性地将自己所做的贡献和获得的报酬去进行比较，两者大体相等时，心理会好受些；若某一方的所得大于另一方，不平衡的心理便会油然而生。

一位朋友把他们村里的一个人，用文字简单勾勒了一下。这个朋友是一个十分喜欢攀比的人，姓温，人送外号"攀比先生"。

90年代的时候，这位"攀比先生"就已经开始和别人攀比上了。

一次，温先生见隔壁邻居王大妈家盖了一座十分漂亮的小洋楼，心想："以为就你们自己家能盖得起洋楼吗？明天我就把房子拆了，我也盖座别墅给你们看看。"

第二天，这位爱攀比的温先生，真的就把那幢50年的老房子给拆了，并找来了施工队，让他们给自己盖一栋5层楼高的别墅。施工队的负责人见他穿着一身很破的土衣服，以为搞错了，言语间有些看不起他，结果气得温先生破口大骂，最后竟抄起了锄头将施工队给赶走了。这下好了，别说别墅，连自己的房子也拆了，住的地方都没了。没办法，只好在邻居新房旁边搭了一个棚子住。

2000年的时候，温先生已经50多岁了，按理说这时候已是孙儿绕膝的年龄了，是在家享清福的时候了，可惜他到现在还是光棍一条呢。其实，在他21岁的时候，邻居王大妈就给他介绍过一个小姑娘，两人还正儿八经地谈过一段时间的恋爱，结果吹了。要说这事，还得从"攀比先生"的第一次和别人的攀比说起，而那次的攀比让他输得挺惨，因为攀比让他丢了自己的媳妇。

那天，村里有名的光棍李铁找他，说他没有本事像自己一样，决心一辈子打光棍。这位爱攀比的温先生就把自己的对象叫过来说："你走吧，我不要你了，我已经下定决心一辈子打光棍了。"李铁见状吓得赶紧溜了，从那以后再也没有哪个姑娘愿意和他好了。

可怜的攀比先生，最后一次的攀比却要了他的命。他只活了60岁，有人说他是自杀身亡的。因为，一位老人跟他说自己会比攀比先生先死。攀比先生听后，就到村里的杂货铺买了两包耗子药和一瓶敌敌畏。回家后，他就把它们全吃掉了，然后就死了。死前说："我终于死在了他的前头了。"

这个故事的主人公虽然让人感觉他大脑缺根筋，但试想一下，那些什么都想与人攀比的人内心何尝又不是少了一些东西呢？只是现实中的人们只要是想要的就想得到，得不到就会心里不舒服，会因嫉妒和无法达到而迁怒于身边的人，使活在他身边的人也活得很累、很烦。

如果可以改变这样的心态，必须让他知道，不是什么东西他都可以拥有的，放下欲念，他才会活得更快乐一些。

6. 名利缠身，自然会苦

人在世上求虚名，便是虚荣。有时，很多人私下里觉得自己拥有得已经够多了，可是却总喜欢和别人攀比，总觉得其他人比自己拥有的更多，面子上过不去，于是，不停地追逐，陷入了追逐欲望的怪圈。而人的欲望又是无止境的，所以，一辈子便不能脱身了。

人们总是追求更多的钱、更大的荣誉、更高的成就，总是希望可以超越他人。常听人说活得痛苦，为什么？因为我们总是有所求。佛说："有求皆苦。"所求太多，当然会苦。这也印证了那句话："名利缠身，自然会苦。"

著名作家莫泊桑《项链》中的女人公若不是贪慕虚荣，又怎会丢掉朋友的项链，倾家荡产赔付，以至于一个那么讲究尊贵的女人最后靠为别人洗衣来还债？多少年的光阴里，活在负债累累的阴影下不能舒心地过日子。

爱慕虚荣会使私欲膨胀，希特勒以"天下领袖"自居，于是，发动了侵略战争，致使全世界大部分地区的人们被卷进战争中，妻离子散，家破人亡。而希特勒本人也是在苏联红军攻入柏林时，见大势已去，拔枪自杀。作为一个国家统帅，他所拥有的已经很多，可是，依旧无法满足，想让全世界的人都臣服于他，这种极其虚荣的心，最终让他的私欲无限膨胀，成了一代使生灵涂炭的罪人。当然，这世上没有几个希特勒。可是，我们这些平常人一样因为虚荣使得自己陷入追逐的烦恼中。

智远大师还没有入佛门之时，到寺庙中拜访过这里修行的禅师，希望禅师可以帮助他解决内心的困惑。

　　他问大师："师傅，人的欲望是什么？"

　　当时，在寺院中负责开解智远的禅师，名叫了悟。他听了智远的话后没有给出答案，只是说："你回去吧，明天中午的时候再来，记住别吃饭，也别喝水。"

　　智远虽然并没有弄明白了悟大师的意思，却还是照办了。第二天，他又来到禅师的面前。

　　了悟禅师问他："你现在是不是又渴又饿啊？"

　　智远回答道："真的，我现在能吃掉一头牛，喝下一池塘的水。"

　　了悟大师笑着说："那好，你现在随我来。"

　　说完，了悟禅师就带着智远走了很长的一段路，来到一片长满果子的树园。

　　了悟递给智远一只很大的袋子，说："你现在可以去果树园里尽情地采摘新鲜的水果了。但是，唯一的条件是，你必须把摘到的水果带到寺院后才能享用。"

　　大师说完转身离去。

　　天色渐渐暗了下来，黄昏的鸟儿都回了巢，智远扛着满满的一大袋子水果步履艰难地往回走，他气喘吁吁地来到禅师面前，把水果放到地上。了悟禅师说："现在你可以享用你千辛万苦背回来的果子了。"

　　饥饿难耐的智远迫不及待地伸手拿起来两个大大的苹果，大口大口地吃起来，转眼间，两个大苹果就被他吃得干干净净。吃完以后，智远抚摸着自己的肚子愣愣地看着禅师。

　　了悟大师看了看他问："你现在还很饥渴吗？"

　　智远回答说："一点也不，现在我是什么也吃不下了。"

　　"那么，你千辛万苦背回来而没有被你吃掉的那些果子还有什么用呢？"了悟大师说。这时，智远才明白了悟大师对他的指点。

我们每个人真正能享用的东西，其实只有那么一点，可是，世人就是那样的贪心，想把所有的东西都据为己有，从而让自己活得很累。造成这一切的原因便是人们心中装了太多，让欲望与虚荣成了人生的累赘。

人们往往总喜欢站在高处，有时候虽然自己并没有站在高处，可是为了面子、自尊，往往会用一些虚假的方式来维护自尊，这就是虚荣。虚荣就是来自于贪心，渴望别人的赞赏和羡慕，为了向往美好的生活，有一点虚荣心本无可厚非，但是，为那些根本无力做到的事情，用虚假的方式去掩饰、伪装，是妄自尊大，是可悲的。而过高地看自己也往往会自食其果，给自己留下悔恨。

东汉初年，刘秀刚刚称帝，当时虽然建立了政权，但是，国家尚未统一，各路豪杰称霸一方，各自为政。而在这些称霸一方的割据政权中，公孙述最强大。他在成都称帝，因此，在陇西一带的霸主隗嚣，派手下马援前去探知情况，借此商讨一下如何能够做到长期割据一方。因为马援和公孙述是同乡，又是早年的旧相识，所以他信心百倍地前往公孙述所在地，认为这次前去一定会受到公孙述的热情款待，正好也可叙叙旧情。

然而，事情却并不如想象中一样，正相反，公孙述听说马援来见他，竟然摆出一副皇帝的架子，高高在上地坐在金殿之上，派了许多侍卫站在阶前，要马援以见帝王的礼节见他，并且也没有和马援说上几句话就退朝回宫，派人将马援送回了驿馆，然后，又以皇帝的名义给马援封官。

马援对公孙述的做法心里很不痛快，便对他的手下说："如今各路豪杰还在争霸天下，还不知道谁能胜出呢，公孙述现在竟然就如此大讲排场，自以为强大，有识之士又怎么会和他共同创立基业呢？"

马援回到隗嚣处，对他讲："公孙述就是一只井底之蛙，看不见外面的天有多大，以为自己很了不起，简直就是妄自尊大，我们还是去光武帝刘秀那里寻找出路吧。"

后来，马援投靠了光武帝刘秀，在其手下做了一员大将，辅佐他完成统一天下大业，而公孙述亦败给了刘秀。

公孙述在马援面前以王者自居的姿态就是虚荣，是妄自尊大，结果失去了有识之士的靠近和帮助，同时失去了争夺天下的好机会，牺牲了生命，害了自己。

世上人都有一颗虚荣的心，上至皇帝，下到黎民百姓。不论男女老少，富贵贫穷，虚荣心是一种扭曲的自尊心，是扭曲的贪欲之心，不能以平和宁静的态度处事，所以很累，令人很难感觉到幸福。红尘中万千世事，总有你无法做到的，总会有在某些方面胜出你的人。所以，摒弃虚荣之心，尽自己之力做事就好。

7. 看破名利，其乐无穷

浮生若梦，富贵如浮云。名与利如一条浑浊的江水，淹没了芬芳的麦田。人生弹指一瞬间，你又被这洪流冲向了哪里？

释迦牟尼成佛之后，回到家乡传法。由于受释迦牟尼的感召，加上净饭王的鼓励，在当地引起了一阵随释迦牟尼出家修行的热潮。在释迦牟尼的王族中，他的堂兄弟提婆达多也加入了这股热潮。

生性傲慢的提婆达多出家后，修行非常认真，但进步不大。佛陀具有"神足飞行"、"自在来往"等神通，无所不能，而且得到人们的尊重，供养丰厚。这渐渐引起了提婆达多的嫉妒，他也想像佛陀那样拥有一切，于是就向佛陀请教修得无边法力之道。因为在他看来，佛陀之所以能受到大家的尊敬，就是因为他的神通广大。

其实，提婆达多根本不了解，佛陀拥有神通和受人尊敬是没有必要联系的。佛陀有大般若的智慧，他是用自己伟大的人格感化众生的。佛陀拒绝了提婆达多的请求，对他表示，神通不是拯救众生的万能之器，要想解救世人的轮回之苦，必须注重内心的修行，让其觉悟宇宙之真理。

提婆达多求佛没有成功，又到舍利弗和大迦叶等处去请求，求他们教给他神通，但也遭到了他们的拒绝。

提婆达多不死心，去找自己的亲弟弟，也就是释迦牟尼身旁担任侍者的阿难。阿难在佛门的众弟子中被称之为"多闻第一"。他听说的佛法数量之多，是其他弟子无法比拟的，所以关于神通的修习方法他自然也是最熟悉的。

阿难性情温和，当时尚未修成正果。他对哥哥求救的动机没多加思考，就将自己知道的神通修习法教给了提婆达多。

提婆达多得到修习要领后，苦心钻研，终于学会了上天入地的神通本领。那时，对于佛陀，他的心中燃烧着妒忌之火，于是便迫不及待地蛊惑摩揭陀国王子，使其迫害父亲取得王位。摩揭陀国王子做了新国王，在各方面给予了提婆达多支持，并给予了丰富的供养，美酒佳肴、香车宝剑等。

佛陀的弟子将提婆达多的情况告知了佛陀，佛陀说："你们不要羡慕提婆达多，这样的供养会害了他，就像竹子开花，骡子怀孕，最终带给自己的是毁灭。"

后来，提婆达多的欲望越来越强烈，甚至想取代世尊。他大闹竹林精舍，活活打死比丘尼，犯下了杀害阿罗汉的重罪，最终被打入地狱。其实，是欲望让提婆达多坠入地狱。过于追逐尘世繁华，在嫉妒中生存，到头来遭受毁灭的结局。

人生如梦，弹指一挥间，尘世之人有多少在自己的欲望支配下，一生忙碌，到头来撒手人寰，什么都没了意义。

当越王勾践报了灭国之仇后，为他立下汗马功劳的范蠡却功成而退，离开越国，带着家人来到齐国，更名换姓，在海边耕田，再创家业。

范蠡是一个智慧过人的人，且很有经商之道，经过努力，没多久，就积攒了万贯家产，富甲一方。齐王听说了范蠡的才能，求贤若渴，便想拜他为相，辅助齐国大业。面对齐王的抬爱，范蠡却说："治家能积累千金，做官可升至将相，这是一般的百姓能够到达的最高位置了。到此，如果不生退隐之心，不用理性去制止自己的放纵之念，凶险将会随之而降。"范蠡没有答应齐王的封相，将大印退了回去，并且决意散尽家产远走他乡。他的家人苦苦相劝："有官不做，我们没话可说，可你为什么要将家里的财产全都散尽呢？这是我们自己的劳动换来的，为何送与他人？"

范蠡说："高官招怨，财多招忌，这些都是惹祸上身的根由。人家没有，我却很富足，若是只知道获取，而不知道施舍，必会留下为富不仁之名，钱财多得花不完，不如散尽，何必负累自身？"

范蠡把家产分给了自己的朋友和乡邻，只带了一些足够用的金银珍宝来到陶邑，隐居下来。

刚到陶邑的时候，范蠡过着清闲自在的日子，好不快活！可是，时间一长，他又思谋起置业大计。家人对此颇有微词："每个人都希望自己升官发财，而你却辞官不做，散尽家财，这会儿又提起创业，你这样反复，究竟是要做什么呀？难道钱财就那么好赚吗？"

范蠡哈哈一笑说："穷富之别，在于心，钱财取之何难？"

于是，范蠡在陶邑又开始了经商之路，他是一个非常有经商谋略之人，没用多久，又积累了很多的钱财，并成为当地的富豪。后来，他又将家财散尽，接济当地的贫困乡民。对此，他说："我之所以喜欢经商，不是为聚多少钱财，而是体味其中的人生乐趣。钱财乃身外之物，不过分看重它，你才能得到它。过于贪得无厌，一心蝇营狗苟，便是守财奴之相了，这样的人，纵使金山银山堆在眼前，也难以体味到真正的快乐。"

范蠡当是最看得开的人，高官不做，万贯家私散尽复又得，经商不是纯粹为了赚钱，而是为了从中获取一份快乐，用自己的聪明才智获得的钱财又不断地去周济乡民，也体现了他的人格魅力。难怪世人都说后来范蠡成仙了，如此豁达洒脱之人，红尘内外都该是他恣意遨游的地方。

第十章

别为自己的贪婪着急上火

——欲望过度如竹子开花

对土地贪得无厌的帕霍姆，最终在用脚丈量土地的贪婪中吐血而死。他的仆人发现，帕霍姆最后需要的土地只有从头到脚六英尺那么一小块。

——列夫·托尔斯泰

贪婪和幸福既然从不见面，那又怎能彼此相识呢？

——富兰克林

贪吃蜂蜜的苍蝇准会溺死在蜜浆里。

——盖伊

1. 贪婪使人寝食难安，只有抛下一切才能轻松自在

很久以前，波罗奈国有一个呆子。他虽然呆傻却很节俭，而且喜欢积攒黄金。呆子为了能够多积累黄金，便到处去做苦工。当时的工资十分低，呆子攒钱并不容易。幸好波罗奈国气候适宜，四季如夏，农作物收获颇丰，吃饭也就不是难事。由于气候温暖，衣服也十分简便，就算破了，缝补一下还是可以穿的。呆子很节俭，这样下来他慢慢地积攒了很多钱，积攒到一定程度，他就会拿着钱去换黄金。回来后，他再将散碎的金块放入瓶中然后封好。时间一久，呆子积攒的黄金越来越多，他十分高兴，便在自己的家中掏了一个洞，把积满黄金的瓶子放在洞里埋藏好。

随着金子的增多，呆子积攒黄金的欲望也越来越强，久而久之，他已经积攒了 10 瓶黄金。这些黄金全部都是他用血汗换来的，为此他忍受了多年的艰辛，每日粗茶淡饭。这时他年纪已大，重病缠身，但是仍然爱金如命，不想花钱治病，所以没过几日，呆子便去世了。生前，呆子为了保护黄金，常常睡不安宁，只要有一点动静便惊慌不已，经常嗔眼。因此，他死后便变成了一条毒蛇。变身为蛇的他仍然贪恋自己的黄金，整日守护盛金子的瓶子。房子已经破烂不堪，里面又有毒蛇，所以无人敢进。为了守护自己的金瓶，毒蛇死后又投生为蛇，依旧守护着自己的金子。就这样过了一万年，毒蛇有一天忽然厌烦了自己这样的日子，它知道自己生生世世为蛇是因为金瓶的缘故，所以毒蛇想舍金造福，它爬出了破屋，到了路边四处张望，想找一个过路的好心人来帮助它。

　　过了一会儿，走过来一个面善的人，毒蛇高兴地说："请留步，我有事相求！"这人听到声音后，环顾四周没有见到一人，正要继续前行的时候，毒蛇爬到路中央挡住了他的去路，并对他说："我有事相求，如果你能帮助我，定会功德无量。"这人看到一条毒蛇挡路，吓得转身逃离，并叫道："你是一条毒蛇，我不敢靠近！"毒蛇连忙说："不会的！如果我伤害你，必将遭到恶报，请你跟我来吧！"这人见蛇并无恶意，便斗胆跟着它走了。他们走到一个破屋里，毒蛇在一个地方绕了一个圈，然后对这人说："就在这块土里埋着黄金，请你替我布施，你愿意吗？"这人点头答应了，挖开土找到了黄金。毒蛇说："你拿着这些黄金交予寺院的方丈，请他替我办斋。到那时，请你用篮子将我带到寺庙，让我礼佛，以便消除我的业障。"

　　这人应允后，就照着毒蛇的说法去安排了。到了斋会那天，毒蛇在寺庙里虔诚地拜佛，心生无限向往。方丈为毒蛇广说佛法，毒蛇听后欢喜接受。佛事完毕后，毒蛇罪尽命终，转世为人并皈依佛陀，后来成为阿罗汉，也就是最具有智慧的舍利弗尊者。

　　呆子喜爱黄金却为之所累，做了万年的毒蛇，整日围绕着自己的金瓶，却毫无意义。幸好万年之后，毒蛇静心思过，悟到自己的罪行才得以解脱，最终化为舍利弗尊者的完美之身。生活中也有很多人像毒蛇一样，为了一些多余的身外之物，将自己局限于有碍于自己成长的处境之中，到最后才发现，真正完美的东西，越是占有越不能享受。

　　在舍卫城里有一个叫须项的人，十分勤劳能干。他总能找到肥沃的土地，然后仔细挑选良种，所以庄稼总是收成很好，乡亲们都羡慕不已。

　　一天晚上，狂风怒吼，天上降下无数的冰雹，将地里所有的庄稼全部毁坏了。这时，须项的女儿正在回家的路上，也不幸地被砸死了。面对突如其来的灾祸，须项悲痛欲绝，顿生绝望。有几个过路人在得知须项的遭遇后，便对他说："去请教佛陀吧！他一定会为你解除痛苦的！"须项伤心欲绝地来到了佛陀面前，正当他要开口的时候，佛陀早已知道了他的处境，便安慰说："人世的生老病死都是无法避免的，所有生死的痛苦都是贪嗔痴所致，都是你宿世的因果所造成的。只有皈依佛门，你才能得到解脱。"须项听了佛陀的话后，便立即跟随佛陀皈依修行。

后来，佛陀将须项的前世因缘讲给了他。原来，须项在前世是一个名叫桀贪的国王，他非常贪念于物质享受，臣民的生活因此而变得悲苦不堪。终于有一天，臣民们怒气爆发，冲进了皇宫，强行将他赶出了国家。

桀贪被赶出后逃到了邻国，从此只能与家人以砍柴为生。之后，他的弟弟成为了新的国王。弟弟爱护臣民，国家逐渐富强起来。桀贪知道弟弟当上了国王之后便向弟弟要了一个村庄，弟弟答应后，他又要第二个，最后竟要了国家的一半土地。后来，桀贪为了获得更多的土地，派兵攻打弟弟，弟弟不想让百姓陷于战乱，便主动退下皇位，离开了国家。桀贪重新获得整个国家后，仍然不满足现有的土地，时常侵略其他国家。天帝看到后，便化身为少年来到他的面前说："我知道一个国家藏有很多罕见珍宝，不知大王可愿攻打？"桀贪听后大喜，与少年约好三日后出发。到了第三天，桀贪准备好了兵将，可是少年并没有出现，桀贪心里十分焦急。在欲望的折磨下，他觉得自己被烦恼控制，犹如奴隶，便出了一题："谁能让我没有烦恼，时常快乐？"他还承诺如果谁能解此题，便奖赏一千两黄金。几日后，便有一少年进宫求见，表示自己已经破题。他对桀贪说："贪婪占有使人寝食难安，只有抛下一切才能轻松自在。"桀贪听后，顿时领悟，烦恼消减，并命人赏赐少年千两黄金。

桀贪就是须项的前生，由于前生的贪婪，须项此生陷入困难之中，人生得不到圆满，最后在绝望中找到佛陀得以重生。人生在世，如果过分依赖物质享受，就会陷入恶性循环的漩涡之中，内心也变得险恶，最后会为此付出更严重的代价。只有敢于放弃对外物的依赖，才会轻松上路，使自己的身心得到健康的成长。

　　庄子在《天道》中说道："知天乐者，无天怨，无人非，无物累，无鬼责。"生活中的人们经常为物所累，一味地追逐远超于自身所能享用的物质。当这些物质积累到一定程度的时候，就成为了负担，异化成人生的阻碍。人们应该学会摆脱生活中那些虚无飘渺的物质享受，让自己的心灵自由翱翔，这样才能使自己的生命不留有遗憾。

2. 不要让贪欲掏空了你的灵魂

一个和尚惊慌失措地从森林中跑了出来，正好撞上了平日里熟识的两个人。他们看到和尚惊慌的样子，连忙问："出什么乱子了？怎么这样慌张？"和尚喘着气说："太恐怖了，我在森林中的一棵树旁挖到很多金子！"

这两个人听后十分纳闷，各自在心里嘀咕："傻和尚，这是多么好的事儿啊，真是在寺庙里敲钟敲傻了啊！"接着，他们问和尚："你看到的那么可怕的东西在哪里呢？你告诉我们，我们替你处理掉！"和尚睁大眼睛说："这么可怕的东西，你们还敢去，你们真的不怕吗？它会吃人的！"这两个人脱口而出："当然不怕！你尽管说在哪里吧。"和尚指着远方的一棵树说："就在里边最靠右边的那棵树下。"还没等和尚说完，这两个人就直奔和尚所指的方向跑了过去，果然在一棵树下发现了很多金子。这两个人说："这和尚真是个呆子，居然把金子说成是吃人的东西，难道他不明白这些金子能换来荣华富贵吗？"两个人说完哈哈大笑起来。

这两个人将金子掏出来后，开始商量怎么运回去。其中一个人说："这些金子太多了，白天运回的话太引人注意了，不安全，还是夜里运回去比较稳妥。而且这么多金子，我们也不可能就这么抱回去，不如我先在这里看守，你回去拿几个口袋来，这样我们就可以在夜里将它们背回去了。"另一个人觉得他说得很有道理，就连忙回去找口袋了。留下的那个人看着一大堆耀眼的金币，心想："如果这些金子都归我就好了，这辈子我就再也不用发愁了，再也不用辛苦地劳作了。没错，这些金子应该属于我一个人的，等他回来，我将他打死，就只有天知地知了。"岂料回去拿口袋的那个人也在想："那么多金子如果都属于我的话，我就成了全镇上最有钱的人家了，可以住上大的宅院，可以娶上几个年轻貌美的媳妇。我先回去吃饱饭，然后给他送来下过毒的饭菜，他死后所有的金子就都是我的了。"

回家里拿口袋的人很快就赶回来了，在他还没将带来的饭菜放下的时候，就被留下看金子的人几棒子给打死了。看着朋友死掉了，这个人心里感叹道："不要埋怨我，都是金子惹的祸啊！"之后，他就端起朋友拿来的饭菜狼吞虎咽，但还没吃上几口，他的胃就像火烧的一样疼痛难忍。他明白是朋友给他下了毒，临死前他想起和尚说的那句话："金子会吃人的啊！"

佛经里有句话说："不计众苦，少欲知足。"一个人的欲望越少越好，欲望减少，人的障碍就会减少。只要吃饱穿暖，有地方遮风避雨就足够了。多求多欲之人只会给自己增加无尽的烦恼，就算得到了想要的一切，也终究会无福享用。就像上面故事中的两个贪婪之人，本可以各自享受一段美好的日子，却因为贪婪而丧失了性命。

有只猪宝宝一出生就特别能吃，猪妈妈发现后对它说："孩子呀！你要少吃点，会变肥的。"猪宝宝说："妈妈！我们又不是人，也不需要苗条的身材，那些人说我们胖嘟嘟，很可爱。"于是，不管妈妈怎么劝解，它还是猛劲地吃，吃饱后倒头就大睡。

猪妈妈每天会提醒它："孩子呀！别吃完了就睡，身体会发胖的！"猪宝宝不耐烦地哼哼说："妈妈你真是太吵了，胖就胖吧，我们猪怕什么胖！"猪妈妈气得直跺脚，心想：该怎么办啊？孩子继续这样下去，迟早会吃亏的。猪宝宝继续吃完睡睡完吃，不到几个月就比其他的兄弟姐妹们肥了一大圈。有一天，猪场的主人看到它后高兴地把妻子喊了过来："你看！这只小猪长得真快，又肥又壮。"猪宝宝听了主人的赞美后高兴得满地打滚。猪场主人后来专门给它做了一个单独的隔间，给它的食物比其他兄弟姐妹们的更好吃，睡觉的地方也给它安排得很舒服。猪宝宝看着对面的兄弟姐妹们，骄傲地想："你们看我受到这么好的待遇，嫉妒吧！"猪妈妈看着它说："孩子呀！不要认为人们是真的对你好，你的爸爸以前就是因为贪吃贪睡，后来不知道被主人拉到哪里去了，再也回不来了。"猪妈妈说完伤心地哭了。猪宝宝看到妈妈的样子不以为然，继续自己的悠哉生活，吃饱后睡，睡醒后又吃。

终于在不久后，猪场来了一辆大卡车，几个身强力壮的大汉恶狠狠地将猪宝宝捆绑到了车上。猪宝宝吓得直喊："我不去！妈妈救我！"妈妈望着自己的孩子也无能为力，猪宝宝很快就被运到了屠宰场，最后成为了人们的盘中餐。

猪宝宝贪食贪睡，不听妈妈的劝解，最后被人们早早地杀掉了。生活中有很多人也会像猪宝宝那样盲目贪图享受、被利益所迷惑，看不清眼前的处境，最后亲手将自己送到万劫不复的深渊。人生在世，要懂得克制自己的欲望，宇宙万物有守恒规律，当你贪恋一些事物的时候，必将失去自身所拥有的平衡。

佛经里有句话叫做"无欲则刚"。如果一个人能不被利益所诱惑，就能变得坚强刚毅，无所畏惧。人世间事物纷杂，人们想要得到的太多，放不下这个又舍不得那个。殊不知，贪恋只会滋生烦恼，这些欲望只会让人在生活中迷失，在欲望中不断地徘徊，到头来只能悔恨当初。人不能没有限制，就像游戏不能没有规则。万事没有绝对，极端的生活态度只会麻木人们的思想，让自己过早地对人生失去兴趣。人类本身的欲望是没有止境的，或许当贪欲掏空你的灵魂，最后却怎么也满足不了自己的时候，你才会懂得，平凡的生活才是人们一生的追求。

3. 贪婪如鸦片，吸时容易戒时难

清朝时期，京城有一家很大的药店，名叫圣仁堂。这段时间，圣仁堂店主长福的女儿婉淑得了一种非常奇怪的病，长福因此整日忧心忡忡。那么，这病是怎么来的呢？原来，就在圣仁堂管家王喜带着婉淑去寺庙拜佛回来后，她就得了这种怪病。一连几日，婉淑都昏迷不醒，浑身肿胀，呼吸急促。虽然长福医术高明，知道女儿是中了剧毒，但对于如何解毒却是一筹莫展。为了救女儿的命，他拜访了所有的名医，但却没有任何结果。

这天，圣仁堂来了一个年轻人，他外表英俊，身后还背着一杆大烟枪。年轻人说他能治好小姐的病。长福看他是个毛头小伙子，虽然心里没抱多大希望，但为了女儿，还是愿意让他一试。只见年轻人观察了一下婉淑的气色，替她把了把脉，然后从烟袋中取出一点烟丝，又从一个小瓶中倒出白色药粉，两者掺和后用火点燃，立刻一股烟冒了出来，年轻人猛吸一口，然后将烟气喷向婉淑。过了一会儿，婉淑居然醒了过来，吐了一口黑血，身上的症状全部消失了，身体也逐渐恢复了往日的神采。

长福惊喜万分，连忙让王喜拿银两酬谢。年轻人说："救人是积善修行，怎么能收钱呢？"长福连连称赞，并笑着说："你既然不愿收银子，若不嫌弃老夫，做我徒弟可好？"京城里谁人不知长福？并且都知道他从不收徒弟，这可是破例，年轻人当然求之不得。于是，年轻人连忙跪地直喊："弟子谢俊拜见师父。"长福之所以如此有名，是因为他的店里有很多稀奇的药材，其中尤以灵蛇菇最为珍贵。

灵蛇菇生长在京城外良药峰阴湿的山洞里，它散发的奇异香味招来了很多毒蛇常常围绕着它，因此而得名。

灵蛇菇每年只生长一次，一次仅长两只，具有延年益寿的奇效。灵蛇菇每年都要进献给皇上，价值连城。人人都想得到灵蛇菇，但只有长福才能取得这样的珍宝，其他去挖灵蛇菇的人都被毒蛇咬死了。长福是如何取得灵蛇菇的，让人百思不得其解。

谢俊拜长福为师后，做事勤快，为人机敏，很快便深得长福的信任。长福也逐渐将一些私家秘方告诉了谢俊，但是关于灵蛇菇的事情却只字未提。很快几个月过去了，一天，长福从外面拎来了两只笼子，两只笼子里装的是一样的动物。谢俊看见这两只动物身体有两尺长，毛色黑白相间，嘴巴很长，爪子十分锐利，就好奇地问："这是什么东西啊？"长福笑着说："这是蜜獾，是我托人从南方带回来的。不要小看它，这东西可厉害了，连毒蛇都要让它三分。"谢俊接着又问："为什么叫蜜獾呢？这东西难道会采蜜吗？"长福哈哈大笑："它可不会采蜜，只会吃蜜，并且嗜蜜如命，它的血液里具有抗毒成分，所以能够抵御蛇毒。"谢俊听到此话后两眼放光，盯着长福说："师父，你弄来这两只蜜獾是……"长福犹豫片刻后说："你来圣仁堂已经这么长时间了，按说我早应将此事告诉你，但怕你年轻将这些宣扬出去。"谢俊连忙发誓："如果我要是讲了出去，定会不得好死！"长福连忙将他扶起来说："我们圣仁堂世代兴旺，靠的就是灵蛇菇，而取灵蛇菇靠的是蜜獾，摘灵蛇菇的时候带上一只，因为毒蛇都怕蜜獾，所以不敢上前来咬我，即使被咬了，马上取一点蜜獾的血就可以化解蛇毒。而得到灵蛇菇后，我都会弄上大桶的蜂蜜，让蜜獾美餐一顿，所以蜜獾也非常愿意跟我同去。"谢俊听后恍然大悟。长福继续说："但蜜獾有个致命的弱点，就是贪婪。为了能吃上蜂蜜，它们甚至可以不顾生命的危险。所以，做人切忌像蜜獾那样贪心，每次只能带一只蜜獾去摘灵蛇菇，并且每次仅摘一只灵蛇菇。"谢俊听后牢记心中。

第二天一大早，长福拎着一只蜜獾前去良药峰摘取灵蛇菇。可是天渐渐黑了，长福还没有回来，婉淑很担心，因为以前父亲总是在中午就赶回来了。谢俊连忙带着人到良药峰去找长福。找了很久，终于在一个小山坡上看到了长福的尸体，尸体的旁边还有一只蜜獾。长福浑身都是伤痕，看来像是被上百条毒蛇咬死的。谢俊看到后放声痛哭，其实心里却高兴得很。原来，谢俊是外地一家药店的店主，他想得到灵蛇菇，便暗地里和长福的管家王喜勾结，让王喜带着婉淑去寺庙上香的时候在她的香上抹了毒粉，然后谢俊凭着解救婉淑的机会拜了长福为师。

这次长福去良药峰摘灵蛇菇，谢俊便安排王喜暗地里跟踪。等长福带着蜜獾进入山洞后，王喜便在洞口洒上蜂蜜，蜜獾一闻到蜜味，便贪婪地跑出来舔食蜂蜜，长福就在惊慌失措的情况下被群蛇攻击，中毒身亡。

长福死了，婉淑年纪尚小，而且又是女辈，所以圣仁堂的大权理所当然落在了谢俊手中。还有几日便到进献灵蛇菇的期限了，谢俊决定和王喜各带一只蜜獾同去良药峰。王喜提醒说："长福不是说一次只能带一只蜜獾吗？"谢俊淡淡一笑说："他一个人去当然只带一只，我们两个人去自然是每人各带一只了，将那两只灵蛇菇都取回来，一只献给皇上，另一只能让我们发大财呢！"

谢俊和王喜便各自拎着一只蜜獾上山了，不一会儿就到了良药峰的那个洞口。谢俊和王喜都是第一次来采灵蛇菇，心里万分恐惧，特别是王喜，出了一身冷汗。"都到这里了，进去吧！你跟着我就行！"说完，谢俊便一手提着笼子，一手举着火把进去了。这洞里果然有数不清的毒蛇，它们看见两人提着蜜獾，非常害怕地往后退缩着，不敢上前攻击。两个人慢慢地走到了洞的最深处，发现山洞的石壁上长着两只像灵芝一样的东西。"就是它！它就是灵蛇菇！"王喜看到后高兴地叫了起来。这两只灵蛇菇长得比较高，要爬上岩壁才能取到。这时，洞中的蛇慢慢都发现了他们，越聚越多，有几条蛇发现那两只蜜獾并不是那么可怕，便越来越近。谢俊赶紧让王喜将蜜獾放出来镇住这些蛇，自己则爬上岩壁去取灵蛇菇。王喜擦了一把冷汗，打开那两只笼子将两只蜜獾都放了出来。谁料，当两只蜜獾都出来后，竟然互相追打起来，样子十分亲昵。王喜正在看着，突然两只蜜獾同时叫了一声就朝洞口奔去，洞中的蛇也都吓了一跳，转眼间，两只蜜獾便不知去向。谢俊和王喜吓得魂飞魄散，还没反应过来就被一群毒蛇缠咬住了，但是他们死也不会想到，这两只蜜獾是一公一母，它们因为发情跑出去寻欢作乐去了。可见，贪婪不仅是蜜獾的弱点，也是人性的弱点啊！

　　"贪婪是人性的弱点。"很多人这样说，并把贪婪看成是人类难以戒掉的本性。或许，贪并不是本质，而是一种现象，是人在成长过程中的一种表现。在有限的生活条件下，一些人为了满足自己的欲望，盲目地扩大自己的需求，从而失去了对生活的认知能力，以为成功就是拥有得更多，以为得到了更多就会变得很强大，并有一定的安全感。可是，当一个人所拥有的超出他本身所能承受的能力之后，反而会被这种"拥有"所压垮。这好比吸食鸦片的人们，他们在烟雾中飘飘然享受着，以为自己即将拥有或者已经拥有了一切，很充实很享受，可当烟雾散去的那一刻，他们一下子又掉入了黑暗，变得一无所有，甚至有一种连痛苦都感受不到的空虚感，或许他们只能在自残或者伤害别人的时刻，才能感受到自己的存在。所以，拒绝贪婪就像拒绝毒品那样，因为你所贪得的终究会变成毫无意义的东西。

4. 不贪图物欲，让身心重回自由

有一个修道者离开他的村庄，来到一个无人居住的山中，准备禁欲修行。

当时，他只带了一件衣服便动身前往山中。后来，当他想到衣服脏了要洗的时候，才知道自己还需要另一件衣服，于是便到山下的村庄，向村民讨了一件衣服。村民们知道他是一名虔诚的修行者，于是大方地给了他一件新衣服作为换洗之用。当修行者回到山上的时候，他突然发现自己的屋子里有一只老鼠。这只老鼠经常在他专心打禅的时候上前撕咬那件新衣服，可是修行者已经发誓不再杀生，所以无论如何他都不会去伤害那只咬他衣服的老鼠。于是，他想尽一切办法来赶走那只老鼠，可是却没有任何效果。就在万般无奈的时候，他突然灵机一动跑到村子里，向村民们要了一只猫来养。把猫抱过来后，他开始烦恼了："猫要吃什么呢？自己不能让猫去吃老鼠，但是猫又不能和自己一样吃青菜喝稀粥。"后来，他想到猫可以喝牛奶，于是又下山向村民们要了一头乳牛。

就这样，在山上待了一段时间后，他发现养那头乳牛需要花费太多的时间和精力，这样下来，自己的修行时间就变得很少了。于是，他下山找了一个到处流浪的乞丐，将乞丐带到山上来帮助他照看那乳牛。乞丐在山上住了一段日子后，对修行者说："我跟你不一样，我需要一个妻子，需要有一个完整的家。"修行者想了一下觉得很有道理，他不能强迫别人和他一样过着禁欲的日子，于是，让乞丐走了。过了两年后，山下的整个村子都搬到山上去了，修行者再也静不下心来修行，他又回到上山之前的生活中了。

物质就像一个锁链，一个连着一个，当你得到了一些接着又会去要求另一些。在物欲横流的社会中，人们背负了太多的包袱，最终会被这些负担所累，无法达到自己人生的真正目的。只有放弃那些身外之物，不为外物所干扰，才能让心灵回归简单。因为外物只会让自己的心无法满足、无法平静。

从前有一个员外，虽然拥有万贯家财，阔宅数座，但他却整天忙得焦头烂额，郁郁寡欢。后来，他带上自己的金银财宝去寻找快乐，但踏遍了千山万水却依旧没有结果。

一天，员外正愁眉苦脸地站在门口叹息。这时，一个衣着破旧的砍柴人哼着山歌从他面前走过。这名员外非常羡慕砍柴人的无忧无虑，便上前拦住他询问快乐的秘籍。砍柴人笑着说："我没有什么秘籍啊，只是我生活得比较简单罢了，只要你放下过重的负担就可以做到。"员外突然大悟，过去自己在寻找快乐的路上一直背负着过重的财宝，在路上怕别人劫，投宿怕被人偷，整天担惊受怕，怎么可能快乐呢？于是，员外将自己的钱财分给了穷苦人家，又开始投身于山水之间，感觉万般轻松，他一路上看到了很多快乐的笑容，又重新找到了早已丢失的快乐。

其实，只要人们敢于丢掉不属于自己的身外之物，就可以让自己的生活变得轻松、自由。如果一个人奢望太多，放不下那些所谓的荣华富贵，就会像那名员外一样，整日忧心忡忡，担惊受怕。一个人的精力有限，当你拥有得太多的时候，你必将失去那些被你常常忽略的东西，等到你回头找时，恐怕为时已晚。

一个小小的村庄坐落在海边，村民们平日里干完农活之后，就会到海里去捞鱼。有一天，村里的一个渔夫和儿子去了一个与大海相通的湖边，渔夫想："这个湖既然和大海相通，肯定会留住很多的鱼。"于是，他高兴地将鱼钩扔向了远处，顿时感觉勾住了一只很庞大的东西，怎么也拽不回来，他想肯定是一条很大的鱼，如果被人发现自己在这里捞到了这么大的鱼，他们一定会全部跑到这里来捕鱼，那么这里的鱼很快就会被捕完的。

于是，渔夫吩咐儿子说："你回去悄悄告诉妈妈，说我在这里捕到一条很大的鱼，为了不让其他人发现，要让妈妈找茬设法和村里的人吵架，吸引他们的注意力，然后我就可以悄悄地将这条大鱼运回去了。"儿子听完后立即回去将爸爸的话传给了妈妈，妈妈心想和别人吵架很难吸引所有的人去看，于是她便将脸涂得黑黑的，还将树叶作为耳环，装扮成疯癫的模样，在村子里跑来跑去。有一位邻居看到了说："你疯了吗？为什么将自己打扮成这个样子？"她大声地喊叫："你才疯了！你在侮辱我，我要抓你到村长那里，让他惩罚你！"村民们看到他们二人拉扯的样子，就跟着到了村长家，看村长如何处置。

村长听了他们的解释后说："你的样子十分古怪，不管谁见了都会认为你疯了，所以你不用受罚。而你怪模怪样大吵大闹扰乱村民的生活，才应该受到严重的惩罚！"

而海边的渔夫在儿子离开后，用力地拉鱼钩想把鱼拉上来，可是始终没拉动，他担心鱼会脱钩，便脱光衣服下水去抓鱼。当渔夫潜入海底的时候，才发现原来鱼钩是被树枝勾住了，根本就不是鱼！他非常懊恼，于是用手使劲拨开树枝，谁知鱼钩反弹回来扎伤了他的眼睛。渔夫强忍疼痛爬到岸上，浑身发抖，发现自己的衣服也被人偷走了，只好光着湿漉漉的身子顶着寒风沿路求救，却看不到一个人影，因为村里的人都到村长家里去看热闹了。

欲望乃万恶之源，人们为了追求自身之外的物质财富，往往被蒙蔽了眼睛，做出很多愚蠢之事，明明想争取却会失去更多，最终不得不吞下自己造成的恶果。在现实生活中，人们应该时刻提醒自己保持清寡的欲望，纵欲不但不会让自己的心灵得到满足，反而会让自己越发空虚，甚至犯下大错，追悔莫及。

罗马凯撒大帝在临终时曾对侍者说："我死后，请把我的双手放在棺材外，让人们看看伟大的凯撒大帝死后也是两手空空。"人在尘世间所拥有的一切，到头来只不过是过眼云烟，人们所能带走的空空如也。所以，在人生之中，你所能享受的精神财富与内心的安乐才是此生所真正能拥有的。人只有放弃追逐物质名利，卸下内心沉重的负担，让身心重回自由，才能恢复简单快乐的生活状态。

5. 不要让心中那根"刺"麻醉了自我

从前有一对兄弟，哥哥叫张利，弟弟叫张志。哥哥十分自私，对弟弟很苛刻，他娶的妻子也非常吝啬，经常借故埋怨弟弟，想借此将弟弟赶出家门。

有一次，弟弟无意中打碎了嫂嫂的茶壶，嫂嫂很愤怒，马上告诉了哥哥，希望他将这个讨厌的弟弟赶走。而哥哥也不愿意和弟弟在一起生活，于是扔给弟弟一个锄头，让他自己谋生去了。张志背着锄头伤心地朝着山里走去，途中看到一座小庙。这座小庙破旧不堪，像是很长时间没有人来过。小庙的门口有一座石狮，被雕塑得惟妙惟肖，样子看起来很神气。张志十分欢喜，打算在小庙里住下来。他将小庙收拾干净，并在庙后种上了庄稼，还专门为门口的石狮子搭了一个棚子，替它遮风避雨。由于小庙附近没有其他人家，张志只能对着石狮子说话，时间久了，就把石狮子当成了自己的朋友。

一天，张志干完农活，坐在了石狮旁边休息。就在这时，石狮子突然动了起来，并张口说话："张志啊！"张志见状惊奇地说："你怎么会说话？"石狮子大笑道："非常感谢你帮我搭棚子，让我免遭风吹雨打。我肚子里有金子，你过来拿吧！"张志听了，试探地把手伸进了狮子嘴里，果真摸到一大块金子。刚要向狮子道谢，狮子说："你再拿点，一块太少了。"于是，张志又伸手摸到了更大一块金子。石狮子还是说："我这儿有很多，你就多拿一点吧！"张志连忙道谢："太感谢了！这已经足够我用了！"石狮子笑呵呵地说："你真的很好，又勤快又不贪心，你以后一定会生活得很幸福的。"张志再次感谢石狮子后，就拿着金子到镇上去做买卖了。

哥哥张利获悉弟弟得到金子的事情后，非常嫉妒，专门准备了一个超大的口袋，急急忙忙跑到了山上找石狮子。张利见到石狮子就大喊："喂！快张开嘴，我是张志的哥哥，我也是来拿金子的！"石狮子却一动不动。他非常生气地搬起一块石头朝石狮子扔了过去，石狮子被砸得大叫："哎哟！别扔了，你过来拿吧！"张利跑上前就往石狮子嘴里掏，掏出了很多金银，不一会儿就将带来的口袋装满了。石狮子见状说道："掏够了吧？"张利说："不够！"边说边将掏出的金子往自己的身上揣，不一会儿身上都揣满了。石狮子不耐烦地说："这下够了吧？"张利还是没有停止往外掏，并对狮子说："不够，你不许闭嘴，否则我用石头砸死你。"他话刚说完，石狮子就将嘴巴闭上了，并用牙齿咬住了张利的胳膊。张利使尽力气也没有将胳膊拽出来，他哀号道："石狮子，求你将我放开吧，我向你道歉，我知道我错了！"但是，不管他怎么祈求，石狮子都一动不动。不一会儿，天下起了滂沱大雨。奇怪的是，张利掏出的金子顷刻间都被雨水溶化了，并随着雨水流走了。张利看到这种情景后，后悔极了，又哭又叫，最后在大雨中晕倒了。

过了一天，张利的妻子找了过来，看到丈夫的情况后十分吃惊，连忙将他叫醒。张利的妻子想尽了各种方法，也没有将丈夫的手拽出来。妻子哭着说："这可如何是好，不可能在此待上一辈子吧？""唉！谁知道呢？我饿得快不行了，你赶紧帮我找点吃的去吧！"于是，张利的妻子每天送饭到山里，几个月过去了，由于他们不能工作，所有的积蓄也快花光了。一天，妻子拿着一个很小的馒头，满脸忧愁地给张利送了过来。张利看到后非常生气："这一点怎么能吃饱呢？"妻子听后哭着说："我们就剩下这最后一点了！""都是我不好，如果我不贪心的话，就不会这样。我们一起吃吧！"张利和妻子一边哭一边啃着馒头，还不停地忏悔他们的错误。这时，石狮子突然大笑起来，夫妻俩吓得跳了起来，张利的胳膊自然也抽了出来。石狮子笑着说："你们终于知道自己犯下的错了，料你们以后也不敢再如此贪婪了！"张利夫妇羞愧不已，低头说："我们以后一定改过自新！"说完，他们赶紧逃下了山，从此过着安稳的日子。

张利夫妇由于过于贪心，泯灭良心将自己的弟弟赶出家门；他们对施舍自己金子的石狮不仅不感恩，反而加以伤害，最终得到了应有的报应，幸好及时反省留住了小命，从此再也不敢肆意妄为，过着安稳的日子。可见，做人不能过于贪婪，否则一旦影响到他人的利益，就可能会遭受别人的厌恶和报复，让自己得不偿失。

有一只小鸟问它的妈妈："世界上最聪明的动物是什么？"妈妈说："是人类。""那么他们活得是不是更快乐呢？"小鸟又问。妈妈说："不是，他们没有我们活得快乐，因为他们心中有根'刺'，这根'刺'使他们一生都要生活在痛苦的折磨中。"小鸟表示不理解，妈妈说："一会儿来人时，妈妈给你演示一下。"

过了一会儿，来了一个人，鸟妈妈装作受伤的样子落在了人的身旁，小鸟很担心妈妈的安危。只见那个人伸手就抓住了鸟妈妈，并高兴地说："今天可以美餐一顿了！"鸟妈妈说："我这么瘦小，根本就不好吃！"那人说："没事，肉少但是加上调料和蔬菜一块儿炖，肯定会很美味！"鸟妈妈说："如果我送你三句话能让你发财的话，你可不可以放走我？"那人听到三句话就可以发大财，就毫不犹豫地答应了。不过，鸟妈妈马上说道："我还有一个条件：我在你手中说第一句，你放开我后，我再说第二句，等我飞到树上再说第三句。"那个人没有作过多的考虑就答应了。鸟妈妈说："第一句是，不要惋惜已经失去的东西，请你现在放手。"那人松开手后，鸟妈妈落到地上接着说："第二句是，不要相信不可能存在的事情。"说完，鸟妈妈就飞到了枝头上，笑着对那人说："笨蛋，如果你刚才把我杀掉，就可以得到我腹中的 30 克的钻石。"那人悔恨不已，抬头对鸟说：

"你要守信用，还有第三句呢？"鸟妈妈说："难道你不明白我说的前两句吗？不要相信不可能存在的东西，而且我的体重也只不过20克，怎么会有那么重的钻石呢？"

鸟妈妈转头对小鸟说："你明白人类心中的那根'刺'是什么了吗？"小鸟说："我明白了，但是为什么他会相信你的身体可以带着那么重的钻石自由飞翔呢？"鸟妈妈说："这是他们的本性，是贪婪所导致的结果。"

贪是万恶之源，很多人为了得到财富，蒙蔽了自己的理性和智慧，做出种种恶事，最终难免自食恶果。常言道："贪婪是最真实的贫穷，满足才是真正的财富。"因为贪婪使人变得愚蠢，让人失去原本早已拥有的，而懂得满足却是一种智慧，人只有在知足之后，才开始学会去享受已经拥有的，否则只会在物质的追逐中迷失自我，在贪求和失去之中徘徊不前。

6. 懂得舍大取小，快乐才能长久

两只蚊子，一大一小，饥肠辘辘地在一个村庄里转悠了半天，最后终于在一棵梧桐树下找到了一个正在乘凉的大胖子。

胖子光着上身坐在凳子上，手里还摇着一把扇子。天气十分闷热，胖子不停地摇着偌大的扇子，但是汗水还是顺着他的脸颊流了下来。看到胖子憨傻的样子，两只蚊子满心欢喜，因为它们就喜欢这样的人。两只蚊子激动地绕着胖子跳起了舞蹈，并琢磨从哪里下口。小蚊子看到胖子的肚皮又白又嫩，皮肤又薄，心想："这要是一口下去别提多美了。"大蚊子却想："胖子的肚皮虽然又嫩又薄，但是如果在那里吸食会很危险；而他的后背虽然皮厚难以下口，但在那里吸食却非常安全。"

小蚊子落在了胖子的肚皮上，那里的皮肤果然又嫩又薄，一下就叮了进去，它开始贪享美味了。大蚊子则落在了胖子的背后，那里的皮很硬，它咬了好几下才咬了进去。就当小蚊子正在贪婪地享受的时候，胖子突然觉得肚皮上一阵瘙痒，低头发现一只蚊子正在吸血，便一巴掌将蚊子打死了。这时，胖子又感到后背一阵痒，用手摸了摸没摸到痒处，又用蒲扇扇了几下也没有效果，便作罢了。于是，大蚊子便不紧不慢地吃了个饱，然后悠哉地飞走了。走的时候，它还在咬的地方留下了记号，准备下次继续在那里吸食。

小蚊子由于贪图轻松而死去，大蚊子放弃轻松，在难以下口的地方饱饱地吃了一顿。由此可见，没有多少付出就得到的利益并不是真正的收获。在生活中，人们应该坦然面对一些困难和挫折，不要一味地贪图眼前小利而逃避一些困难，否则会输掉未来的真正利益，导致最后的惨败。

有一个小乞丐，路人都说他很傻，因为每当人们同时给他一个5角和1元的硬币时，他总会选择5角而不是1元。有一个人不相信，于是就拿着5角和1元的两个硬币走到小乞丐面前让他二选一，小乞丐果然选择了5角的硬币。那个人感到十分费解，便问小乞丐："你又不傻，为什么非要挑选那个币值小的硬币呢？"小乞丐小声说："如果我选了1元的硬币后，他们就不会再和我玩这种游戏了！"

可以说，这个小乞丐十分聪明。确实，如果他选择1元，就不会有人拿着硬币让他选择了，他得到的也只有1元；而如果他只取5角，别人就会把他当成傻子，继续和他玩这种"弱智"游戏，小乞丐因此会得到更多的5角钱。在现实生活中，很多人都抱有"不要白不要，不吃白不吃"的心态，这种贪婪的心态不仅损害了别人的利益，还使别人对他们产生了厌烦的心理。所以，一个人要懂得适可而止，对自身有一定的要求，才会使他人对自己产生好的印象。

有几个人在河边钓鱼，一旁则有几名游客在河边欣赏美景。这时，一个垂钓者将鱼竿一扬，钓了一条很大的鱼，足有一尺长，鱼被放在岸上后，仍活蹦乱跳。垂钓者将鱼嘴里的钩子卸下，顺手将鱼又丢进了河里。旁边几个人看到后都惊叹起来，钓了这么大的鱼还不知足啊！

旁人们还在纷纷惋惜的时候，垂钓者又是一扬，这次钓上来的还是一条和前一条一般大的鱼，垂钓者依然是顺手将鱼放走了。第三次，垂钓者将鱼竿扬起，这次上来的是一条只有不到半尺的小鱼，旁人心想："这鱼更会被垂钓者扔回河里了。"岂料，垂钓者将鱼卸下后，小心地放到了自己的筐子里。旁人心里都十分纳闷，便上前询问垂钓者缘故，垂钓者说："我家里的盘子最大的都不到一尺长，烧一只太大的鱼，就无法盛到盘子里！"

　　在竞争如此激烈的社会中，谁会懂得舍大取小？相反，弃小求大的人却越来越多。很多人不去考虑自己是否有能力负担更大的欲望，只是盲目地贪图更大的功利。俗话说："贪图名利使人短命多灾。"只有心胸豁达、不贪图小便宜的人，才能得到长久的快乐生活。

　　从前，有一名商人住在一个农夫的隔壁。一天，商人对农夫说："我听说南国战乱，现在战争已经结束，那里的人们几乎都死光了，不如我们结伴去那里寻找财物吧？"农夫犹豫了一下就同意了。

　　第二天，他们就各自同家人告别，向着南方出发了。终于在几日的奔波后，他们到达了还未来得及清理的战场。他们发现了一大堆羊毛，于是两个人各自分了一半绑在自己的背上。后来，他们又找到了一些华丽的布匹，于是农夫将自己身上的羊毛卸下，选了一些上好的布匹扛上了。商人却贪婪地将剩余的布匹和农夫刚刚丢下的羊毛全部捡了起来，于是他们走起来十分吃力，气喘吁吁。后来，他们又发现了一些银器，农夫立即将那些布匹丢掉，挑选了一些上好的银器背上，而商人又将所有的银器和农夫丢下的布匹捡了起来。

　　忽然天降大雨，商人身上的羊毛和布匹都被打湿了，他一下子就摔倒在了泥泞之中；而农夫却轻轻松松地回到了家，当掉那些银器后，他的生活得到了很大的改善。

　　《论语》中提到："适可而止，无贪心也。"生活中的诱惑太多，如果什么都想要，只会让自己的负担变得很沉重，最后可能会失去一切，所以做任何事都要在适当的时刻就停止。因为人的欲望是永无止境的，而人们不断地追求物质的最高享受，被众多事物所诱惑，以致无法自拔，等到时过境迁，才后悔不已，但往往为时已晚。因此，凡事适可而止，有所克制，有所取舍，这样才能更好地把握自己的生活。

7. 色字头上一把刀，石榴裙下乱葬岗

在一个繁华的古镇上，有一对双胞胎兄弟，他们的容貌、声音、动作一模一样，连他们的父母都难以分辨，只能以衣服的样式颜色来分辨二人。从出生到如今已近而立之年，他们两人同时入学、同时娶妻又同时得子，甚至他们的书法、学识、感悟能力几乎都没有什么区别，但是他们到了三十一岁时却发生了极大的改变。

这一年，他们两人到京城去参加考试，投宿在一家客栈。客栈隔壁有一位年轻貌美的富孀，她看见兄弟俩英俊潇洒，便想从中选一个作为终生依靠，所以常常借故搭讪。哥哥内心有所防备，暗示她不要再来打扰。哥哥还警告弟弟："孤男寡女不应独处一室，被旁人误解会毁坏名声，她再来时别让她在此逗留，否则被她所迷惑，只会惹是生非。"弟弟嘴上虽然应允，心里却抵不过富孀的诱惑，暗地里与富孀媾合，并对她承诺："若考试得中，定会登门迎娶。"考试结束后不久放榜，哥哥考上，弟弟却名落孙山。富孀分不清兄弟二人，认为考中的是与自己有约的人。弟弟心里有些不服："我们二人实力相当，为何哥哥高中，而自己却落榜？"他仍然不知道反省自己与富孀媾合之恶。弟弟继续骗富孀说："我已考中，等到再取得进士之位后再来迎娶，更为风光。"于是，富孀将全部财产给予弟弟作为聘金，诚心等待弟弟前来迎娶。

第二年，哥哥中得进士。富孀知道后十分高兴，收拾妥当，等着对方风光迎娶。但日子一天天地过去了，对方却依然没有音讯，富孀在漫长的等待中，幽怨成疾，最后抑郁而终。临终时，她托人写信给

哥哥，指责他薄情寡义、骗人骗钱。哥哥看到信后便询问弟弟，弟弟不得不承认自己所犯下的罪行，可如今孀妇已死，无以回报。孀妇去世后不久，兄弟二人的孩子在河边戏水之时，弟弟的孩子不幸溺死，哥哥的孩子却丝毫未损。弟弟因丧子之痛再加上内心的惶恐，突然重病缠身，由于身心俱伤，不久便去世了。而哥哥却仕途发达，一生显赫。

双胞胎兄弟，三十岁以前荣辱得失完全相同，三十岁以后弟弟因淫乱之事陷入悲惨的命运，失去了毕生的前程和子孙福禄。古人云："邪淫之人或者奸人妻女者，必将遭子嗣灭绝之报。"淫欲乃万恶之首，它会蒙蔽人心智，轻则使人迷失方向，重则使人祸乱众生，最后掉入万劫不复的深渊。

从前有一名少妇，家境殷实，整日吃喝玩乐，自由自在。虽说她在物质上的享受惹得人人羡慕，但是日子久了，再奢侈的生活也总会有厌烦的一天。正所谓"饱暖思淫欲"，这个女人就是这样，当她的丈夫在外经商时，她却暗地里和别的男人鬼混在一起。情欲让她失去了理智，让她觉得这个男人比自己的丈夫要好上千倍。于是在丈夫又一次远行之后，她将家里所有的金银珠宝、贵重物品，以及自己的衣物，打成了几个大包裹，在夜深人静的时候，偷偷地溜出家门和那个男人私奔了。而那个男人原本是个穷汉，可是他的花言巧语迷住了这名少妇的心，让她以为自己真的陷入了爱情。当他们到达河边准备渡河逃走时，却发现河上没有一只船，倘若涉水过去，水又太深，男人可以游过去，可这个生活一直很安逸的少妇却怎么也过不去，后来男人想了个办法，对她说："你把东西给我，我先运过去然后再回来背你过河。"少妇相信了男人的话，于是将所有财物都交给了他。当男人拿到钱财后，快速游到对岸离开了，没有回头看少妇一眼。少妇呆在那里，看着河水感到进退两难。

就在这时，她突然看到一只狐狸，嘴里衔着一只燕子。这只燕子是刚刚被抓到的，在狐狸的嘴中不停地挣扎着。当狐狸跑到河边时，它看到河里的鱼十分肥大，看起来比燕子要更好吃，所以贪婪的狐狸将燕子丢在岸边，跳到河里去抓鱼，由于水深，狐狸刚进入河水里就漂了起来。狐狸赶紧逃到了岸上，总算脱离了危险。当狐狸再去寻找燕子时，燕子却早已飞走了。

这段情形被留在河边的少妇看到了，她禁不住对狐狸感叹道："人人都说狐狸聪明，谁料你也这么傻！有了燕子又去捕鱼，最后落得两手空空，还差点丢掉自己的小命！"狐狸听到少妇对自己的嘲笑，抗议道："世间比我傻的大有人在，比如你就比我更愚钝，不然你不会在此发愁。我只是失去了一顿美餐，而你放弃自己的丈夫和骗子鬼混，最后人财两空，你才是真正的可悲！"狐狸的眼神使少妇自惭形秽。世人得一望二，最后导致一无所有，真是自找苦吃。

色欲往往会使人看不清事实的真相，少妇被穷汉所骗，却自以为找到了真爱，不惜抛弃自己的家庭，背叛自己的丈夫，最后落得一无所有的报应。佛说："淫欲之人，犹如烈火逆风而行，必有烧后之患。"所以说，每个人都不能过分地去要求、去贪享一切，否则只会使自己淹没在欲望之中，最后窒息而亡。

明朝时期，有两位年轻人，一个家庭非常富有，另一个则家境贫寒，两人却相处友好。贫苦的人娶了一个容貌姣好的妻子，富家子弟艳羡不已，于是常常到贫苦人家去设法引诱其妻。

有一年，贫苦的年轻人失业，没有养家糊口的来源，生活变得更为窘迫，他请求富家子弟为他介绍工作，以解决贫困问题。富家子弟对贫苦人家说："我有一位朋友在外地，家里有很多事情，无人管理，我帮你引荐到他家帮忙。"贫苦夫妇听后满心欢喜，对他表示千恩万谢。

几日后，富家子弟找了一条船，让贫家夫妇共同前往，当船行进到一座山旁的时候，他对贫苦的年轻人说："我朋友家就在这山的附近，你同我前去朋友家里，你妻子留在这里等候。"说完，二人就上岸了。富家子弟把年轻人带到了隐蔽处，掏出事先藏好的匕首，并刺向了他。年轻人中刀倒地。富家子弟以为他已经死了，立即奔向河边，假装悲伤流泪，对贫家少妇说："我们在山上遇到了老虎，你的丈夫不幸被老虎叼走了。"贫家少妇听后悲痛不已，在船上号啕大哭。过了一会儿，贫家少妇要上山寻找丈夫的遗体，富家子弟将她带到山上，引到丛林深处之后，强行抱住她企图奸淫，贫家少妇誓死抵抗。就在这时，山林中突然冒出一只老虎，将富家子弟叼住就跑，贫家少妇吓得目瞪口呆，缓过神后迅速原路逃离。当她朝河边奔跑的时候，忽然听到一阵哭声，与她丈夫的声音极其相似，她立即循声走去，发现果真是她的丈夫，夫妇二人抱头痛哭。丈夫将富家子弟刺伤自己的经过告诉了妻子，妻子也将富家子弟企图不轨却被老虎叼走的经过告诉了丈夫。夫妇二人看到富家子弟因为犯下杀人奸淫的罪行，以致招来杀身之祸，认为这是恶人应有的报应，天理难容。

在上述故事中，富家子弟仅仅为了一点私欲而去谋杀自己的好朋友，令人心颤。贪欲令人胆大，变得凶狠，甚至让人突破人性的约束，肆无忌惮地去伤害他人。

《摩诃止观》中提到："色害尤深，令人狂醉，生死根本良由此也。"这里的色欲虽然不仅仅指的是男女之欲，但不可置疑的是男女之欲可谓是欲望之首。从古至今有多少人在淫欲中丧失了人生前程？有多少英雄豪杰在色相的诱惑下落得身败名裂？色欲只会令人身心堕落，丧失志气，陷入泥潭之中。贪婪色相的人们常常处于疯癫的状态，丢掉了自己的灵魂，甚至被色毒浸透，以致忘记自身的存在，恍如活在虚幻的梦境，将自己的人生置之度外，他们的生命早已灰飞烟灭。